Will Dean

Après une enfance passée dans les East Midlands, en Angleterre, Will Dean a travaillé quelque temps à Londres après des études de droit à la London School of Economics. Plus intéressé par la vie rurale que par la vie citadine, c'est en Suède, au cœur d'une forêt reculée, que Will Dean a choisi de construire sa maison pour s'adonner à ses deux passions : l'écriture et la lecture. *La Forêt de la Méduse* (Belfond, 2022), le premier tome de sa série consacrée aux enquêtes de la journaliste Tuva Moodyson, a été sélectionné pour le Zoe Ball's Book Club, pour le Not the Booker Prize du *Guardian* et reconnu « Livre de l'année » par le *Daily Telegraph*. Le deuxième opus, *Rouge comme neige* (Belfond, 2022), a remporté les Amazon Publishing Readers' Awards en 2019, dans la catégorie Best Independent Voice. *Tout ce qui est à toi brûlera* (Belfond, 2022) est son dernier roman qui connaît un excellent accueil médiatique depuis sa sortie anglophone.

TOUT CE QUI EST À TOI BRÛLERA

WILL DEAN

TOUT CE QUI EST À TOI BRÛLERA

Traduit de l'anglais
par Laurent Bury

belfond

Titre original :
THE LAST THING TO BURN
publié par Hodder & Stoughton,
une marque de Hachette UK Company, Londres

ISBN : 978-2-266-32966-8
Dépôt légal : mai 2023

Pour ma mère. Toujours.

« J'aurais dû choisir ce moment avant l'arrivée de mes enfants, car j'ai depuis perdu l'option de mourir. L'odeur surette de leurs cheveux cuits sous le soleil, l'odeur de la sueur dans leur dos la nuit au réveil d'un cauchemar, l'odeur poussiéreuse de leurs mains à la sortie des classes m'ont obligée et m'obligent à vivre, à être éblouie par l'ombre de leurs cils, à être émue par un flocon de neige, à être renversée par une larme sur leur joue. »

Kim THÚY, *Ru*

- 1 -

Je n’y retournerai pas.

Ni maintenant ni jamais. Ma cheville droite est grosse comme un poing et je sens les éclats d’os qui frottent les uns contre les autres, ces éclats vieux de six ans, quand je marche en boitillant de la ferme jusqu’à la route lointaine.

Ma destination est là, je la vois, mais elle est toujours aussi loin. Je boite, je sautille, et un monde entier de souffrances me sépare encore de la route. Mes yeux regardent à gauche, à droite, au cas où il serait là. Très peu de circulation. Des camions qui transportent des choux et des betteraves à sucre ; des voitures qui amènent les cueilleurs de fruits. Un bus par jour.

J’ai mon billet de cinq livres, son billet à lui, ma seule chance de pouvoir fuir cet enfer en rase campagne. Le papier vert froissé est roulé et coincé dans mes cheveux, encore noirs après ces neuf années en Grande-Bretagne ; Dieu seul sait pourquoi ils n’ont pas blanchi.

Chaque pas est un kilomètre. Vieilles douleurs et nouvelles souffrances fusionnent en un supplice brûlant, sous mon genou droit : un mélange d'huile bouillante et de glaçons tranchants.

Le sentier a la couleur brun pâle du mois d'octobre, la boue retournée, puis séchée, puis à nouveau retournée par le tracteur. Son tracteur à lui.

J'avance aussi vite que possible, en me mordant la langue. Je jongle avec différentes souffrances. Je me débrouille de mon mieux.

Il n'arrive pas. Je peux repérer sa Land Rover à un kilomètre.

Je m'arrête pour reprendre ma respiration. Les nuages se déplacent au-dessus de moi, ils m'incitent à fuir ce trou perdu, ils me poussent dans le dos, m'entraînent vers cette route, vers cet unique bus quotidien, avec mon billet de cinq livres caché dans mes cheveux.

C'est lui ?

Non.

Pitié, non. C'est impossible.

Je m'immobilise complètement, les os de mes chevilles battent encore plus fort que mon cœur, et il est là, à l'horizon. C'est son pick-up ? C'en est peut-être un autre du même modèle. Le véhicule d'un représentant en charrues ou d'un instituteur. Je regarde à droite, vers la ville située de l'autre côté du pont, puis à gauche, vers le village. Des endroits où je ne suis jamais allée. Mes yeux se fixent sur la Land Rover. Sa Land Rover à lui. Qu'elle continue à rouler, pour l'amour de Dieu, que ce soit quelqu'un d'autre et qu'elle continue à rouler.

Mais il ralentit et mes épaules se voûtent.

Il tourne dans le chemin, son chemin, le chemin qui mène à sa ferme, à ses terres.

Je regarde à droite, vers le néant, les champs infinis qu'il a sculptés, les clochers dans le lointain, puis à gauche, vers les éoliennes et le néant qu'il y a de ce côté-là aussi. Ensuite, je pleure. Je pleure sans larmes, sans bruit. Je tombe. Je me plie en deux avec un craquement, et par chance une pierre coupante sous mon genou droit me fait oublier ma cheville.

Il roule jusqu'à moi et je reste à genoux.

Si j'avais eu les idées claires et nettes, j'aurais réussi à m'enfuir ? Pas avec cette jambe. Pas avec lui qui revient toujours. Qui vérifie toujours que je suis bien là. Qui me surveille.

Maintenant, j'ai Kim-Ly dans ma tête et je ne le laisserai pas y entrer. Ma sœur, ma petite sœur, c'est toi qui me donnes la force de respirer sur ce long chemin boueux qui traverse la campagne. Je suis là pour toi. J'existe pour que tu puisses survivre. Je sais ce qui va suivre. De nouvelles horreurs. Et je les subirai pour toi, pour toi seule.

Il se dresse devant moi.

Une fois encore, j'existe seulement dans son ombre.

Dévorée par son ombre.

Je ne le regarderai pas, pas aujourd'hui. Je pense à toi, Kim-Ly, toi qui as les yeux de maman, les lèvres de papa et ton nez à toi. Je ne lèverai pas les yeux vers lui.

Je suis allée jusqu'à la barrière fermée, à mi-chemin ; j'ai parcouru trois kilomètres, peut-être. Mais pas plus.

Tout autour, ce sont encore ses terres. Qui m'étouffent.

Il se penche, tend la main, me ramasse doucement, me hisse sur son épaule et me ramène à la ferme.

Je suis inerte, comme morte.

Mes larmes tombent dans la boue, sur les empreintes que j'ai formées il y a une heure, des empreintes de sandales pour homme, taille 46 ; l'une est parallèle au chemin, l'autre à angle droit – c'est une trace lamentable plutôt qu'une empreinte, chaque pas comme une victoire, une évasion, un échec total.

Il marche sans rien dire, son épaule robuste fait une bosse dure sous ma taille. Il me retient sans user de sa force. Son pouvoir est absolu. Il n'a pas besoin de recourir à la violence parce qu'il contrôle tout, à perte de vue. Je sens son avant-bras au creux de mes genoux, placé aussi délicatement qu'un violoniste de concert tiendrait son archet.

Ma cheville est brûlée. Les nerfs, les os, les tendons et les muscles sont en bouillie, un pêle-mêle d'esquilles tranchantes et de viande racornie. Le feu. Je ne sens rien d'autre. La douleur est une chose que j'endure chaque jour de ma vie, mais pas à ce point-là. C'est l'horreur. J'ai la bouche ouverte. Un cri silencieux. Un cri sans espoir, sans fin.

Il s'arrête, ouvre la porte que je nettoie pour lui chaque matin, et nous entrons dans sa ferme. J'ai échoué ; cette fois, que va-t-il me faire ?

Il tourne, passe devant le miroir et la boîte à clefs fixée en hauteur sur le mur, puis pénètre dans la grande salle du rez-de-chaussée. Au Viêtnam, ma famille avait six pièces au rez-de-chaussée. Il dépasse le téléviseur enfermé dans son armoire, la caméra, et il me pose sur le canapé recouvert de plastique comme si j'étais un enfant encore endormi après un long trajet en voiture.

Il baisse les yeux sur moi.

— Tu veux un antidouleur, j'imagine.

Je ferme les yeux très fort et je hoche la tête.

— Ça viendra.

Il tire de sa poche les clefs de la Land Rover et repart vers la boîte, dans le vestibule. Il détache la clef de la chaîne qu'il porte autour du cou, ouvre la boîte, y dépose les clefs du pick-up puis la referme.

Il revient dans la pièce. Cet homme est deux fois plus grand que mon père mais vaut deux fois moins qu'un rat.

— Vide-les.

— Quoi ?

— Vide tes poches.

Recroquevillée sur le canapé, j'ouvre la fermeture Éclair de sa polaire, je mets la main dans la poche de mon tablier, le tablier de sa mère, et j'en sors les quatre objets que j'ai conservés, les quatre choses réellement miennes qui me restent au monde.

— Il te reste quatre trucs.

J'acquiesce.

— Eh bien, c'est ta faute, tu peux en vouloir à personne d'autre, Jane.

Je ne m'appelle pas Jane.

— Choisis-en un.

Je regarde la housse en plastique qui recouvre le canapé, la carte d'identité sur laquelle apparaissent les derniers mots que je possède dans ma propre langue, la dernière photo de moi, telle que j'étais avant que tout cela arrive. C'est le dernier objet où figure mon véritable nom, Thanh Dao, avec ma date de naissance, 3 novembre, mon lieu de naissance, Biên Hòa, au Viêtnam. Ça prouve que je suis vraiment moi.

À côté, il y a papa et maman. Ma mère, ses yeux rieurs, sa frange et sa raie sur le côté, et ce demi-sourire que je vois parfois chez ma sœur. Mon père qui lui tient la main, l'amour, la confiance, l'amitié et la tendresse pour ma mère rayonnant par tous ses pores, sous toutes les coutures.

Puis il y a les lettres de Kim-Ly. Ma chère petite sœur. Ma vie est maintenant ta vie ; mon avenir t'appartient, utilises-en chaque seconde, chaque gramme de plaisir. J'examine les papiers froissés et je pense à l'époque où elle habitait Manchester, à son emploi, à son indépendance chèrement gagnée, qui devait bientôt être réelle, complète, irrévocable.

Le quatrième objet me vient de sa mère à lui. Je n'en voulais pas, mais j'en avais besoin. J'en ai encore besoin. Je l'ai trouvé dans le placard à provisions de la petite chambre du fond, celle où il me fait dormir une semaine sur quatre. *Des souris et des hommes* est le livre de sa mère, mais comme je le lis, y pense ou en rêve tous les jours depuis des années, je dirais qu'il m'appartient de droit désormais.

Je le regarde, ses yeux gris-bleu sans vie.

— J'en ai besoin, Lenn, s'il te plaît. (J'entrelace mes doigts.) S'il te plaît, Lenn.

Il s'approche de la vieille cuisinière en fonte, ouvre une des portes, introduit dans le feu une poignée de rejets de saule, puis referme la porte et se tourne vers moi.

— T'as voulu te sauver, alors tu dois choisir un truc. Si c'est pas toi, ce sera moi.

Il marche vers l'évier et j'aperçois le bocal en haut du meuble.

— Je peux avoir un comprimé d'abord, s'il te plaît ?

— Choisis un truc et t'auras ton cachet.

Ma carte d'identité. La photo de mes parents. Les précieuses lettres de ma sœur. Mon livre. À moi, à moi. Pas à lui. À moi.

Je sais ce que je vais choisir. J'avais déjà prévu dans ma tête. En pleine nuit. Je réfléchissais. Je préparais. J'espérais le meilleur pour me préparer au pire. À ça.

— T'avais même pas fait un tiers du chemin, dit-il. Je sais pas à quoi tu pensais, ma grande.

Je me concentre sur le visage de maman. Je le mémorise à travers la douleur que je ressens dans ma cheville, à travers la souffrance et les larmes sèches. J'enregistre les détails. L'asymétrie de ses sourcils. La chaleur de son regard. J'observe papa et je scrute son visage, je bois chaque grain de beauté, chaque pli, chaque ride charmante, chacun des cheveux sur sa tête chérie.

Je pousse la photo vers Lenn. Je rassemble les lettres, le livre et la carte d'identité dans mes bras, sur mes genoux, et je les enfonce dans le tablier de sa mère.

C'est un geste égoïste. Mais je pense que mes parents comprendront, ils sauront que j'avais besoin du livre pour ne pas devenir folle, de la carte d'identité pour rester moi-même, et des lettres pour me lever chaque matin et m'endormir chaque soir. Ils me pardonneront.

Il attrape la photo et la tient par un coin afin de ne pas toucher l'image. Il la glisse dans sa salopette tachée de graisse, puis il s'étire et sort le bocal du meuble. On dirait l'un de ces bocaux qu'on voit chez les confiseurs, un grand récipient en verre avec un couvercle en métal qui se visse. Il contient des comprimés de la taille d'une gomme de crayon. Il refuse de me dire de quoi il s'agit exactement, mais je le sais. C'est un fermier.

Il peut en commander sans que personne pose de questions. Il prend un cachet, la poudre blanche marque les craquelures de ses doigts calleux comme s'il pratiquait l'escalade ou l'haltérophilie, puis il le casse en deux. Il en remet une moitié dans le bocal, revisse si fort le couvercle que je ne pourrai pas l'ouvrir seule, puis il range le bocal en haut du meuble. Je lui ai déjà donné des somnifères, évidemment. Enfin, j'ai essayé, vous pensiez que je ne l'aurais pas fait ? Des miettes écrasées dans la sauce. Presque deux comprimés entiers. Mais il est très exigeant pour la nourriture. Il a senti un goût bizarre. Il avait déjà avalé presque tout son repas. Je l'ai regardé, je priais, je suppliais, j'implorais. Il s'est mis à somnoler, puis il s'est jeté sur moi, hébété comme une guêpe furieuse à la fin de l'été. C'est ainsi que j'ai perdu les vêtements qui m'appartenaient et la bague en argent que ma grand-mère m'avait donnée quand j'ai quitté la maison. Il avait senti les médicaments pour chevaux dans la sauce du poulet. Désormais, il est plus prudent.

— Tiens.

Il remplit un verre d'eau au robinet et me le donne avec le demi-cachet. J'avale le tout.

— Je peux avoir l'autre moitié, s'il te plaît, Leonard ?

— Ça te réussit pas, tu le sais bien.

Le cachet fait lentement effet. Je me concentre pour faire pénétrer sa torpeur vers le bas de mon corps, vers ma cheville, plus vite, je voudrais que ça descende par mes vaisseaux sanguins et mes nerfs afin d'atténuer la douleur.

— Pour l'autre moitié, on verra. Peut-être après ton thé.

Il y a un espoir. Une chance que je perde connaissance, emportée dans un sommeil profond et sans rêve.

Il va m'épier, me surveiller, il passe son temps à ça, il m'observe, me possède, mais moi, je serai au fond de la mer, j'aurai fui cette vie dans les marais, j'aurai pris un congé sabbatique loin de l'enfer.

— Tu devrais faire cuire les saucisses pendant que je visionne les bandes. Je les veux comme ma mère les faisait, bien dorées partout.

J'essaye de me lever du canapé mais j'ai encore trop mal à la cheville, malgré le somnifère pour chevaux qui commence à agir. Je me traîne jusqu'au frigo pendant qu'il s'assied devant le vieux PC et le déverrouille avec son mot de passe, que son large dos m'empêche de voir. L'écran s'allume. Dans le frigo, il n'y a que sa nourriture à lui. Oh, j'en mangerai un peu, c'est sûr, mais je n'ai rien acheté, rien fait pousser, rien choisi de tout ça. Je jette les saucisses dans une poêle sur la cuisinière. Il fouille parmi les vidéos, celles des sept caméras qu'il a installées dans cette maison, sa maison, pour me surveiller tous les jours. Les saucisses crépitent dans la poêle. Je regarde le gras fondre et bouillonner sous leur peau, des bulles se forment, puis une des saucisses éclate sur le côté et pétille.

— T'as eu une sacrée journée, pas vrai ? dit-il en désignant l'écran où l'on me voit rassembler mes affaires, il y a quelques heures seulement, mes quatre objets qui ne sont maintenant plus que trois, et sortir par la porte principale. Des vraies vacances, hein ? (Il lance un regard vers les pommes de terre, dans l'évier.) Fais gaffe qu'y ait pas de grumeaux cette fois, Jane. (Il se retourne vers l'écran de l'ordinateur.) Quand c'était ma mère, y avait jamais de grumeaux. J'aime pas qu'y ait des grumeaux.

- 2 -

Je pose son assiette devant lui et place une fourchette à côté de son verre de citronnade. Il exige qu'elle ait la couleur de la pisse du matin (c'est son expression), donc je la lui sers comme ça.

— Ça m'a l'air bien, dit-il en jetant un coup d'œil à l'assiette. On va voir.

Je prends mon assiette et m'installe face à lui. Je baisse les yeux, observe les différentes nuances de brun et de beige. Comme je ne peux pas trop peser sur ma cheville, je croise les jambes avec précaution et je laisse en suspens mon pied fragilisé, comme le ferait un supplicié.

— Elles sont comme il faut, dit-il, et je vois dans sa bouche ouverte le morceau de saucisse qu'il a mâché. Ça ira.

Le demi-cachet agit à présent, il prive mon corps de toute sensation, me vide la tête et adoucit tous les contours. Je m'engourdis.

Il découpe sa saucisse avec son couteau, il l'écrase à moitié, et la texture grossière s'aplatit sous les dents de la fourchette. Puis il ramasse un peu de purée, sans grumeaux ainsi qu'il l'a exigé, et l'enfourne dans sa bouche. La caméra fixée dans l'angle de la pièce est allumée et les clefs sont enfermées dans la boîte.

— Mighty White, dit-il sans me regarder.

Je décroise les jambes avec soin et je sautille jusqu'à la huche, mon pied valide supportant l'essentiel de mon poids. Je dépose deux tartines sur la planche à pain.

— Salis pas une assiette pour ça, pas la peine.

Je boitille jusqu'à la table et je lui tends le pain. Il le prend, le plie pour absorber le reste de purée, le mange et déglutit. Il vide son verre.

— Quand j'étais gamin et qu'on allait à Skegness, avec ma mère, elle nous faisait des saucisses comme ça. Qu'est-ce qu'elles étaient bonnes ! Les tiennes, c'est pas encore ça, mais ça s'améliore. Faudra peut-être les cuire un petit peu plus la prochaine fois.

Je hoche la tête et je débarrasse la table.

— T'en as encore plein la culotte ou c'est fini ?

Je m'arrête près de l'évier, les assiettes à la main. J'ai envie de les casser et de me servir des tessons pour lui trancher la gorge. J'en ai rêvé. En dormant et éveillée. Le sang de sa jugulaire qui coule sur le canapé recouvert de plastique. La vie qui se répand hors de ce corps massif. Le soulagement.

— Demain, dis-je.

Je mens. Il pourrait vérifier. C'est déjà arrivé. Vas-y. Vérifie.

— Bon, pas besoin de bain, alors. Fais la vaisselle et on ira se coucher.

Un bout de peau de saucisse est coincé entre mes dents de devant. J'empile les assiettes sur la vieille poêle à frire, la poêle de sa mère, et je les lave. Il refuse de m'acheter des gants parce que sa mère n'en portait jamais pour la vaisselle, voilà pourquoi j'ai les mains abîmées.

— Je vais donner à manger aux cochons, on a quoi ?

Ses foutus cochons vivent mieux que moi. Je regarde par la fenêtre de la cuisine, par-dessus l'évier, et je vois la porcherie au loin. Des murs en parpaing, un toit en tôle ondulée. Assez loin pour que tout disparaisse derrière mon pouce.

Du côté de la mer, après la digue, il n'y a rien d'autre que ses cochons et les marécages. Je récupère quelques déchets dans la poubelle, des pelures de pommes de terre, du cartilage que je n'ai pas pu mastiquer et, dans le frigo, du jambon en tranches périmé. J'entasse le tout dans le seau que je lui remets.

— Allume le feu pour quand je rentrerai. Il fait froid dehors, le ciel est tout moche.

Je finis la vaisselle tout en tendant l'oreille.

Voilà.

Le bruit du verrou à la porte.

Soulagée, enfin. Je pousse un soupir et j'attends, l'éponge à la main. Le voilà dans le champ, sur son quad, le monstre à quatre roues, il s'en va nourrir ses frères les porcs. Je voudrais qu'il fasse une crise cardiaque, une mauvaise chute, peut-être dans le fossé avec le quad au-dessus de lui, qu'il se noie, que la foudre le frappe. Mais il ne lui arrive jamais rien, aucun accident. Il est aussi solide, aussi brut qu'un mur en béton. Je ne compte plus les fois où j'ai imploré tous les dieux, l'horizon, les quatre clochers que je vois au nord par beau temps et les trois au sud, les éoliennes, pour qu'un malheur, un châtiment s'abatte sur lui, mais il est toujours en pleine forme.

Les caméras tournent. Elles fonctionnent sans arrêt. Si je bouge, l'enregistrement démarre ; il les a réglées pour ça. Leonard est très doué pour l'électricité et la plomberie. Et il pourrait revenir. Il dit qu'il s'en va nourrir les cochons, ces animaux royaux qui se vautrent sur leur trône de boue, inconscients de leur relative liberté, mais il pourrait aussi bien revenir dans cinq minutes. Pour me surprendre. Vérifier ce que je fais. Contrôler son petit monde et maintenir les choses exactement comme elles lui plaisent.

Mes trois objets sont encore dans mon tablier, le tablier de sa mère. Dos à la caméra, je sors *Des souris et des hommes*, je l'ouvre sur le rebord de la fenêtre et je lis tout en faisant semblant de continuer la vaisselle. Des mots de réconfort. D'espoir. Mes yeux survolent les pages. Je connais tout le texte par cœur. Régulièrement, je jette un œil vers la fenêtre, au cas où. Je pense au champ de luzerne de George et Lennie, à leurs lapins, à leur rêve, à leur évasion, et je pense à ma sœur, Kim-Ly. Tous mes avenirs potentiels sont désormais investis dans son avenir réel. C'est par son esprit à elle que je fuirai cet endroit, par elle que je survivrai.

Nous sommes arrivées ensemble dans ce pays.

C'était il y a neuf ans, et à l'époque c'était ce qui pouvait nous arriver de mieux. On nous l'avait bien vendue, l'idée que nous pourrions aller en Angleterre et trouver un bon emploi – dix fois les salaires du Viêtnam – pour envoyer l'argent à notre famille. Nous pourrions travailler, toutes les deux, ce serait dur mais nous serions ensemble, pas vrai ? Les deux hommes qui sont venus chez nous étaient des gens sérieux, avec des cartes de visite et une sacoche en cuir. Le patron a souri à ma mère et serré la main de mon père. Ils ont bu notre thé. Ces hommes nous ont ensorcelés, nous ont débité leurs mensonges abominables. Ils nous ont vendu un rêve impossible ; ils les ont très bien vendues, la luzerne des lapins, l'occasion de veiller sur ces parents dont l'image sera brûlée ce soir dans la cuisinière.

Sa cuisinière en fonte.

Dans cette maison ou ces champs, ce qui n'est pas à lui est forcément à elle, sa mère, et c'est presque pire parce qu'elle l'a mis au monde, elle l'a élevé, elle l'a créé.

Je range le livre dans mon tablier usé, la lumière grise diminue à la fenêtre, les brumes d'automne montent des marais d'eau salée que je ne peux pas voir mais dont il me dit qu'ils se trouvent derrière la porcherie et le bosquet. Certains soirs, je hume l'odeur du sel dans l'air. Je la sens dans ma bouche. Elle vient de très loin. D'au-delà de son domaine. Je tourne le dos à ses cochons et à lui et je contemple cette lamentable pièce du rez-de-chaussée. À gauche, la cuisinière en fonte, la source de chaleur pour nous, notre nourriture et notre eau ; notre four et nos plaques de cuisson, notre lumière et notre réconfort, le cœur de cette maison pourrie. Puis la petite table en pin avec deux chaises en pin, et le fauteuil près de la cuisinière, sa forme à lui modelée dans le siège pour l'éternité. Puis le téléviseur enfermé dans son placard, et le canapé sous sa housse de plastique. En dehors du vestibule, de l'escalier qui monte à l'étage et de la salle de bains dans l'appentis à l'arrière, c'est tout, c'est tout ce qu'il y a ici.

Je me traîne jusqu'à la porte et j'entre dans la salle de bains. Il y fait toujours humide. Et froid. Quel que soit le temps qu'il fait à l'extérieur, le sol de cette pièce est glacé six mois par an, et moite. Cet appentis a été ajouté il y a huit ans, quand sa première femme est morte, alors qu'il avait déjà une quarantaine d'années. Je ne ferme pas la porte, c'est défendu.

Demain, au moins, je prendrai un bain chaud. Dans de l'eau chauffée par la chaudière rattachée au poêle, de l'eau très chaude, de l'eau brûlante, aussi proche de l'ébullition que je peux le supporter. Brûlez-moi, anéantissez mon système nerveux, aidez-moi à neutraliser ces sensations. Le revers de la médaille, c'est ce qui viendra après.

Le froid de cette pièce, son humidité. Ma sœur et moi sommes arrivées à Liverpool dans un conteneur maritime il y a neuf ans. Jamais je n'avais eu aussi froid. De la chaleur de Saigon à cette boîte métallique gelée. Nous étions dix-sept, cachées derrière des paquets et des caisses. Entassées derrière une fausse cloison. Des couvertures et des bouteilles d'eau. Des seaux. Je m'accrochais à ma sœur et au sac à dos que j'avais avec moi. Les photos de mes parents. Nous n'étions plus que seize à l'arrivée à Liverpool, et je regrette parfois, non, je regrette souvent, de ne pas avoir été la dix-septième.

Je grimpe à l'étage, je me hisse en m'aidant de mes bras, agrippée à la balustrade comme si je menais un combat, gravissant une marche à la fois. Il me faut l'autre moitié du cachet, ma cheville la réclame à grands cris. Je ne me suis évanouie de douleur qu'une fois dans ma vie, le jour où il est arrivé quelque chose à ma cheville.

Il y a deux chambres dans cette maison, sa maison à lui. Sa chambre à lui, qu'il appelle notre chambre, se situe en façade, du côté du chemin jusqu'au bout duquel je n'ai pas pu aller aujourd'hui, du côté de la barrière fermée à mi-parcours, des silos, des granges, des cours et des vieilles charrues. Dans cette chambre, il y a un accumulateur de chaleur, une garde-robe et un grand lit. L'autre, plus petite, à l'arrière, est ma chambre une semaine sur quatre.

Pendant ces six jours, plus ou moins, je suis autorisée à dormir seule. Ma présence n'est plus tolérée dans sa chambre à lui. Ce sont les jours pour lesquels je vis, les nuits où je peux dormir dans mon propre espace et rêver mes propres rêves. Ce sont les jours où je parviens presque à exister.

Mais je ne dois jamais fermer la porte. Là aussi, c'est défendu.

Toujours ouverte. Et il a poussé le petit lit contre le mur, afin de pouvoir me regarder depuis le palier ou depuis sa chambre. Il entre chaque fois qu'il en a envie. Je n'ai aucun espace sûr, aucun endroit à moi. Rien pour me protéger, pour me cacher. Je n'ai aucune intimité, rien qui ressemble à une vie privée. Je suis filmée, observée, surprise, enregistrée, espionnée. Je vis dans une prison ouverte entourée de champs sans murs et de marais sans clôtures. C'est l'immensité du terrain qui me maintient prisonnière. Je suis retenue, incarcérée dans le plus ouvert de tous les paysages.

J'entends son quad. Je cours vers le placard à provisions situé dans la petite pièce arrière. Le côté gauche est pour moi. Il était plein quand je suis arrivée de l'autre ferme, perdue, terrorisée. Sans trop savoir ce qui avait été convenu. J'avais dix-sept objets personnels. Maintenant, il ne m'en reste plus que trois. Sur les autres étagères, du côté droit, sont rangées les vieilles affaires de sa mère. Il ne m'a jamais rien acheté. Je dois me débrouiller avec les lainages, les sous-vêtements et les couvertures de sa mère. Je ne peux pas mettre ses chaussures, je ne peux pas vraiment mettre de chaussures du tout, donc je porte ses sandales à lui, les vieilles, dont une des lanières de cuir a été découpée pour accueillir mon pied devenu difforme.

Je pose ma carte d'identité, mon livre et les lettres de ma sœur sur les claies. Ce côté-ci du placard a l'air triste. Presque vide, maintenant. Un sablier à court de sable. Puis je reprends les lettres, les soixante-douze, je les tiens contre ma lèvre supérieure, la peau douce sous mon nez, et je m'imprègne de ma sœur.

— T'es où ? crie-t-il depuis l'entrée de la maison.

— J'arrive.

Quand je reviens dans le salon, il est en train d'enlever ses bottes et d'ouvrir la boîte à clefs. Il y dépose la clef du quad et oui, bien sûr, j'ai essayé de le faire démarrer, je ne me rendais pas compte, il y a quatre ans, peut-être cinq, je n'ai pas réussi et c'est là que j'ai perdu mon crayon, déjà réduit à rien à force d'être taillé, c'est là qu'il me l'a pris et l'a brûlé sous mes yeux. Depuis, je n'ai plus écrit un mot.

— Mets la bouilloire à chauffer, y a un de ces vents, dehors.

Je pose la bouilloire sur une des plaques de la cuisinière.

— Bon, au travail, maintenant. Ouvre le poêle.

Il sort de sa salopette la photo de mes parents. Il a le bout des doigts rouges, ses cuticules saignent. J'ouvre la petite porte qui révèle des braises ardentes.

Il brandit la photo mais elle n'existe déjà plus à mes yeux ; j'ai fait mon deuil. Il se lèche les lèvres.

— Tu recommenceras pas, Jane.

Je ne m'appelle pas Jane.

— Si tu recommences, il te restera plus rien à brûler, hein ?

Je regarde les braises.

Il y place la photo, mais, avant qu'il la lâche, les bords sont tordus et ratatinés par la chaleur, puis il y a un éclair blanc, le bois de saule lance une flamme, et mes parents disparaissent, transformés en chaleur pour réchauffer ses mains sanglantes et son thé beige. Ils ont disparu.

Je ne ressens rien.

Je verse l'eau dans deux tasses tandis qu'il ouvre le meuble du téléviseur dans le coin de la pièce. Je dis « meuble », mais c'est une grande porte fixée sur des charnières, qui ferme l'angle entre deux murs. Elle grince en tournant sur ses gonds.

Il range la clef du téléviseur dans la boîte et s'assied dans son fauteuil, la télécommande à portée de main.

— Merci, ma poulette, dit-il quand je pose près de sa chaise le mug, cadeau publicitaire offert par un fabricant de pesticides. *Fous du foot.* Ça, c'est une émission pour toi !

Je lorgne les cachets, les médicaments pour les chevaux, ou pour les vaches, peu importe. Des tranquillisants qui n'ont pas été testés sur ou pour des humains. Des génériques pour les porcs et les bovins.

— Je peux avoir l'autre moitié, s'il te plaît, Lenn ?

Il lance un coup d'œil rapide à ma cheville droite, à la masse de tendons et d'os, à la souffrance qui s'y niche, au bleu, au sang qui s'accumule à la base de mon pied sous ma peau abîmée, au pied à angle droit, mon pied, mon pied de travers.

— Ouvre le poêle pour chauffer la pièce, on se les gèle.

Il se lève, tend la main vers le bocal et dévisse le couvercle, les muscles de son avant-bras glabre se dressent et retombent, puis il me donne l'autre moitié du comprimé pour cheval. Je reçois le cachet et j'ouvre la petite porte de la cuisinière de sorte que la pièce, cette unique pièce, sa pièce à lui, se transforme, du moins à ses yeux, et seulement à ses yeux, en un séjour confortable.

— Qu'est-ce qu'on dit ?

— Merci, Lenn.

Il se rassied dans son fauteuil et je m'installe comme il aime, par terre, la tête au niveau de ses genoux. À ses pieds. Il regarde *Fous du foot* avec les sous-titres, un des premiers cadeaux qu'il m'a faits pour que j'améliore mon anglais, et il me caresse les cheveux.

— On est bien, hein, tous les deux ? (Il sirote son thé beige, et la lueur du poêle éclaire un côté de son visage.) On a chaud, on a un toit au-dessus de la tête, on a le ventre plein, on est ensemble. C'est pas si mal, hein ?

Je reste assise, je sens des élancements dans ma cheville broyée, il passe dans mes cheveux ses gros doigts rugueux, il me tapote la tête, et j'avale le demi-cachet.

- 3 -

Je me réveille, mais pas comme vous le feriez.

J'ai la sensation de ne plus dormir, et pourtant une distance me sépare de cette sensation, je n'y adhère pas.

Puis la douleur frappe.

Elle ne s'insinue pas lentement, comme on pourrait s'y attendre. Je passe d'un coup du sommeil profond d'un cheval sous sédatif, qui n'est pas réellement du sommeil, plutôt une sorte de coma léger, à une douleur à hurler. Je baisse les yeux. Je suis dans sa ferme, dans la chambre du fond, sous le couvre-lit de sa mère, et ma cheville est presque deux fois plus grosse que d'habitude, mes orteils sont noirs de sang. Je suis étendue sur le dos, mon pied gauche se dresse comme le ferait le vôtre mais le droit se détourne, rattaché à ma jambe par un nœud d'os cassés, d'éclats agglomérés, la cheville formant une boule affreuse, une caricature d'articulation.

Il me faut encore un demi-comprimé.

Prolonger l'hébétude. Augmenter la distance, le brouillard.

L'horloge accrochée au mur indique 11 h 30. À travers le cadre disjoint des fenêtres, j'entends son tracteur et je sens le courant d'air qui vient de ses champs.

Je bois une gorgée d'eau et j'essaye de me lever. Ma cheville a la couleur et la consistance d'un fruit trop mûr, oublié trop longtemps. Elle semble plus fragile que d'ordinaire après la marche accomplie hier, alors que je ne suis même pas arrivée à la moitié du chemin. On dirait qu'elle va s'émietter, se décomposer si je fais peser le moindre poids dessus.

Je sautille, mais c'est pire. Mon pied droit pendouille et tremblote, la tension est trop forte et je me rassieds au bout du lit, la sueur perlant sur mon front et ma nuque, le visage déformé par la douleur.

Le tracteur est tout près, peut-être dans le champ de 4 hectares, à l'est, peut-être dans le champ de blé d'hiver que borde la longue digue.

Je me redresse et je m'oblige à descendre l'escalier une marche à la fois, un supplice à la fois. Les fragments de ma cheville raclent les uns contre les autres et, quand j'arrive en bas de l'escalier, j'entends un craquement sourd.

Journée incertaine.

Couverte.

Je me tiens sur le seuil de la porte principale, la brise humide rafraîchit ma douleur. Mes yeux fixent son tracteur qui laboure les champs, sa tête visible dans la cabine, et j'aperçois encore mes empreintes d'hier dans la boue, comme autant de victoires, autant de défaites.

Il arrête le tracteur et en sort.

Sa silhouette grandit à mesure qu'il s'avance vers moi.

— Quelle heure il est ?

— J'ai besoin d'un cachet, dis-je en serrant les dents.

Il se rapproche, puis entre dans la cuisine. Il me donne un comprimé que je prends.

— Tu vas être en retard, tu ferais mieux de te mettre au boulot.

— Tout de suite.

Il fait du café, une tasse pour moi et une tasse pour lui. Il réutilise son mug offert par le fabricant de pesticides et me donne une tasse à fleurs que sa mère aimait bien. Du Nescafé et deux carrés de sucre. Sur la porcelaine, les fleurs ont pâli au point de presque disparaître. Mes mains ont frotté cette vaisselle ; Jane, sa mère, l'a frottée ; Jane, sa première femme, l'a frottée aussi.

Le cachet produit son effet. Je lui demanderai bientôt de me donner les trois quarts plutôt que la moitié d'un comprimé. Il pourrait me donner le plus gros morceau des cachets pendant trois jours et, le quatrième, les trois plus petits bouts restants. Ce sera pratique pour lui et mieux pour moi. Je tiendrai le coup, comme ça. Je tiendrai pour Kim-Ly.

J'insère des branches de saule dans le poêle et j'attise le feu. Sur la plaque, l'eau commence à frémir.

Le sol de la salle de bains est froid comme une flaque en février. Il est mou, c'est le problème ; il n'est pas simplement humide et glacé, il est aussi spongieux, comme si le lino avait été posé à même la boue. Et il y a l'odeur. De pourriture. De décomposition. Sous cette salle de bains, le sol est mauvais, l'odeur est si pénétrante qu'elle donne envie de vomir.

Je me coiffe et voilà qu'il m'observe dans mon dos. Il est en bas de l'escalier, mais je n'ai pas le droit de fermer les portes. Il me regarde me coiffer, il me surveille. Ce soir, il me dira de faire couler un bain. Voilà pourquoi j'ai essayé de m'enfuir hier, le dernier jour de mes règles, la dernière chance avant que tout recommence. Je voulais me servir de mon billet de cinq livres, celui que j'ai fourré dans l'accumulateur de chaleur, pour téléphoner à quelqu'un. N'importe qui. J'ai pris l'argent il y a près d'un an. Je ne sais pas qui appeler. Quelqu'un à Manchester ? Quelqu'un qui la trouvera et lui dira de se cacher. De s'enfuir. Parce que, si je m'étais échappée, il aurait appelé son ami Frank Trussock et elle aurait été renvoyée. Alors, toutes ses années de travail, de dur labeur et de sacrifice pour rembourser les hommes qui nous ont fait venir, qui nous ont trompées, tout cela n'aurait servi à rien.

Lenn sort, referme la porte et s'en va.

Je prépare les toasts sur la cuisinière, avec son pain de mie Mighty White. Le nom Mighty White ne figure pas sur le paquet, mais il l'appelle comme ça, alors j'en fais autant. Mighty White. J'ai l'impression de manger de l'isolant pour les murs, mais je me suis habituée. Je m'y suis faite. J'en suis même venue à aimer ça.

La douleur est sourde, mon crâne est engourdi. C'est pour ça que mes souvenirs sont brouillés comme une sauce ratée. Je retrouve une goutte de ceci, un bout de cela, mais tout est en pagaille. Comment je suis arrivée ici, qui je suis, ce qu'il m'a fait. Je me rappelle tout ce qu'il me défend de faire. Il n'y a pas de discussion possible, je me rappelle ses interdictions et le programme de ses repas, ce qu'il mange chaque jour de la semaine, comment il aime son jambon, ses œufs et ses frites. C'est moi que j'oublie parfois. Qui je suis réellement.

Qui j'étais avant. Mais j'ai encore mon livre, ma carte d'identité et mes lettres.

Je charge la vieille machine à laver. Tout ce linge était à sa mère, aussi. Au début, je le suppliais chaque semaine d'acheter des tampons ou des serviettes hygiéniques quand il allait se ravitailler à la supérette du village. Il répondait : « Ma mère, elle a jamais eu besoin d'affaires comme ça, et t'en as pas besoin non plus. » C'est une insulte, une humiliation si intime que j'en étais malade. Je dois utiliser les torchons de sa mère, les tissus mangés aux mites dont elle se servait pour elle-même, puis comme couches pour lui quand il était bébé. Ils les ont portés tous les deux et maintenant c'est moi qui dois les porter. Je m'y suis habituée. C'est le prix à payer pour cinq ou six nuits tranquilles chaque mois, dans la petite chambre du fond, seule avec mes pensées et mes beaux souvenirs.

Il fut un temps où mes journées s'écoulaient dans l'insouciance. J'ai été une fillette qui jouait à chat avec son petit voisin, une adolescente qui étudiait l'histoire et qui tombait amoureuse, une jeune femme qui rêvait de ce qui pourrait advenir.

La caméra de la pièce principale est braquée sur moi pendant que je sors les tissus de la machine à laver et que je les emporte dehors. Mon tablier, le tablier de sa mère, claque dans la brise humide des marais tandis que je me dirige vers le fil à linge qui relie sa maison à sa cabane à outils. Je fixe les torchons au fil avec les pinces de sa mère et je scrute l'horizon. Si vous avez déjà vu une photo prise depuis l'espace, vous savez ce que je regarde. Cette courbe douce. Imaginaire ou réelle. Cette impression d'être à la limite de la planète.

Il y a quatre clochers dans cette direction et, d'ici, deux sont cachés par sa cabane. Les clochers, les églises, les vieux arbres, mon salut, des lieux vers lesquels j'ai couru avant ma jambe, avant tout cela, les premiers temps. Je ne suis jamais allée plus loin que ses champs. Tous à lui. Ils sont interminables, l'un suivant l'autre, tous immenses et plats, les haies assez hautes pour masquer tout ce qu'il y a au-delà.

Un merle bat des ailes et s'envole vers la mer.

Je retourne à la maison en boitillant et je discerne une lumière d'un vert vif dans la fissure entre les pierres. Il doit être assez loin, je crois. C'est le moment. Je m'approche du mur et j'en descelle le bonbon dur que j'ai mis en dépôt il y a quelques mois. Je dis « mis en dépôt » parce que c'est là mon compte en banque, mes économies, mon coffre où je conserve du bonheur en sécurité, les seules joies infimes que je peux vraiment maîtriser, que je peux rationner, répartir ou consommer à ma guise.

Il m'en donne de temps à autre. La carotte plutôt que le bâton. Il me le donne par la vitre de sa Land Rover, comme si j'étais un mendiant ou un enfant. Parfois je mange le bonbon aussitôt, si je suis incapable de voir plus loin que cette journée-là. Parfois je le cache dans un mur ou au creux d'un arbre. Ils s'abîment, bien sûr. Ceux que je place du côté sud de la maison fondent au soleil, l'été, et cela les rend aussi difformes que mon pied droit. Leurs contours changent et comblent les trous comme les plus petits vitraux jamais conçus. Ceux que je laisse dans les arbres sont parfois grignotés par les écureuils et les insectes. Mais les jours où je n'ai rien, les jours où le ciel est sombre et sans pitié, alors il reste au moins mes bonbons ; je puise dans mes dépôts et je savoure.

Je pose le bonbon vert sur ma langue. Une révolte miniature.

Je fais en boitillant le tour de la ferme, si petite soit-elle, le bras effleurant les pierres jaunes poussiéreuses, et je mesure toute l'horreur de mon existence. Du vert sucré dans ma bouche – le souvenir approximatif d'une pomme – et les plaines tout autour. Si on tourne le dos à la salle de bains, le paysage est presque vide. Vers la mer. Je ne vois pas l'eau d'ici, je ne sens pas le sel aujourd'hui, mais je devine que la mer est là, tout comme les humains peuvent le deviner depuis la nuit des temps. La terre est plate, mais elle s'incline aussi selon un angle indétectable. Elle glisse doucement vers le bas.

Je contemple sa porcherie. Foutus cochons. Je les entends rarement mais leurs cris font penser à des animaux dérangés. Quand le vent souffle de la mer et que l'air s'y prête, j'entends leurs couinements affamés et désespérés lorsqu'il les nourrit. Le bruit est lointain et très faible, mais j'entends ses porcs lorsqu'il s'occupe d'eux.

Je contourne la cheminée, réchauffée par le poêle de l'autre côté du mur, et j'arrive au tas de cendres : saule brûlé et objets brûlés. Puis je distingue les éoliennes. Je fais attention à ne pas mordre dans le bonbon vert, il doit fondre lentement, ses sucs se mêlent à ma salive, pour prolonger ce plaisir mérité.

Il revient.

J'avale le bonbon, je rentre et je commence à frotter les sols avec de l'eau chaude et du savon.

— Eh bien voilà, dit-il.

Je relève la tête, ma jambe droite étendue derrière moi comme si elle n'appartenait pas à mon corps.

— Je reviens déjeuner bientôt.

C'est comme ça avec les fermiers, ou du moins avec certains fermiers : ils n'arrêtent pas de rentrer. Ils reviennent pour prendre les clefs, un café, une casquette, leur déjeuner. Ils ne quittent jamais la ferme, et quand ils sont sortis on ne sait jamais à quel moment ils risquent de réapparaître. Je n'ai aucun contrôle sur les portes, ma nourriture, mon corps, mes vêtements, rien.

Par la fenêtre au-dessus de l'évier de la cuisine, je le regarde repartir vers les cochons, avec sa charrue relevée derrière son vieux tracteur déglingué. Il me dit que « la ferme arrive tout juste à se moucher » ; il veut dire par là qu'il atteint à peine l'équilibre financier chaque année. Pas d'argent pour améliorer le matériel, donc il doit tout réparer et faire durer. Le déjeuner d'aujourd'hui consistera en du fromage prédécoupé en tranches sur du pain de mie, également prédécoupé, tartiné de sauce aux pickles. Il me fait enlever tous les morceaux de cornichon de la sauce, il ne reste plus que du liquide. Je mange les morceaux. Après, il mangera une pomme et boira un verre de citronnade. J'ai proposé de cultiver des légumes, pour lui faire gagner de l'argent, mais il refuse. « Ils en vendent à la boutique », dit-il.

La caméra me regarde frotter le sol de la salle de bains, la cuvette des toilettes avec leur chasse d'eau fendue et la baignoire en fer glacé. J'utilise de l'eau de Javel, mais les taches ne partent pas. Rouge brunâtre près de la bonde. Les taches de moisissure surgissent ici et là, il faut récurer le plafond avec des éponges grattoirs et le repeindre avec un enduit spécial. La caméra me suit.

Il commence à pleuvoir.

L'air frais et l'odeur froide de l'eau sur la terre.

Je marche jusqu'à la porte ; il faut rentrer les torchons étendus sur le fil à linge, mais il y a quelqu'un dehors. Sur son chemin. Une silhouette foule mes empreintes vieilles d'un jour. Elle a déjà dépassé la barrière fermée à mi-chemin, je vois qu'elle a garé sa voiture près des granges et de la vieille moissonneuse-batteuse et qu'elle s'avance vers moi. Il va l'intercepter, bien sûr. Il ne la laissera jamais venir jusqu'ici. Par deux fois, un livreur de graines a failli arriver jusqu'à la ferme et, une fois, les Témoins de Jéhovah ; un genre de groupe scolaire a presque atteint la porte d'entrée, mais il les intercepte toujours, il est très doué. Il a presque toujours une visibilité parfaite sur ses terres. J'attends sur le seuil, le cœur durci au fond de ma poitrine. Si cette femme s'approche encore, je grimperai peut-être l'escalier, j'irai chercher ma carte d'identité pour la lui montrer. Pour tenter de lui expliquer mon calvaire. Mais je sais que je ne le ferai pas. Je ne peux pas. Kim-Ly a presque fini de rembourser sa dette et bientôt elle sera libre de mener une vie normale à Manchester. Une vraie vie. Elle sera libre de se faire des amis, d'avoir une famille à elle. Elle sera aux commandes. Elle aura la clef de sa propre porte et la possibilité de faire ce qu'elle voudra pendant ses jours de repos. Elle pourra regarder les émissions de télévision qui lui plaisent, et peut-être viendra-t-elle un jour me chercher dans cette prison ouverte.

La femme s'approche en souriant. Un large sourire détendu. Ses cheveux roux sont noircis par la pluie. Elle porte une polaire et un jodhpur couleur crème, comme les cavaliers. Il va bientôt l'intercepter, il va débouler sur son quad et l'emmener bien loin.

Mais non.

Il n'est pas là.

— Je suis ravie de vous trouver, dit-elle.

- 4 -

Je hoche la tête et je me tourne légèrement, de sorte que mon pied cassé reste dissimulé par la porte.

— Désolée de vous déranger, dit-elle en souriant et en fronçant les sourcils. Comme je ne pouvais pas aller jusqu'au bout du chemin, j'ai garé ma Coccinelle dans votre cour, à côté de la barrière, j'espère que ça ne vous dérange pas.

Aidez-moi.

— C'est humide, aujourd'hui, hein ? (Elle se tait. Me dévisage.) Tout va bien ?

Aidez-moi.

— C'est simplement… Pardon, s'exclame-t-elle en me tendant la main, j'aurais dû me présenter d'abord. Je m'appelle Cynthia Townsend, enchantée de vous rencontrer.

Je lui serre la main.

— Je m'appelle Jane.

Je ne m'appelle pas Jane. Je m'appelle Thanh Dao.

— Ravie de faire votre connaissance, Jane, vous habitez un endroit charmant. Je viens de m'installer dans un des anciens logements sociaux du village d'à côté, vous savez, ces maisons avec une fenêtre triangulaire au-dessus de la porte ?

Je hoche la tête.

Je ne connais pas ces maisons.

Je ne suis jamais allée au village d'à côté. Celui où il y a d'anciens logements sociaux avec des fenêtres triangulaires au-dessus des portes.

— Enfin, je viens d'emménager et j'envisage d'acheter un cheval, juste pour me promener, vous voyez, un vieux cheval fatigué, pas trop fringant, juste pour faire des balades, et pour me tenir compagnie, en fait.

Je hoche la tête.

— Je me demandais si vous connaissiez quelqu'un qui pourrait me louer un enclos avec un point d'eau et un abri, rien de bien compliqué, mais j'aimerais autant que ce ne soit pas trop loin du village.

Aidez-moi.

La voix hurle à l'intérieur de mon corps. Tout au fond. Mais en surface je suis calme. Pour Kim-Ly. Pour elle, je dois être forte.

— Ou bien si vous aviez un champ, un bout de prairie. Je ne vous gênerai pas.

Il sera de retour d'un instant à l'autre, il l'emmènera avec un sourire, il la raccompagnera jusqu'à sa voiture garée près de la barrière et il lui suggérera de rendre visite à Frank Trussock, de la ferme près du pont, lui aurait peut-être un enclos ; là-bas il y a des écuries tout à fait correctes, autrefois il louait des box aux propriétaires de chevaux.

Mais il n'arrive pas.

Je commence à transpirer.

— Prenez le temps d'y réfléchir si vous voulez, dit-elle.

Je veux qu'elle m'emmène loin de cet enfer en rase campagne, mais Kim-Ly risque d'être renvoyée, déshonorée, avec la dette entière à rembourser, et des menaces à l'encontre de ma famille, des menaces qui se concrétiseraient. Nous avions chacune dix-huit mille livres à rembourser aux hommes qui nous ont amenées ici. Kim-Ly a déjà presque payé sa dette. Encore deux ans et un mois. Elle doit payer le propriétaire de l'appartement, le chauffeur, les intérêts et d'autres frais, mais bientôt elle sera dégagée de tout ça. Libre. Encore deux ans.

Je secoue la tête.

— Non, vous ne connaissez personne ? Ou bien non, vous n'avez pas d'enclos ?

J'ai presque envie qu'il rentre maintenant, pour mettre fin à cette comédie, à ce sauvetage raté, à cette bouée de secours suspendue sous mon nez et que je suis forcée d'ignorer ; cette femme, cette rousse au visage sympathique, prénommée Cynthia, à qui je ne dois rien dire si je tiens à ma petite sœur et à sa vie.

— Vous devriez demander à mon mari, Lenn. (Il n'est pas mon mari. Il n'est rien.) Lenn saura.

— Il est là ? Je peux lui parler ?

Je secoue la tête.

Elle regarde derrière moi, dans l'unique pièce du rez-de-chaussée avec sa cuisinière en fonte, sa table pour deux, son meuble de télévision fermé à clef et le vieil ordinateur.

— Vous êtes sûre que tout va bien ?

Je suis déchirée. Je meurs d'envie de lui parler mais je me mords la langue.

— Très bien, dis-je. Tout va très bien. Revenez quand Lenn sera là et il vous aidera.

Son visage, ses yeux et ses joues sourient, tout en plis et en taches de rousseur, et je la trouve belle, d'une beauté douce et un peu désordonnée.

— C'est d'accord. Merci, Jane, passez un bon week-end. On se croisera dans les environs, j'imagine.

Là-dessus, elle sourit et se retourne, ses cheveux roux brillent dans la lumière des marais et elle s'en va, d'un pas normal, pas du tout comme moi hier, sans laisser d'empreintes bizarres du côté droit du chemin. Elle disparaît.

Mon cœur bat comme s'il voulait s'échapper de ma cage thoracique.

Une sensation de larmes dans les yeux, mais rien qui coule.

Je ferme la porte.

Qu'aurais-je pu faire de plus ?

Je voudrais davantage de comprimés pour m'assommer, mais alors je ne sortirai jamais de cet endroit et il pourra faire tout ce qu'il voudra. Chaque fois qu'il voudra. C'est un équilibre horrible. Être assez assommée pour tenir bon, mais pas au point de perdre tout contrôle. Il faut que je lui parle, à cette Cynthia. Je ne peux pas laisser passer cette occasion. Je me mords la lèvre et j'ouvre la porte.

L'air froid.

Elle est là. Son dos. Ses cheveux roux.

J'ouvre la bouche.

Je hurle, mais seul un gémissement sort de ma bouche, un gémissement vide et silencieux. J'ai mal à la jambe, à la hanche, au côté droit, mes os ne sont plus alignés, j'ai mal partout. Mon cœur souffre aussi, mon esprit, mes entrailles. Mon âme. Je sens mes épaules se voûter quand je referme la porte et que je regarde la caméra fixée au mur. Lenn sera content de la façon dont j'ai géré l'affaire, dont j'ai fait déguerpir cette femme de sa ferme. Ma sœur ira bien parce que j'ai fait ce qu'il fallait. Ça la rapprochera un peu du moment où elle mènera une vie normale. Aujourd'hui, je ne lui ai pas désobéi et maintenant elle est sauvée.

Ces cinq dernières nuits, sauf la nuit dernière, à cause du cachet pour cheval, du cachet entier, j'ai relu les lettres de Kim-Ly. Ma sœur m'écrit des lettres absolument merveilleuses. Elles couvrent toujours une feuille A4 recto verso, pliée en trois. Elle me pose des questions même si je ne réponds jamais, parce que c'est défendu, et je l'aime pour ça. Elle s'intéresse. C'est ce qui pour moi s'approche le plus d'une vraie conversation. Elle me demande si je parle souvent à nos parents et si j'ai appris que notre frère avait remporté un prix à l'école. Elle me demande s'il y a quelqu'un dans ma vie. Si je suis amoureuse. Elle me parle de son travail à l'onglerie, des clientes régulières, des méchantes qui l'ignorent complètement, des gentilles qui se rappellent son prénom, son prénom anglais, celui que lui a donné sa patronne. Ma sœur ne s'appelle pas Sue.

Et je relirai ces lettres dans trois semaines, quand je pourrai à nouveau dormir dans ma propre chambre, ou plutôt la sienne, mais dans mon atmosphère, du moins quand il ne débarque pas pour me regarder me déshabiller, me regarder dormir ou me regarder me coiffer avec la brosse de sa mère.

Cynthia.

Je trouve que ce nom lui convient parfaitement. Elle a les taches de rousseur d'une Cynthia, le jodhpur et les bottes d'équitation d'une Cynthia, le rouge à lèvres d'une Cynthia et la polaire d'une Cynthia. Elle ne pourrait pas s'appeler autrement. Ce prénom roule sur ma langue. L'image que je me fais de ce mot, que je me fais d'elle. C'est peu dire que ce nom lui convient. Son nom lui va comme une clef dans une serrure. Je dois réfléchir à ce que je dirai si elle revient, à ce que je ferai. Je dois prévoir les choses. Puis-je lui demander de porter un message à Kim-Ly ? Sans qu'il le sache ? Sans que Cynthia joue les héroïnes et gâche tout pour ma petite sœur ?

— La charrue est embourbée, dit Lenn en ouvrant la porte, brisant le charme. La boue, elle se fout partout.

Il suspend sa veste et enlève ses bottes. De minuscules fragments de semences de blé d'hiver constellent la boue collée aux semelles en caoutchouc. Ils brillent. L'enveloppe extérieure dure de chaque grain reflète le peu de lumière qui existe dans cette pièce et je les vois tous.

— Fais-moi un sandwich. Il est pas tard, mais fais-le-moi quand même.

Il visionnera les vidéos avant le dîner, comme tous les jours depuis sept ans. Dois-je lui parler de Cynthia ou le laisser attendre ?

Je prends son Mighty White dans la huche à pain émaillée de sa mère. Je dénoue le sac transparent et je lui fais ses sandwichs. Six. Margarine, cheddar doux prédécoupé et jambon cuit en tranches. Je tiens le couteau à margarine dans ma main, je le regarde et j'imagine son cou comme je l'ai déjà imaginé cent fois. Je repose le couteau. Il aime que ses sandwichs soient coupés en diagonale, en triangles qui ressemblent aux cerfs-volants avec lesquels nous jouions, enfants, dans les collines surplombant notre ville. Je prépare un sac de chips salées, jamais ouvert, jamais sur l'assiette. Citronnade couleur de pisse. Je pose le tout sur la table.

— Ça pince, dehors. C'est toujours mauvais, le vent d'est.

— Une femme est venue.

— Quoi ?

Je m'assieds face à lui.

— Une femme est venue louer un champ pour un cheval.

— Pour un quoi ?

Il me dévisage.

— Un cheval.

— Un ch'val ?

Je hoche la tête.

— Qu'est-ce que tu lui as dit ? Répète-moi tout. Qu'est-ce que tu lui as dit, à cette femme-là ?

— Qu'elle devait t'en parler à toi.

Il regarde mes yeux l'un après l'autre, plusieurs fois de suite, puis il prend un sandwich triangulaire, minuscule dans sa main crasseuse, et mord dedans.

— C'est qui ?

— Je ne sais pas.

— Si elle revient quand je suis pas là (il avale sa bouchée), n'ouvre pas la porte et monte dans la chambre, tu m'entends ?

Je hoche la tête.

— Tu parles à personne, t'as compris ?

Je hoche la tête.

— Tu laisses la porte fermée ou bien je t'enferme en haut jusqu'au printemps.

— OK.

Il termine son déjeuner pendant que je fais la vaisselle, puis je nettoie l'évier et le plan de travail. Il remet ses bottes et renfile sa veste.

— Quand je suis quelque part sur mes terres, je vois tout ce qui se passe, partout, Jane. Dans tous les coins. Ici, c'est plat comme une assiette et je suis toujours là. Oublie pas.

Je consacre trois heures à la couture, à repriser ses chemises, ses chaussettes, et certains des torchons de sa mère maintenant qu'ils sont secs. Chaque fois que j'enfonce l'aiguille d'acier dans le tissu, j'imagine que c'est sa peau. Perforée de partout. Qu'il en meurt. Je bois du thé beige, je m'y suis habituée, et je repense à Cynthia. Elle a peut-être un compagnon. Un homme qui l'écoute, qui l'écoute vraiment. Quelqu'un qui se rappelle son anniversaire et qui la prend dans ses bras quand elle est fatiguée. Un homme sur qui s'appuyer et qui a assez de cœur pour s'appuyer sur elle. Elle a peut-être quelqu'un comme ça dans sa vie. Je sais qu'elle a une voiture, une Volkswagen, et elle a peut-être un métier qu'elle aime, qu'elle trouve intéressant. Ma mère était professeure, au Viêtnam, et elle adorait ça. Elle croise encore des hommes et des femmes dans la rue, qui lui demandent « Vous vous souvenez de moi ? », elle répond « Bien sûr », et ils lui disent qu'elle était leur professeur préféré. C'est une belle chose du quotidien. C'est un cadeau qui dure.

Il revient quand il fait noir et m'annonce que je prendrai un bain ce soir. Il visionne les vidéos pendant que je prépare son – notre – cabillaud sauce persillée avec des pommes de terre à l'eau et des petits pois surgelés. Les casseroles sont sur la cuisinière et le poêle est rempli de bûches minces. Il s'attarde sur Cynthia, ou plutôt, comme il ne peut pas la voir sur la vidéo car la caméra ne capte rien de ce qui est à l'extérieur, il s'attarde sur moi en train de parler à Cynthia. Penché sur l'ordinateur. Sa main énorme couvrant entièrement la souris. Il se repasse les bandes et me regarde à l'écran ; moi, j'attends que son poisson chauffe dans le sachet de cuisson. Pourquoi les gens d'ici cuisinent-ils leurs aliments dans des sacs en plastique ?

Nous mangeons. Il écrase ses morceaux de cabillaud trop cuits dans la sauce avec les pommes de terre et les petits pois pour que le tout forme une masse qu'il enfourne dans sa bouche avec sa fourchette.

Le téléphone sonne.

Nous regardons tous deux le téléphone, ou plutôt la grosse boîte en métal qui le recouvre, fixée aux solives du plancher. Les fils descendent à travers le sol jusque dans la cave. L'ordinateur est connecté au monde extérieur par cette ligne. Le téléphone sonne, la boîte vibre et nous la contemplons. Qui pourrait bien appeler cet homme ?

La sonnerie s'arrête.

— Fais couler le bain pendant que tu fais la vaisselle.

J'obéis.

Au lieu de m'asseoir à ses pieds pendant qu'il regarde la télévision, je fais la vaisselle, puis je me déshabille et j'entre dans la baignoire fumante. Il surveille mes moindres mouvements mais je fais comme s'il n'était pas là. Pour moi, il est invisible. Inexistant. Je dois être prudente, ne pas glisser. Mes bras me soutiennent pendant que je m'installe dans le bain, les yeux fixés sur l'eau et non sur lui. Ma cheville difforme s'enfonce sous la surface, disparaît, et la douleur se transforme. Elle ne s'en va pas mais maintenant elle est sous-marine.

Il entre dans la pièce alors que je suis en train de me frotter la peau. Le sol mou se tasse sous son poids. Il tient une tasse de thé qu'il sirote et il me regarde, les yeux braqués tantôt sur mon visage, tantôt sur mon corps, puis de nouveau sur mon visage. Il sort et j'entends le journal télévisé qui commence.

Le bain est délicieux. Brûlant. Propre. Je laisse mon esprit s'égarer vers ce que Kim-Ly fait en ce moment à Manchester. Dans sa dernière lettre, elle me disait que l'onglerie ouvrait plus tard à présent, jusqu'à 20 heures le vendredi pour profiter de la clientèle – quelques hommes, mais surtout des femmes – qui veut une manucure avant une soirée entre amis. J'aime l'imaginer sortant le vendredi soir elle aussi. Elle me raconte qu'il existe un quartier chinois à Manchester, où elle trouve des fruits et des herbes de chez nous, pas exactement les mêmes, mais presque. Elle trouve des *quýt*, des *long nhãn* et des *buôi*. Elle peut acheter du *ngò*, du *húng cây* et du *húng quế*. Elle arrive peut-être à en tirer des plats merveilleux. Une recette venue de la mère de notre mère. De quoi la ramener au pays pendant quelques instants.

Mais ce bain chaud marque aussi le début d'une longue nuit et le début de trois semaines dans la chambre de devant.

Je me sèche, je mets ma chemise de nuit, la chemise de nuit de sa mère, et je garde une petite serviette enroulée autour de mes cheveux. Je me hisse à l'étage et je m'assieds au bout de son lit.

La télé se tait.

Des pas dans l'escalier.

- 5 -

Je me sèche les cheveux, en les essuyant avec la serviette de sa mère.

Il prend sa douche en bas, dans la salle de bains. J'entends l'eau s'en aller dans les champs, dans les digues, dans la mer. J'ouvre l'armoire à linge de sa mère et je sors un drap blanc tout propre. Il est plus vieux que les autres, on voit presque à travers, comme de la mousseline. Je le lance en l'air pour le déplier et je le laisse se poser délicatement sur le lit.

Il aura besoin de sa serviette spéciale. Je la pose sur le côté droit du lit. Il est en train de se brosser les dents. Il crache. Se gargarise. J'entends la chasse d'eau, puis la première marche de l'escalier qui grince.

— T'as pris un bon bain ?

Il prononce « bain » comme s'il parlait du nez. Les autres personnes prononcent « bain », certains disent « bin », mais lui, il prononce « bun ». Aucun son ne pourrait être plus nasal que « ain » prononcé par lui.

Je hoche la tête et je retire ma chemise de nuit, la chemise de nuit de sa mère.

Il m'observe.

Je regarde dans le vide.

Je m'allonge sur le lit et je remonte sur moi le mince drap de coton. Je le dispose de sorte qu'il me recouvre du nombril jusqu'aux cheveux. En un sens, c'est le pire. L'attente. Parce que cela me fait entrer la vérité dans la tête comme un marteau planterait un clou dans une planche pourrie. Je n'ai pas mon mot à dire. Rien. Les dix ou douze premières fois, je me suis débattue. Les cent premières fois. Je l'ai repoussé, supplié, frappé. J'ai égratigné son cuir épais et, une fois, je l'ai mordu si fort qu'il a sursauté. Ce n'est pas un homme violent, en temps normal, mais il obtient toujours ce qu'il veut, à sa manière, affreusement douce.

J'attends sous le drap. L'unique ampoule au-dessus du lit est allumée, comme toujours ces soirs-là. Je regarde à travers le coton et je le vois m'observer. Il se déshabille, plie son jean, ses chaussettes et sa chemise, et les range dans l'armoire à linge. Tout en m'observant.

Sous le drap, ma tête se tourne vers la droite. C'est désormais une réaction automatique, un mécanisme de survie acquis. Toute mon existence est un mécanisme de survie acquis.

Prévoit-il cela ? Pense-t-il à moi ? Je ne veux jamais être dans son cerveau. Je veux que la douleur le frappe si jamais il lui arrive de penser à moi.

La peau de mes jambes est glacée.

Il s'approche de moi, je sens ses cuisses contre mes pieds, le lit grince et le matelas bouge un peu.

Je suis aussi immobile qu'une statue de marbre, aussi morte. Aussi froide.

Je ferme les yeux et je commence ce que j'appelle la péridurale mentale.

C'est tout ce que j'ai.

Mon corps est à moi du nombril jusqu'aux cheveux. C'est moi. Le reste n'est pas moi. Du nombril jusqu'aux cheveux, je pense ce que je veux, je suis qui je veux. Tout ce qui est recouvert par ce drap, le drap de sa mère, est moi.

C'est maintenant que j'essaye de rentrer à la maison. Pour les festins que mon père et ma mère nous préparaient, le week-end. Mon frère, ma sœur et moi, assis autour des plats. Des voisins passaient, les collègues de ma mère venaient parfois, nos oncles et nos tantes s'invitaient. Le banquet était inimaginable. Une mosaïque de couleurs, de sauces et d'herbes. Toutes les saveurs étaient exhalées. Je tente de me rappeler les parfums, les épices, les bouillons de pâtes et les fruits, mais mes papilles gustatives sont usées comme des boules de bois passées au papier de verre toutes les nuits.

Il grimpe dans le lit.

Je sombre quand son poids enfonce le matelas.

Je pense à Kim-Ly à Manchester, elle sort avec des amis, elle a peut-être même un rendez-vous galant. Ils commanderont du *phở* s'il y en a, et des rouleaux de printemps, et ils boiront des bières glacées à la bouteille. Ils iront peut-être voir un film. Ils riront et elle pourra dire tout ce qu'elle veut. Faire tout ce qu'elle veut. Elle portera ses propres habits, marchera sans souffrir, et elle fera des projets pour son avenir.

Son visage appuie contre mon épaule et je sens l'odeur de sa savonnette à travers le drap de coton, mais la péridurale tient. Je ne veux pas laisser cela m'arriver. Je ne peux rien faire pour le reste, mais, entre le nombril et les cheveux, tout est à moi, et je suis ailleurs. Il paiera le prix de ses actes, en ce monde ou dans l'au-delà.

Ma sœur et moi, nous pensions que nous travaillerions dans un magasin, c'était l'accord que mes parents avaient négocié. Avec un agent qui viendrait nous voir une fois par mois. Quelle blague. Ils disaient qu'il y aurait des frais importants pour le voyage, nous le savions, et pour vivre ensuite, mais on nous garantissait un emploi de vendeuse, on nous garantissait que nous pourrions rester ensemble.

Puis ils nous ont emmenées en camionnette, du container jusqu'à la première ferme.

On travaillait douze heures par jour, six jours par semaine. On devait vivre dans un cabanon en bois. Mais il y avait une douche et des toilettes, on était nourries correctement et ils nous payaient. Pas grand-chose, une fois déduits les frais d'hébergement, les intérêts et les charges supplémentaires, mais on recevait une enveloppe tous les vendredis. On avait un jour de repos. Et, surtout, chacune de nous avait l'autre. Nous écrivions à nos parents et ils nous répondaient. C'était un début. Puis, un jour, ils ont emmené Kim-Ly et ils m'ont vendue à Lenn.

Il roule sur le côté, et le lit se met à trembler. Il ne peut pas finir tant qu'il est en moi. Il n'y arrive pas. Il est obligé de rouler sur le côté et de finir à la main. Il utilise la serviette. J'y vois une petite victoire, une victoire vaine, la plus illusoire de toutes les victoires.

Et c'est fini. Je laisse la péridurale s'estomper et je récupère la partie inférieure de mon corps. Je me glisse vers le bout du lit, il est encore à côté de moi en position fœtale. Je remets ma chemise de nuit, je sors de la pièce, je saisis la rampe de l'escalier et je descends en sautillant jusqu'à la salle de bains.

J'ai envie de vomir. Toujours. De vomir tout ce qu'il y a en moi.

Je ne ferme pas la porte de la salle de bains parce que c'est défendu. Mais il restera là-haut un bon moment, c'est toujours comme ça. J'ai au moins ça. Une fenêtre de tranquillité. Je me nettoie. Je vais peut-être devoir passer à trois quarts de comprimé pour cheval, pour porc, pour vache, peu importe. C'est trop pour moi de rester consciente chaque jour. J'ai besoin de plus d'évasion. Plus d'hébétude. Je lui demanderai demain.

Le siège des toilettes est glacial et le sol, le lino du sol, doux et bosselé. La porte est ouverte mais il ne descendra pas. C'est un moment de relative sécurité. Il restera là-haut, roulé en boule sur le lit, avec cette petite serviette. Je baisse les yeux sur mes pieds. Ma cheville droite est enflée et mes orteils pointent vers la baignoire au lieu d'être droits. La maison est silencieuse. Pas de chauffe-eau électrique comme nous avions à la maison. Pas de climatisation. Silence de mort. Seule, perdue en rase campagne.

Il y a quelques années, je ne me rappelle pas quand exactement, j'ai failli me recasser la cheville. J'en avais assez. Je voulais remettre l'os en place, le laisser fusionner avec le pied dans la bonne position, me rétablir puis m'enfuir. Je suis presque passée à l'acte. Malgré le caractère désespéré et stupide de cet acte. J'étais assise par terre, dans la petite chambre du fond, avec son arrache-clou à côté de moi. Je l'ai soulevé et reposé. J'ai senti le poids de la tête du marteau. Le bois lisse et huilé du manche. J'étais prête à frapper ma cheville enflée, pour défaire et refaire une partie des dégâts. J'étais prête à me détourner, à soulever le marteau et à le balancer sur mon propre corps. Mais je n'ai pas eu le courage.

Avant ma blessure à la cheville, ma vie était horrible, mais c'était mieux que maintenant.

Avant ma blessure à la cheville, je pouvais marcher, sauter, tourner, entrer facilement dans une baignoire.

Avant ma blessure à la cheville, il y avait encore de l'espoir. Encore une chance que je puisse m'enfuir.

Il dort probablement, à l'heure qu'il est, rien ne presse. Si j'attends un peu, je pourrai me glisser dans le lit et peut-être dormir sans qu'il se rapproche de moi. Je lui tournerai le dos, les yeux dirigés vers le mur, et je ne sentirai pas son souffle près du mien.

Je contemple les traces de moisissure au plafond de la salle de bains.

Ma première tentative de fuite, il y a toutes ces années, fut presque la dernière.

J'avais pris mes treize objets personnels, tout ce qui me restait à l'époque. J'avais encore mes propres baskets, mes vêtements normaux, j'avais mon porte-monnaie et ma carte avec les numéros de téléphone écrits dessus.

Je n'avais rien laissé au hasard. Je savais exactement ce que je dirais à la première personne que je rencontrerais. Je savais comment demander que l'on m'aide. Qu'on m'emmène au commissariat. Si je rencontrais un de ses amis, je me débattrais, je lutterais. Si je croisais Frank Trussock, de la ferme près du pont. J'étais optimiste. L'heure de partir avait sonné pour moi.

J'étais peut-être à 400 mètres de la route quand il m'a repérée.

Il y avait des voitures et des camions, pas beaucoup mais quelques-uns, qui roulaient à l'horizon, de gauche à droite et de droite à gauche. J'entendais leur moteur. Le bruit des changements de vitesse. Sur le bord de la route, il y avait un panneau indiquant cette ferme, sa ferme. Il est trop loin et trop petit pour que je le voie d'ici. Un bus vert s'avançait dans le lointain et je courais – autrefois je courais vite. Je sprintais. Mais il m'a rattrapée.

Je me suis débattue, j'étais plus forte à cette époque-là. Tournant la tête vers le bus, j'ai crié à l'aide, le vent a rabattu ma voix vers sa ferme et l'a emportée jusqu'à la mer. Je me tortillais, je griffais, je me pliais dans tous les sens pour lui échapper. Je ruais comme une mule et je hurlais, quand ses grosses mains m'ont étouffée, et il m'a chargée dans sa Land Rover comme si j'étais un enfant en plein caprice. Il m'a conduite à la maison et, même s'il ne le montrait pas, il était en colère. En voiture, il n'a pas dit un mot. Mais son cou saignait et je voyais que ses mains étaient crispées sur le volant. J'avais failli m'évader. Il m'a emmenée dans la cabane à outils accolée à la maison, et un spasme secoue ma jambe rien que d'y penser. Une fois dans la cabane, il m'a fait asseoir sur l'établi et il a pris sur le mur une pince coupante. Son expression ne trahissait aucune joie. Aucune rage. Il était calme, comme si tout cela était logique. Je me rappelle l'avoir supplié. Je ne me battais plus, il était trop fort pour moi et j'étais trop épuisée ; il n'y avait pas âme qui vive dans les environs pour m'entendre. Je l'ai supplié de me laisser en vie. Il a répondu que c'était pour mon bien. Que tout irait mieux ensuite, que tout serait plus simple. Plus de bêtises. Alors il a brandi sa pince comme un club de golf et il l'a abattue sur ma cheville.

Il fait froid dans la salle de bains.

Le sol est meuble et le moisi apparaît à l'angle entre les murs et le plafond. Un réseau de moisissure, délicat comme de la dentelle. Je tire la chasse. Quand je me lave les mains, l'eau est encore brûlante. Dans la pièce principale, obscure, je vois le meuble de télévision fermé. Est-ce que je m'enfuirais maintenant si je le pouvais ? Est-ce que je compromettrais le bonheur de ma sœur, son avenir, sa vie ? Pour quoi ? À quel genre de vie pourrais-je m'attendre avec ce pied ? À quel moment ai-je atteint le point de non-retour ? Ces années passées sont marquées à l'encre indélébile dans mon âme, gravées dans mes os.

Je m'assieds sur la marche la plus basse de l'escalier. Il y a une caméra ici aussi, une des sept. Le jour de la pince coupante, tout a basculé. Le tournant décisif aurait pu être le voyage en Grande-Bretagne, le travail avec ma sœur dans la première ferme. Mais non. C'est ce qu'il m'a fait dans la cabane à outils qui a créé un avant et un après. Après le coup assené avec la pince coupante, je ne me rappelle plus très clairement. Je pense que je me suis évanouie, réveillée, évanouie à nouveau. Je passais du noir au gris, puis à nouveau au noir. Mais je me souviens qu'il m'a rappelé tout ce qui était défendu pendant qu'il me tordait le pied à 90 degrés. Il m'a rappelé tout ça pendant qu'il appuyait de tout son poids sur mon pied, me laissant ainsi à jamais.

À l'école, je courais le 400 mètres. Je n'étais pas la plus rapide, mais j'arrivais deuxième. C'était la bonne distance pour moi. Je n'étais pas assez explosive pour le sprint, ni assez stoïque pour l'endurance. Le 400 mètres, c'était ma course.

Je m'accroche à la rampe pour me hisser jusqu'à l'étage et aller me coucher.

- 6 -

Le matin de Noël, je ne me réveille qu'à 11 heures. C'est le seul jour où Lenn est en vacances, donc c'est le pire jour de l'année. Il passe toute la journée à la maison, à part une courte pause pour nourrir ses cochons. Toutes les portes intérieures restent ouvertes, pas moyen de lire discrètement une page de mon livre ou une des lettres de Kim-Ly. Pas moyen d'être loin de lui.

J'ai la tête embrouillée. Cela fait six semaines que je n'ai plus les idées claires, depuis qu'il a accepté d'augmenter ma dose quotidienne à trois quarts de comprimé pour cheval. Tout est flou. Si vous me demandiez ce qui s'est passé ces dernières semaines, je répondrais qu'il n'est rien arrivé du tout. Le temps s'écoule, simplement. Il faisait humide, et il n'est rien arrivé du tout.

— Joyeux Noël, Jane, dit-il quand je m'arrête, haletante, en sueur, sur la marche rugueuse en bas de l'escalier. Je prendrai ma tasse de thé et une tartelette dans cinq minutes, s'il te plaît.

Je vais dans la salle de bains pour me laver, porte grande ouverte. Une de mes dents du fond me fait mal. J'ai l'air d'un animal récemment abattu. J'ai des croûtes de sommeil au coin des yeux, et comme un filtre rose sur la cornée. Je fais remonter ma chemise de nuit par-dessus ma tête, sans regarder s'il est derrière moi pour m'observer ou non. Des frissons parcourent mon épine dorsale. Une droguée enfermée dans une cage. J'ai besoin d'un nouveau cachet mais je suis encore assez somnolente, momifiée, pour ne pas m'en soucier. Pourtant, aujourd'hui, ce septième Noël ici dans sa maison, c'est le jour que j'ai choisi pour lui parler.

L'eau du robinet est tiède. Je termine ma toilette, je m'habille, et j'essaye de penser à la manière dont je vais formuler ça, et à ce qu'il dira en réponse. À ce qu'il *fera* en réponse. J'ai un mauvais goût dans la bouche, comme si je ne m'étais pas brossé les dents depuis des semaines, et j'ai la cheville droite qui flanche, les os plus ramollis que d'habitude, plus susceptibles de se casser.

— Voilà ton thé, lui dis-je en posant son mug publicitaire à côté de son fauteuil.

— Le tiercé ! s'exclame-t-il.

En journée, le téléviseur n'est jamais allumé, mais c'est Noël. Il regarde le tiercé comme un petit garçon, en chaussettes, les pieds pointant vers l'écran. J'utilise son tisonnier pour étaler les braises dans la cuisinière, ma main serre la poignée en fer, mon bras est à moins d'un mètre de son crâne, ma tête et mon cœur ne sont pas d'accord, une fois de plus. Si je tue cet homme, ma sœur aura travaillé ici pendant des années en vain. Si je le fais, je gâcherai sa vie pour un unique moment d'extase. Je dois être plus forte que ça. Je fourre deux bûches noueuses dans la cuisinière et je referme la porte.

— Une tartelette, ordonne-t-il. Maintenant.

Je réchauffe dans le four trois tartelettes, recette de sa mère, et je les dispose sur son assiette. Puis je reste devant l'évier, mes mains agrippées au rebord de porcelaine comme un alpiniste s'accrocherait à une saillie de granit. Il n'arrête pas de pleuvoir. Nous avons eu des Noëls froids, et même de la neige, une année, mais là, c'est une journée humide de novembre qui essaye de se faire passer pour Noël. J'ai manqué l'heure où le soleil s'installe juste au-dessus de l'horizon, sous les nuages, au-dessus de la terre, dans l'étroite bande où nous survivons. J'étais comateuse à cette heure-là. Assommée par un comprimé pour cheval. Dehors, la pluie est si fine qu'on ne la voit pas, on la sent seulement.

Je lui parlerai plus tard. C'est le seul jour où il est presque heureux, le seul jour où il a droit à autre chose que l'ordinaire. Aujourd'hui, nous devrions manger du jambon, des œufs et des frites. Mais non. C'est le jour que j'ai choisi pour lui apprendre une information personnelle. Une chose que je sais depuis quelques semaines. S'il me tue parce que j'ai fait quelque chose de défendu, tout ira bien pour Kim-Ly. C'est déjà ça. Si je me tue, elle sera expulsée. Si je le tue, elle sera expulsée, son ami Frank Trussock de la ferme d'après le pont y veillera. Si je m'enfuis, elle sera expulsée. Alors qu'elle en voit le bout. Dans dix-huit mois, elle aura tout remboursé. Elle sera toujours sans papiers, bien sûr, mais elle aura payé et sera libérée des hommes qui nous ont amenées ici. Elle vivra sa vie. Son avenir sera entre ses mains, entre ses mains seulement. Et elle enverra de l'argent, beaucoup d'argent à papa et maman. Ils en auront désespérément besoin, si ce n'est pas déjà le cas. Un jour, je me suis demandé s'ils étaient encore en vie, et j'ai fait un pacte avec moi-même pour ne plus jamais y repenser. Bien sûr qu'ils sont encore en vie. Le vendredi, ils boivent de la bière ensemble et grignotent des cacahuètes. Ils partagent encore cette joie. Si je me mets à imaginer le contraire, je serre les dents et j'enfonce mes ongles dans mes paumes, ce qui tient à distance le reste de cette idée.

— Je vais te donner ton cachet, Jane.

Il lève la main pour attraper le bocal. Les comprimés sont bleu pâle, avec une rainure au milieu. Il les achète à un marchand de fournitures agricoles, et il n'y a jamais ni étiquette, ni nom, ni logo, ni liste des effets secondaires possibles.

— Tiens.

J'avale mes trois quarts de comprimé. C'est tellement gros que j'ai du mal à le faire passer, les arêtes frôlent mon gosier et je le sens descendre jusque dans mon estomac. Quand il arrive dans mon ventre, il commence déjà à produire son effet, je me sens légère et je me recroqueville en moi-même. Ma peau est dix fois plus épaisse qu'avant et je me cache à l'intérieur de mon propre squelette.

— Tu ferais mieux de t'occuper de la dinde si on veut pas attendre trois jours avant de manger.

Il disparaît dans la salle de bains et ferme le verrou. Je commence à peler les pommes de terre. La volaille est une demi-dinde achetée à la supérette. Elle est présentée dans une barquette jetable, donc je n'ai qu'à la glisser dans le four et la laisser rôtir gentiment. Nous habitons une ferme mais nous mangeons comme les gens de la ville. Si nous avions un potager et des poules, nous vivrions beaucoup mieux. Nous serions plus riches. Avant, je le lui suggérais. Avant, j'essayais d'améliorer mon existence misérable. D'en tirer le meilleur parti. Plus maintenant. Je mangerai le plat acheté à la supérette, je vivrai au jour le jour, et je n'espère plus rien de mieux.

— Tout à l'heure, ils repassent *Les Aventuriers de l'arche perdue*, dit-il en s'essuyant les mains sur sa salopette. Tu l'as déjà vu ?

Je pèle une autre pomme de terre, mes mains dans l'eau comme dans un rêve, et j'enfonce dans mon index la pointe du couteau économe de sa mère. Tandis qu'un mince filet de sang nage en spirale et se déploie juste en dessous de mon ongle, je lui réponds :

— Non.

— Super. On regardera pendant que ça cuit.

Je continue à préparer le repas. Quand je me suis coupé le doigt, je n'ai senti aucune douleur, je n'en sens toujours aucune. Les cachets sont très efficaces. Je n'ai pas mis mon doigt sous le robinet d'eau froide, je ne l'ai pas tenu en l'air comme mon père me l'a appris et je ne l'ai pas enveloppé dans de l'essuie-tout. Je le laisse simplement saigner dans son repas de Noël.

— Viens, dit-il en tapotant l'accoudoir de son fauteuil.

Je pose la casserole sur une des plaques de la cuisinière afin que les pommes de terre puissent bouillir pendant des heures, comme il les aime, comme sa mère les faisait, puis je m'assieds par terre à côté de son fauteuil.

Il me caresse les cheveux.

Je laisse mon doigt saigner sur son plancher.

C'est moi qui nettoierai tout plus tard, mais ça m'est égal. Je gratte la coupure, je l'ouvre en grand pour que le sang ne puisse pas coaguler.

Je fixe un point situé entre le sommet du téléviseur et la caméra qui nous observe. Et je pense à ce qui se passe chez mes parents en ce moment. Le repas. La chaleur bénie de la terre et de l'air. Les couleurs lumineuses. Les fleurs aux nuances extraordinaires, plus vives que le colza que Lenn fera pousser au printemps prochain. Mes frères et sœurs sont peut-être allés faire des courses à Saigon, acheter de petits cadeaux les uns pour les autres, ou au restaurant pour un *bánh bèo*. Ils rient, bavardent, se tapotent l'avant-bras et demandent qu'on fasse passer le concombre. Ils partagent leurs plats. Ils sourient.

Quand je me lève, je manque de tomber à la renverse.

— Ça va, Jane ?

— Oui.

Je soulève ma jambe droite en saisissant mon genou, puis je m'appuie au dossier de son fauteuil pour aller jusqu'à la salle de bains.

Uriner est douloureux. C'est à cause des cachets, j'ai besoin d'uriner plus souvent et c'est horriblement douloureux. Mon corps pourrit de l'intérieur à cause de ce combat constant. De cette dépendance. Des médicaments pour animaux qui polluent mon organisme humain. Je vais lui en parler aujourd'hui, je dois.

Nous mangeons à la table en pin. À côté des assiettes de sa mère, il a placé deux crackers de Noël achetés à la supérette, deux sur une boîte de douze, qui nous dure six ans. C'est une tradition qu'il respecte tous les ans. Ni sapin, ni décorations, ni cadeaux, ni chansons, ni cartes de vœux. Mais toujours deux crackers de Noël en provenance de la supérette.

— Pas mal, dit-il en piquant du blanc de dinde, des pommes de terre et du chou sur sa fourchette. Peut-être un peu plus longtemps au four l'an prochain, non ?

L'an prochain. Serai-je encore là l'an prochain ? Comment le pourrais-je ?

Je hoche la tête.

Je mange, et la viande a aussi peu de goût que le poulet rôti que je lui cuisine tous les dimanches. Il n'y a littéralement aucune différence entre cette volaille-ci et les autres. Avec la même carcasse, je pourrais lui faire un bouillon *phở* parfumé et riche, avec dedans des pâtes, des grains de poivre rose, de la menthe, de la coriandre, des piments et des oignons nouveaux. Mais il ne le permettra pas. Au début, je le suppliais de me laisser en préparer au moins pour moi, pour mon déjeuner. Les ingrédients ne coûtent pas cher. Mais il répondait « Faut que tu manges anglais maintenant, Jane, maintenant que t'habites en Angleterre ».

Il pousse vers moi le cracker dans son cartonnage rouge.

Je l'attrape.

Il tire sur la papillote tout en me regardant dans les yeux. Avec ses yeux de poisson mort. Il tire doucement, puis le carton se déchire et éclate. Il sourit, en sort le petit chapeau, la blague et le cadeau.

— Un mini-tournevis, dit-il.

Puis il met le chapeau sur sa tête. C'est un chapeau bleu. Il lit la blague et sourit, mais ne me la fait pas partager.

Je pousse mon cracker vers lui et nous observons le même rituel. Je gagne. Le cadeau est un porte-clefs. La blague est la même que celle que j'ai eue il y a cinq ans. Je mets le petit chapeau. Vert citron. Il me prend le porte-clefs.

— Je le garde, ça pourrait servir, on sait jamais.

Nous nous installons devant le poêle. Il a une petite boîte Quality Street sur les genoux. Il aime ces chocolats. Tous, sauf ceux à la fraise et ceux à l'orange. Ceux-là, il les laisse tomber par terre, à côté de mon pied estropié.

— Y a plus jamais rien à la télé, dit-il. Dans le temps, y avait Morecambe et Wise. Ma mère, ça la faisait hurler de rire, je te jure.

Il raconte ça chaque Noël, mais ça n'y change rien.

— Y a que des conneries, vraiment. C'est bien la peine de payer la redevance.

Il éteint le téléviseur et laisse tomber un autre chocolat fourré à la fraise près de ma sandale, sa sandale à lui.

— Pourquoi tu nous fais pas couler un bon bain chaud ?

Les poils de mes bras se hérissent, le froid qui passe par les fenêtres, par les murs et par le sol irrégulier de la salle de bains remonte le long de mes mollets. Je me décolle du fauteuil, je ramasse les emballages que j'ai disposés sur le sang qui a coulé de mon doigt, je me lève en titubant et je les jette dans le poêle. Les flammes crépitent et dansent tout en engloutissant les morceaux de plastique rouges et orangés. Je les regarde se ratatiner. Se changer en chaleur et en fumée. L'éclat du feu me fait mal aux yeux et je me dirige vers la table en pin.

— Lenn, j'ai quelque chose à te dire.

— T'as quoi à me dire ?

— Je pense…

— T'as rien à dire tant que je te demande rien. Maintenant, va dans la salle de bains et remplis la baignoire.

— Lenn.

Il tourne les yeux vers moi, un caramel visible sur le bout de sa langue.

— Je suis enceinte.

— Hein ?

Nous nous regardons. Il sort le caramel de sa bouche et je m'accroche à la table pour me soutenir.

— Comment ça se peut ?

Je hausse les épaules.

— Y a jamais rien qui sort dans toi. Rien.

Je sais.

— Je me sers de ma serviette.

Je sais.

— Tu l'as fait exprès, hein ?

Pardon ?

Il se lève et se rue vers l'entrée. Il attrape sa veste, enfile ses bottes en trébuchant. Le meuble du téléviseur reste ouvert, c'est la première fois qu'il oublie de le refermer à clef. Par la fenêtre, je le regarde marcher à pas vifs vers son quad, son petit chapeau bleu toujours sur la tête. Il s'en va nourrir ses cochons.

Je sais que je devrais penser à ce bébé, mais il est réellement trop petit pour que j'y pense. Trop ridicule. Je ne le sens même pas. Mes seins sont douloureux, gonflés, et ma peau paraît différente, toutefois je n'arrive pas à imaginer que ce truc est un bébé. De toute façon, il est de lui. Quel genre de monstre deviendra

heure où je suis éveillée. Je l'ai détestée pendant un moment, et puis soudain je l'ai acceptée.

Ce bébé sera le mien, pas le sien.

— Mets la bouilloire sur le feu. Je me gèle les mains, dehors.

Je prends la bouilloire en fonte sur la cuisinière, je la remplis au robinet, puis je la pose sur la plaque chauffante. Les gouttelettes crissent et roulent sur la surface brûlante, puis disparaissent.

Lenn est tout taché de peinture. Il porte sa nouvelle salopette, trouvée dans le catalogue de fournitures agricoles, celui que je lis encore quand je peux y avoir accès sans être filmée. J'ai soif de nouvelles informations, de nouveaux mots, de nouvelles images. Le catalogue Argos m'a bien servi pendant plusieurs années. Il m'a tant appris. Je trouvais un réconfort dans ses pages, son index, ses photos, dans les subtiles différences entre les milliers de produits. Mais ça, c'était avant.

— La vieille charrue est presque foutue, dit-il en regardant par la fenêtre en direction du chemin, de la barrière fermée et de la route. Elle tiendra peut-être encore un an, avec un peu de chance.

Je lui donne son mug offert par le fabricant de pesticides rempli de thé beige sucré.

— Tu veux que je range ta cabane à outils ? J'ai fini ici.

Il se retourne vers moi et contemple mon ventre.

— Essaye pas de cacher un truc ou de jouer au con avec moi. Bouge rien.

Je hoche la tête et il me tend sa tasse vide. Ses ongles et ses cuticules ensanglantés sont maculés de peinture bleue.

Depuis Noël, je pense à la femme qui est venue, celle qui voulait un champ pour son cheval. Je tente de me rappeler son nom, mais j'en suis incapable. J'ai le cerveau embrouillé. Ramolli. Imprécis. Elle était rousse et tout son visage souriait, ça, je m'en souviens.

Hier soir, Lenn m'a raconté ses vacances en caravane, quand il était enfant, avec sa mère. Il m'en parle plus souvent depuis qu'il sait, pour le bébé. Pas en détail, sans sentiments, juste où ils allaient et combien de temps. La logistique plutôt que les émotions. La pêche aux crabes. La barbe à papa. Les sucres d'orge avec des mots écrits dedans. Je n'arrive pas à me le représenter, mais j'essaye. La jetée avec des machines à sous. Les cerfs-volants. Je devine que ce sont ses plus beaux souvenirs. Il s'y accroche. C'était peut-être l'époque où il s'échappait, quand sa mère, Jane, le laissait s'évader loin de la plus morose de toutes les fermes de cette région marécageuse.

Je repose mon pied. La douleur palpite et lance jusque dans mes yeux ; j'ai besoin de le reposer et les comprimés commencent à ne plus faire effet. Il m'en faut davantage. Il me faut les cachets entiers. C'est mon corps qui les réclame, mais je pense que le bébé aussi. Il nous en faut davantage, à lui et à moi. Ça va me détraquer l'organisme par ailleurs, je le sais, mais il me faut davantage de médicaments. D'un autre côté, plus j'en prendrai, plus j'aurai besoin de lui, plus il pourra faire ce qu'il veut de moi, et plus le risque sera grand pour le bébé. Surtout, le plus terrible, plus je résisterai à l'idée d'une nouvelle tentative d'évasion. Ou plutôt, moins je consacrerai d'énergie à trouver une solution intelligente, un plan qui laisserait ma sœur hors de danger et qui me permettrait de quitter cet endroit une fois pour toutes. Mais ces temps-ci, je ne parviens même plus à coudre un bouton ou à mettre en marche la machine à laver, tellement j'ai le cerveau embourbé. Le mois dernier, je suis restée une semaine sans pouvoir suivre une pensée jusqu'au bout.

Je me lève et je sors.

C'est le seul moyen d'échapper à ses caméras. Je n'ai plus le droit d'aller dans la chambre du fond, c'est toujours lui d'un côté de ce foutu drap et moi dessous. Nuit après nuit.

Le temps est clair, le ciel, bleu comme de la glace fondue. Lenn repeint le pulvérisateur, près de la barrière fermée, au milieu du chemin. Je fais le tour de la maison en boitillant, la main sur le mur pour que ma cheville n'ait pas à supporter mon poids. Le sol est dur, maintenant. L'herbe est morte, pas d'insectes. Les clochers sont là comme des clous pointés vers la limite du monde, chacun comme un signal, un symbole, un doigt levé pour dire *Je suis là, viens te réfugier chez moi*. Je les vois tous les jours et je ne peux pas les atteindre. Ce serait déjà exaspérant s'il n'y en avait qu'un, mais voir sept églises différentes ressemble à une plaisanterie de mauvais goût.

Je tends la main et je laisse mon doigt suivre le contour lisse d'un bonbon jaune. Il pourrait éclater pendant les nuits froides, mais jusqu'ici il a tenu bon. J'en cache davantage depuis Noël, depuis que j'ai parlé à Lenn du bébé. Je pourrais en avoir besoin. Le sucre pourrait m'être utile dans les épuisantes journées à venir.

Sa cabane est déjà bien rangée, les vieux outils en bois suspendus à leurs crochets, un seau de sable huileux dans un coin, prêt pour accueillir les bêches et les fourches rincées, les cristaux qui leur rendent la propreté de l'acier pur, l'huile qui les enduit jusqu'au prochain usage. Lenn prend soin de ses outils.

La pince coupante est là. Elle est toujours là. Comme un rappel. Elle est fixée à l'horizontale sur le mur du fond, sur deux clous de vingt centimètres. Elle me nargue. Il n'y a pas de menottes pour me retenir ici, pas de chaîne fermée sur ma cheville. Et pourtant je suis emprisonnée.

Je balaye le sol avec sa brosse, je chasse la sciure vers l'air froid et sec, à l'extérieur. Le long du seuil, la frange d'herbe est jaune. Je tire mon livre de mon tablier, du tablier de sa mère, et je lis. C'est le chapitre où Lennie cache une souris dans sa poche. Une souris morte. C'est le passage où George la découvre et la lui prend. Je place une main sur mon ventre. Il est dur. Le bébé ne bouge pas. Cela viendra peut-être plus tard. Mais j'ai peur que le bébé ne bouge pas à cause des cachets, à cause de la vie ici, de la nourriture abjecte que Lenn achète à la supérette du village. Le manque d'aliments sains, le manque de joie dans ma vie.

En ce moment c'est le Tết, le Nouvel An lunaire vietnamien. Mon septième ici, mon neuvième dans ce pays. Il est plus important pour nous que Noël. Une époque de chaleur et d'humidité, de dragons rouges et de festins, de réunions familiales pendant quelques jours. Les fêtes du Tết que j'ai vécues dans la première ferme étaient tristes, et pourtant formidables comparées à ici. Kim-Ly et moi, nous mettions de l'argent de côté ponctionné sur les enveloppes de billets que nous touchions tous les vendredis. Nous nous procurions les ingrédients que nous pouvions dans un supermarché à la sortie de la ville. La deuxième année, nous avons trouvé de la pâte de haricots mungo à côté des lentilles et des sachets de riz prêt à cuire, et nous avons toutes les deux pleuré de rire. De ravissement. De soulagement. Nous avons préparé les plats, moins de la moitié de ce que nous aurions cuisiné à la maison, et nous avons partagé les gâteaux de riz gluant *bánh chưng* avec nos colocataires polonaises et roumaines. Elles ont apprécié, vraiment. À l'époque, nos plats avaient un goût bizarre et ne valaient pas grand-chose, mais en y repensant depuis ce désert, ils m'apparaissent comme des banquets fastueux. Nous vivions à neuf dans une maison bâtie pour deux, avec des matelas disposés par terre ; on s'asseyait en tailleur, avec entre nous les assiettes de nourriture fumante, les cannettes de Coca et les bouteilles de bière. Les Polonaises et les Roumaines étaient gentilles avec nous. Elles étaient honnêtes. Je n'ai plus bu un verre depuis le jour où j'ai quitté cette première ferme. La mère de Lenn ne buvait pas d'alcool, donc Lenn n'en boit pas non plus.

Comme la maison est fraîche quand je rentre, je remplis le poêle de rejets de saule et je monte me reposer sur le lit. Il me laisse me reposer une demi-heure par jour, à cause du « p'tit ». Je reste allongée, les mains sur mon enfant, sur mon ventre, sur mon bas-ventre dur et en pleine transformation. Qu'adviendra-t-il de cette petite personne immobile ? Comment pourrai-je la mettre au monde en ce lieu ; comment pourrai-je m'en occuper ? J'ai parlé à Lenn de consulter un médecin ou une sage-femme, et il a répondu « Peu de chances ». Je lui ai parlé de couches et d'un berceau, de vêtements de bébé, des choses dont je sais ou crois savoir que l'enfant aura besoin. Il ignore mes questions. Les cachets me donnent mal à la tête, mais ils aident ma cheville. C'est un périlleux numéro d'équilibre. Quand il ne me reste plus que dix minutes de pause, je plonge dans un profond sommeil, puis je me réveille et l'horloge indique 16 h 50. Paniquée, je sautille jusqu'à l'escalier, je coince la rampe sous mon aisselle puis je descends prudemment, comme on le ferait sur un à-pic montagneux. J'arrive en bas juste avant qu'il déboule dans le vestibule. Il enlève sa salopette tachée de bleu, ses bottes et son bonnet de laine.

— Je sens rien au four. Y a un souci ?

— J'ai rempli le poêle, ce sera bientôt prêt.

Il va dans la salle de bains et ferme la porte derrière lui.

Je sors la tourte du frigo. Je l'ai faite hier soir avec des restes de poulet rôti, et je la place aussi haut que possible dans le four. Je garnis de bois le foyer, j'ouvre les aérations et je souffle pour entretenir le feu.

Lenn revient et s'assied devant l'ordinateur pour visionner les bandes.

— T'as pas bien nettoyé l'évier, dit-il. Ma mère, elle le passait à l'eau de Javel tous les jours, avant de le récurer.

— OK.

— Attends.

Je vérifie la tourte dans le four, une intuition me dit que l'odeur de cuisson pourrait le calmer.

— Combien de temps que t'es restée les pieds en l'air ?

Je le regarde.

— Si tu recommences, je te prends tes lettres, compris ? Putain, c'est pas un camp de vacances, ici ; ma mère, elle s'est usée à travailler et toi, t'arrives comme une princesse, à rien foutre, tu débarques dans le pays, dans la maison, et tu passes ton temps sur ton derrière. (Il se retourne et me dévisage.) Ça va pas être possible, Jane.

Je ne m'appelle pas Jane.

— Je vais nourrir les cochons, je veux mon repas sur la table quand je rentre.

Dès qu'il est parti, je vérifie la tourte : elle chauffe, la pâte dore, mais l'intérieur est sans doute encore froid. Le mois dernier, il m'a pris ma carte d'identité. J'avais oublié de préparer sa serviette, la petite qu'il utilise après qu'il me fait prendre un bain. Je ne l'avais pas sortie de l'armoire à linge pour la placer de son côté du lit, et quand est arrivé le moment où il devait terminer il a poussé un gémissement différent de d'habitude. Comme s'il souffrait sans cette serviette. Puis il m'a emmenée en bas, m'a obligée à disposer sur le canapé couvert de plastique les trois choses qui me restaient et m'en a fait choisir une. Maintenant, si ça continue, j'ai peur d'oublier mon vrai nom, ma date de naissance, mon lieu de naissance, et je n'aurai plus ma carte d'identité pour me les rappeler.

Il y a de la lumière devant la maison.

Je boitille jusqu'à la fenêtre et j'essuie la buée avec ma main. C'est un camion garé près de la barrière fermée. J'ouvre la porte, l'air glacé me refroidit les bras, mes poils se hérissent et j'ai la chair de poule.

C'est un camion de pompiers.

Des hommes sortent de la cabine.

Je sors.

Ils crient quelque chose mais je ne les entends pas.

Ils sont en uniforme, en uniforme officiel, casques, gilets fluorescents, bottes.

Il y en a trois ou quatre. Ils avancent vers moi. Je tends la main, puis leurs voix sont noyées par un hurlement de moteur quand Lenn fonce vers eux avec son quad. Je les regarde discuter. Ils jettent un coup d'œil dans ma direction, l'un d'eux serre la main de Lenn, puis ils remontent dans leur camion, font demi-tour et s'en vont.

- 8 -

C'est le week-end de Pâques et il sème du colza. Il dit que c'est sa récolte la plus importante de l'année.

J'aide Lenn pour les paperasses, les demandes de subvention, les commandes. Je suis plus douée que lui pour les chiffres et pendant ce temps-là il me laisse tranquille. Il voudrait que je nettoie, que je lave et cuisine comme d'habitude, mais avec mon ventre, mon dos qui me fait mal et ma cheville plus enflée que jamais, j'ai besoin de rester plus souvent assise. J'utilise l'ordinateur, et il me surveille.

Le fils de Frank Trussock est pompier. Lenn ne m'a jamais expliqué pourquoi le camion était venu, mais ce soir-là, je l'ai entendu parler au téléphone. Avec Frank. Il l'interrogeait sur la nouvelle venue au village, la rousse.

C'est à cette période de l'année que le ciel est le plus intéressant. Les couleurs, et aussi la profondeur. Des tourbillons, des traînées, des univers imaginaires. Des couches de nuage comme des strates de roche sédimentaire accumulées au fil des siècles. Ce matin, tout au-dessus du sol était rose vif.

— Mets les frites au four, dit Lenn en entrant, encadré par une lumière d'un gris crépusculaire. Et fais pas trop cuire les œufs, faut que le jaune coule.

Il s'assied pour visionner les bandes de la journée pendant que je sors les frites du congélateur.

— Tu sais, ce que tu as dit à propos de cette femme...

Il grogne, sans détacher de l'écran ses yeux qui pleurent.

— Pour le bébé.

— De quoi tu causes ?

— La femme. Tu as dit...

— On n'a pas besoin d'une bonne femme, j'ai changé d'avis. Je peux m'en occuper moi-même. (Il se tourne vers moi.) Mets les frites au four et viens ici.

J'obéis.

— Fais-moi voir les films.

— Quels films ?

Il s'écarte et je m'assieds devant l'ordinateur.

— Tout ce que tu m'as montré. Les petits films. Le jour où j'ai arrangé la machine à laver. Les vidéos pour apprendre à réparer les trucs.

— Sur YouTube ?

— Ouais.

Je cherche sur Google, mais Internet est si lent que la page d'accueil YouTube met plusieurs minutes à charger. L'odeur de graisse chaude commence à remplir la pièce.

— Quand est-ce qu'il va sortir ?

Je touche mon estomac.

Il baisse les yeux et répète :

— Quand est-ce qu'il va sortir, Jane ?

— Bientôt.

— Trouve une vidéo où ils expliquent. Ma mère, elle m'a eu toute seule et les bonnes femmes, elles font ça depuis des milliers d'années, ça doit pas être bien sorcier. Trouve-moi une bonne vidéo et va faire cuire les œufs.

— Mais tu as dit que tu connaissais une femme… (Il paraît agité.) S'il te plaît, Lenn. Il faut quelqu'un pour aider.

— Trouve-moi une vidéo, sinon on saura jamais comment faire. Et une bonne, hein ?

Je tape « Accoucher seule à la maison » et j'attends les résultats.

— Et voilà ! s'exclame-t-il.

J'en choisis une et je clique.

— C'est bon, dit-il.

Je libère la chaise et je mets du jambon et des œufs à frire dans la poêle en fonte de sa mère. L'huile crache et me brûle le poignet. Je regarde mon bras rougir, sans réagir.

— Il marche pas, ton film. Ah si, ça démarre.

Je ne peux pas regarder.

Je reste devant la cuisinière, la chaleur du feu me chauffe le ventre, et je fixe les blancs d'œufs qui tremblotent et font des bulles.

Des cris jaillissent de l'ordinateur.

Lenn est fasciné, il approche la tête de l'écran, les mains agrippées à la table.

Une grosse bulle se forme sur l'un des blancs d'œuf, que je fais éclater avec la spatule de sa mère ; elle se vide, s'aplatit et grésille dans l'huile. Les cris changent. Maintenant, c'est le bébé qui hurle, et la mère se tait.

Mes épaules se détendent. Lenn vient de regarder un bébé naître, et l'accouchement semble s'être bien passé.

— Bordel de merde, dit-il.

Je détache délicatement les œufs de la poêle et les fais glisser sur les assiettes, trois pour lui et deux pour moi. Ensuite, le jambon. Je retire les frites du four, je les secoue et les dispose comme il les aime, puis je place les deux assiettes sur la table et je nous verse de la citronnade pour tous les deux.

— Ça va, dit-il en insérant son couteau dans un jaune coulant. Je savais que ce serait pas grand-chose. Je peux le faire.

Tu peux le faire ?

— Mais si quelque chose ne va pas ? S'il y a des complications ?

Il mâche son jambon et son œuf. Un filet d'huile brille sur son menton rasé.

— Si ça merde, on verra bien. Je ferai comme je le sens.

Je mange et le bébé donne un coup de pied. Il proteste.

L'autre jour, j'ai pensé à un bon prénom pour lui ou pour elle, un bon prénom solide, mais je ne m'en souviens plus.

— T'as vraiment tout oublié ?

— Pardon ?

— Comment ça s'est passé au début, t'as vraiment tout oublié ?

La route à l'arrière de la camionnette de Frank Trussock. Sans qu'on me dise rien. Même pas droit à un verre d'eau. Aucune idée de l'endroit où l'on avait emmené ma sœur. La première vision de cette ferme dans ce paysage infiniment plat. La première vision de Lenn. Lui qui me réceptionne comme un paquet, à la barrière fermée à mi-chemin.

— Je me rappelle.

— Tu parles. Où est-ce que je t'ai emmenée pour notre lune de miel ?

Je baisse les yeux sur mon assiette.

— Tu t'en souviens ?

Je le regarde.

— À Skeggie, tu t'en souviens ? Deux nuits. Ça t'avait bien plu.

— En lune de miel ?

— Tu te rappelles pas grand-chose du bon vieux temps, hein, avec ta petite tête.

— Le bon vieux temps ?

Ce n'est pas à cause des médicaments que j'oublie. Il n'y a jamais eu de bon vieux temps avec lui, jamais, pas un seul bon vieil instant.

Je me souviens du jour où il a installé les caméras, et du jour où il m'a parlé de sa première femme. Jusque-là, je croyais qu'il avait toujours été célibataire. Je me rappelle le jour où j'ai entendu le téléphone sonner pour la première fois. Comme j'ai sursauté.

Il se lève et repousse sa chaise, dont les pieds couinent sur le sol.

Je n'aime pas ça. Parce qu'il n'a pas fini son dîner et qu'il rompt avec ses habitudes. Il ne fait jamais ça.

Je l'entends déverrouiller la porte du sous-sol, la porte située juste en face de la porte principale. Je n'y suis jamais descendue parce que cela m'a été défendu dès le premier jour. Et aussi parce que cette cave pue, ou du moins elle puait l'année où je suis arrivée, la viande pourrie et les vieilles poubelles, le moisi, et parce que le plafond trop bas empêche de s'y tenir debout, il faut se plier en deux, et parce qu'il n'y a pas d'escalier, juste une échelle raide. Il pousse le verrou du haut, puis celui du bas. Une fois descendu, il allume la lampe. J'aperçois une vague lueur entre mes pieds, à travers le plancher. Il remonte.

— Trouvé.

Il me tend un morceau de carton. Je le prends et le retourne. C'est un cadre en carton tordu, avec une photo au centre. Lui et moi. Des taches de moisissure sur les bords du cadre. Moi en robe de mariée blanche, avec un voile. Des traces d'humidité sur l'image. Je souris. Des restes de toile d'araignée sur le carton. Lui, en chemise avec une cravate. Il ne sourit pas.

— Maintenant tu te rappelles, non ?

Je ne dis rien.

Qu'est-ce que c'est ?

— Un de ces jours, je retrouverai les photos de notre lune de miel, y en a des chouettes de toi sur la plage de Skeggie. Y avait un sacré vent. Des rafales.

— Je pourrais consulter un médecin ?

Il me reprend la photo.

— On verra, c'est tout ce que je dis. Je viens de regarder une vidéo, une bonne. Je pense que ça ira, je le sortirai du ventre, ça sera pas compliqué. T'es forte, t'as pas à t'en faire. Ma mère, elle s'en est bien tirée toute seule, sans personne. Je te donnerai un cachet entier quand il commencera à sortir, un entier si t'en as besoin.

Voilà des années que nous n'avons plus parlé aussi longtemps. Je désigne la photo.

— Tu prétends que je voulais me marier avec toi ?
Il indique mon visage souriant sur la photo.
— Je veux être avec ma sœur quand le bébé viendra, Lenn. Je veux être avec elle.
— Bouge pas.
Il redescend au sous-sol et je sens qu'il bouge en dessous de moi. Je l'entends fouiller, il doit être à genoux, et je vois la lumière de la cave par les interstices entre les grosses lattes du plancher. Il remonte.
— Trouvé.
Il me tend un voile de mariée. Il est gris et les bords ont été rongés par les souris, mais il est en dentelle, il est beau et je ne me rappelle pas l'avoir jamais vu, sauf il y a dix minutes sur cette photo.
Je regarde la caméra fixée dans le coin de la pièce.
Il suit mon regard.
— Si je te filme, c'est pour ton bien, hein, et c'est plus sûr d'avoir les caméras, avec le petit qui sera bientôt là. Avec ta mauvaise jambe, fallait que je voie si tout allait bien, s'il t'arrivait rien. Les caméras, c'est pareil que ton YouTube sur l'ordinateur, tout pareil.
— Lenn, je veux être avec Kim-Ly pour la naissance. Je reviendrai, je te promets. Tu veux bien que je sois avec elle juste pour la naissance ?
— Elle fera rien pour toi que moi je pourrais pas faire.
Les larmes me piquent les yeux, mais rien ne coule. J'ai perdu tout espoir il y a des années, et ce n'est qu'un chagrin supplémentaire.
— Je remets tout ça à la cave et je vais nourrir les cochons. Fais-toi couler un bon bain tant que le poêle est chaud.

Il sort. Tandis que je ramasse les assiettes, les verres et les couverts, j'aperçois des lumières sur le chemin. Une petite voiture est garée à côté de la barrière fermée. Je pose la vaisselle et je sautille jusqu'à la porte d'entrée. Ce n'est pas le moment de tomber, dans mon état, avec mon ventre si gros, il ne faut pas blesser le bébé.

Une silhouette marche vers la maison.

Lenn est dans la porcherie, il nourrit les cochons. Il ne reviendra pas tout de suite, il n'a peut-être pas vu la voiture.

C'est elle, la femme rousse, la cavalière en jodhpur. Comment s'appelait-elle ?

Je m'avance vers la porte, là où la caméra ne peut pas me voir, mais je cache mon pied droit.

— J'espère que je ne vous dérange pas, dit-elle. Vous n'êtes pas en plein dîner ?

Je secoue la tête et j'ai envie de tout lui raconter.

— Eh bien, ça alors ! s'exclame-t-elle avec un grand sourire. (Elle a un nouveau rouge à lèvres, rose foncé. Elle désigne mon ventre.) Félicitations, Jane. Vous en êtes à combien de mois ?

Je ne m'appelle pas Jane.

— Au septième, environ.

Son sourire s'élargit encore et sa peau se plisse au coin de ses yeux.

— C'est une fille ou un garçon ?

Elle n'est pas indiscrète, mais naturellement chaleureuse ; son visage montre qu'elle est ravie pour moi, elle me voit comme une sorte d'amie, une sorte de voisine. Je secoue la tête.

— Nous n'avons pas voulu savoir.

Ma gorge se noue à cause de ce mensonge. Cette façade.

— Eh bien, pour une nouvelle !

Elle porte une croix au bout d'un collier.

— Vous pourriez poster une lettre pour moi ?

Elle fronce les sourcils, puis éclate de rire, ses cheveux roux s'agitant devant ses yeux.

— Bien sûr, si vous voulez, mais vous ne devriez pas renoncer à sortir, vous savez. Ma sœur a eu affreusement mal au dos, la nausée tous les matins, au début, et un dernier trimestre vraiment pénible, mais elle sortait autant qu'elle le pouvait. Elle faisait du shopping, elle se promenait dans les champs. Évidemment, nous sommes toutes différentes. Mais les premiers jours, quand vous reviendrez de l'hôpital, vous serez enfermée ici, alors vous devriez en profiter tant que vous êtes libre.

En profiter tant que je suis libre.

— Vous êtes sage-femme ? Infirmière ?

Elle éclate de rire.

— Je suis simplement photographe, répond-elle en remontant la fermeture Éclair de sa polaire. Je fais des portraits, des visages, ce genre de choses. Mais je me suis mise au paysage depuis que j'habite ici. Les ciels sont magnifiques !

Je veux tout lui raconter.

Je veux qu'elle appelle la police. Elle doit avoir un téléphone portable, tout le monde en a un.

Je veux qu'elle me fasse monter dans sa voiture et qu'elle m'emmène directement à Manchester pour voir Kim-Ly.

— Enfin, je me demandais si votre mari était dans les parages. Vous lui avez parlé, à propos du pré ?

Je vais acheter un cheval cet été, donc j'ai besoin de louer un terrain, et votre ferme serait parfaite. Juste un demi-hectare.

Je veux tout lui dire mais je ne peux pas. Mes entrailles crient : Laisse-la t'aider, ne lâche pas cette bouée de sauvetage, sois intelligente.

Mais que ferait-il au bébé s'il me surprenait ?

— Il est occupé avec les cochons, dis-je. Vous pourriez revenir le mois prochain ? Il y verra plus clair et il pourra prendre une décision.

Je veux qu'elle revienne. Je veux sauver Kim-Ly. Mais je veux vraiment qu'elle revienne un jour où j'aurai trouvé comment faire. Comment nous sauver toutes les deux, et le bébé aussi.

Elle baisse les yeux sur mon pied gauche. Je porte de vieilles sandales de Lenn, taille 46. Elle regarde dans la maison.

— Tout va bien, Jane ?

— Je suis désolée, j'ai oublié votre prénom.

— Cynthia. Appelez-moi Cynth, comme tout le monde.

Je comprends alors qu'elle regarde mon pied droit, dont elle voit le reflet dans le miroir de l'entrée.

Je repousse légèrement la porte.

— J'ai parlé de vous au magasin, dit-elle. Le vendeur m'a dit « Jane est morte » donc j'ai dû lui expliquer que non.

— Je dirai à Lenn que vous êtes passée, dis-je en fermant la porte encore un peu plus. Revenez le mois prochain et on verra ce qu'on peut faire.

- 9 -

Il y a deux semaines, il m'a privée de mes cachets.

Il a appris, pour Cynthia. Cynth. Je dois me rappeler son prénom. Je dois m'y accrocher et le graver dans ma mémoire. Il a vu Cynthia sur les vidéos et, même si j'ai prétendu ne rien avoir dit, comme il pouvait le constater puisque j'ai refermé la porte, il a mis sous clef les comprimés pour cheval pendant trois jours entiers.

La souffrance a failli m'achever.

La souffrance dans ma cheville sous tout ce poids nouveau mais, plus encore, la souffrance de ne plus avoir les cachets quand je les attendais, quand mon corps les attendait. Le manque de ce sursaut, de cette assistance, de cet engourdissement essentiel et délicieux.

La première nuit, j'ai dormi par terre, la cheville contre le mur froid, le dos arqué comme une sombre créature légendaire tapie dans la forêt. Je gémissais sans bruit.

Quand il a rapporté le bocal de la cave, il m'a proposé un comprimé entier en me disant que j'avais appris ma leçon. Je l'ai regardé dans les yeux et, les dents serrées, j'ai répondu que je n'en prendrais qu'une moitié.

Ces trois jours de torture étaient le prix à payer pour ma lucidité. J'aurai besoin d'avoir l'esprit clair dans les mois qui viennent. Pour protéger mon bébé et me protéger moi-même, pour être sûre que Lenn n'arrive pas, et aussi pour ne pas oublier. Les trois quarts du temps, ici, j'ai envie d'oublier, c'est ce que je recherche : créer un espace entre mon moi profond et cette prétendue vie. Mais la naissance. Mon premier enfant. Sans doute aussi mon dernier. J'ai besoin d'avoir les idées claires. Je prendrai des médicaments pour atténuer la douleur, je ne suis pas une héroïne, je ne suis pas Wonder Woman. Mais je veux voir le visage de mon bébé, le voir vraiment.

Désormais, je suis à un demi-cachet par jour et j'arrive à peu près à tolérer la douleur. En général. Chaque fois que les esquilles de mon articulation – si on peut appeler ça une articulation, il n'y a pas grand-chose d'articulé là-dedans – se frottent, les picotements me remontent dans le dos, jusqu'au cou, chaque fois que la douleur me vide les poumons, je touche mon ventre. J'ai d'abord détesté cette chose vivante qui grandissait en moi, parce qu'elle venait de lui et parce que je n'avais joué aucun rôle conscient ou délibéré dans sa création. Mais avec le temps, à force de le sentir bouger et donner des coups de pied, j'arrivais à dire dans quel sens il était couché dans mon ventre, et j'en suis venue à l'aimer comme si je le connaissais depuis cent vies. Je lui parle. Nous nous parlons sans mots. Nous faisons des projets ensemble, mais nous ne serons jamais comme Lennie et George, les personnages de *Des souris et des hommes*. Je parle et j'essaye de chuchoter des comptines vietnamiennes et les mots de Steinbeck, j'essaye de paraître forte, compétente, rassurante. Comme une mère.

En ce moment, je repeins la salle de bains. La moisissure a gagné tout le plafond, la pièce sent plus mauvais que jamais et j'ai peur pour le bébé. Il n'a pas encore commencé à respirer et j'ai peur pour ses poumons gros comme des olives, pour son avenir ici, avec Lenn en guise de père.

Sauf que Lenn n'est pas son père, il a cessé de l'être aussitôt après la conception, parce que je revendique cet enfant comme le mien. Je serai sa mère et son père. Je serai sa famille étendue, ses oncles et ses tantes, je serai mes propres parents, les bons professeurs que j'ai eus, les amis avisés. Je m'engage à être toutes ces personnes pour cet enfant parce qu'il n'a que moi.

L'odeur chimique de la peinture me donne envie de vomir. Il l'a achetée en ville, au-delà du pont. En partant, il a dit qu'il serait de retour dans une heure, et moins de dix minutes plus tard il est revenu pour me regarder par la fenêtre, ses grosses mains plaquées sur la vitre. Pour vérifier que j'étais bien là. À présent, je n'ai plus qu'un mois avant d'accoucher, peut-être six semaines, et il est parano, il a peur que je m'enfuie. Il est plus parano que jamais. Comment pourrais-je m'enfuir ? Même si je décidais de perdre Kim-Ly, de gâcher sa vie, d'anéantir ses années d'efforts secrets, même si je prenais cette impitoyable décision, comment pourrais-je m'enfuir ? Je ne pouvais même pas m'en aller à pied quand je n'étais pas enceinte, je mourrais au pied de la barrière si j'essayais maintenant.

Je plonge son pinceau dans son pot de peinture et je recouvre les taches de moisi. Il faut deux épaisses couches de peinture blanche caoutchouteuse, et la moisissure reviendra quand même. Le pot garantit une efficacité totale, je le lis, je lis tous les textes que je trouve, autrefois je lisais le catalogue Argos tous les jours, jusqu'à ce qu'il s'en rende compte et le brûle dans le poêle.

Auparavant, je peignais, je nettoyais et je cuisinais pour lui, mais maintenant je le fais pour mon enfant. Je dormais, je me lavais, je me peignais pour lui, mais maintenant je fais tout ça pour mon enfant. Mon enfant.

Cynth n'est pas revenue.

J'applique la peinture, et les poils du vieux pinceau tombent, restent enfouis dans l'épais liquide blanc, et je rêve que Cynth arrive avec la police, offrant à Kim-Ly une sorte d'immunité inédite pour les immigrés, toute une équipe de gens gentils et très corrects qui débarque, tout ça parce que, grâce au reflet de ma cheville droite aperçu dans le miroir du vestibule, elle a deviné ce que j'avais subi et subis encore.

Tous les soirs avant de m'endormir, je visualise toutes les affaires de mon bébé. Pas ce qu'il a déjà, qui se réduit à un hochet que j'ai trouvé dans le placard à provisions, le hochet que la mère de Lenn lui avait acheté, mais les affaires dont je rêve. Que j'ai vues dans le catalogue Argos 2004. Un lit en pin et un siège-auto noir avec ceinture de sécurité. Une couverture douce que personne d'autre n'a encore utilisée. Et un gros paquet de couches jetables, de lingettes humides, des biberons, un stérilisateur. Je me rappelle parfaitement les stérilisateurs : quatre marques, quatre modèles différents entre lesquels choisir. Le bébé aurait une série de tenues Babygro, des bonnets et des gants, une chaise haute, peut-être une tétine. En réalité, il n'aura que moi et le vieux hochet de Lenn. Je devrai me substituer à toutes ces autres choses. Je devrai être tout son monde.

J'entends la porte d'entrée s'ouvrir.

— Un sandwich au fromage ! crie Lenn depuis la pièce principale. Une tasse de thé, pas de citronnade.

Je laisse tomber le pinceau dans le pot de peinture, je m'appuie sur la partie sèche du mur et je descends maladroitement du petit escabeau, en m'arrêtant sur chaque échelon étroit.

— J'étais en train de faire l'épandage dans le grand champ d'orge, le vent s'est levé et ça a tout salopé.

Je me lave les mains à l'eau brûlante, puis je prépare son déjeuner et le mien.

— J'ai réfléchi au prénom, dit-il en mastiquant son sandwich de pain de mie.

Ça ne te regarde pas, Lenn.

— Je pensais à Jeff ou Gordon. (Il boit une gorgée de thé sucré, beige et tiède.) Jeff, c'était mon grand-père et Gordon, c'était le mari de la sœur de ma mère, un brave gars, Gordon, fort comme un taureau.

Ce n'est pas ton enfant, Lenn. Ce n'est plus ton enfant. Il n'a plus rien à voir avec toi.

— Ça sera Jeff, je me disais.

Je termine de peindre le plafond de la salle de bains puis, après un bouillon de poule fait avec la volaille en promotion achetée hier à la supérette, nous nous installons devant la télé pour *Fous du foot*. Il exige que je m'assoie à terre même s'il doit ensuite m'aider à me relever. Le plancher est froid, et un courant d'air monte de la cave, avec une odeur de renfermé.

— Le meilleur moment de la journée, dit-il. C'est bien de se mettre devant la télé ensemble après une dure journée de travail. On a la belle vie ici, hein, Jane ?

Je fais comme s'il n'était pas là. Je caresse la tête de mon bébé, à quelques millimètres sous ma propre peau, et je rêve à ses enfances. Au pluriel. Différents avenirs possibles, avec des beaux-pères, avec mes parents et moi, avec Kim-Ly à Manchester.

Avant d'accoucher, je préparerai de mon mieux la petite chambre du fond. Il faudra que j'arrange un berceau avec les oreillers du lit pour quand je devrai travailler dans la maison et que le bébé dormira. Lenn m'a dit que j'aurai droit à deux jours, comme sa mère avait eu pour lui, et qu'après ça je devrai reprendre mon service normal, sans me dorloter. Il dit que ça n'est pas sain pour une femme.

— Tottenham Hotspur, ton équipe préférée, dit-il.

Le bébé me donne un coup de pied, mais d'une façon inhabituelle.

Mon attention, toute l'énergie que j'ai est focalisée sur mon ventre. L'intérieur de mon ventre. Mon bébé. Il bouge et ça n'a pas l'air normal.

— Lenn. Le bébé.

— Quoi ?

— Il y a quelque chose d'anormal. C'est trop tôt, il est trop petit.

— Qu'est-ce que tu racontes ?

Il se lève et me regarde.

— Ça va, je pense que c'est passé. Je pense. Mais, Lenn… tu as dit que tu connaissais une femme. Qui pourrait venir ici. Qui n'en parlerait à personne.

— Je t'ai déjà dit, je connais pas de bonne femme.

— Mais s'il y a un problème ? À cause des cachets ou d'autre chose.

— S'il doit pas vivre, il finira dans le fossé, comme mon frère.

Le sang se glace dans mes veines. Je me raidis en entendant ces mots.

— Non.

Je ne le laisserai pas faire.

— Ton frère ?

Je glisse un bras autour de l'accoudoir du canapé pour me hisser et Lenn m'aide à m'y asseoir.

— Il est mort quand j'avais sept ans, il était pas plus gros qu'une pomme à cuire. Il avait pas passé assez de temps dans le four, que ma mère elle disait. Pauvre gamin.

— Tu sais que je pourrais mourir, Lenn. Pendant l'accouchement. Et le bébé aussi.

— On verra. J'ai regardé la vidéo sur l'ordinateur. Je sais ce que je fais, je suis pas con.

— Je suis désolée pour ton frère.

— C'est des choses qui arrivent. Ça arrive, faut s'y faire.

Je reste sur le canapé pendant que Lenn ajoute quelques bûches dans le poêle – nous en utilisons moins à cette période de l'année –, puis il se rassied.

Dehors, la lumière du soir est chaude et l'ombre de la maison, longue comme un champ. Depuis la fenêtre de la cuisine, j'aperçois la porcherie au loin, ses murs en parpaing et son toit de tôle ondulée rougeoyant comme une pierre précieuse.

— C'était pas un but, c'était hors jeu, t'as vu ça, Jane ?

J'ai besoin d'aller aux toilettes. Ça pue la peinture anti-moisissure, je laisse la porte grande ouverte et je vois la télé clignoter dans la grande pièce. La dernière lettre de Kim-Ly est encore fraîche dans ma tête, mentalement je peux la relire ligne après ligne maintenant que je suis revenue à un demi-comprimé pour cheval par jour. Son écriture est plus fluide que la mienne, plus vivante. Elle a toujours eu de meilleures notes que moi à l'école. Surtout en mathématiques et en sciences. Dans la lettre, elle m'expliquait que, à son travail, il y avait eu une descente de la police des frontières deux semaines auparavant, qu'elle avait dû s'enfuir par l'issue de secours et se cacher dans une rue voisine en attendant que le danger soit passé. Cachée entre un mur de brique et une benne à ordures. Elle ne pouvait même pas retourner à son appartement, parce que les policiers y étaient allés aussi. Mais elle avait rangé sa carte d'identité et son passeport dans le faux plafond, et ils n'avaient pas eu l'idée de chercher à cet endroit-là. Tout va bien. Kim-Ly travaille six jours par semaine et a quatre clientes régulières qu'elle aime bien. Elles lui demandent des choses. Comme son vrai nom. Ça les intéresse de savoir ce qu'elle a à dire, elles écoutent vraiment ce qu'elle leur répond. Mais il y a les autres clientes, les femmes qui arrivent avant une soirée en ville, stressées, pressées, les yeux sur leur portable. Elle écrivait que ces femmes-là ne la gênaient pas quand ce n'étaient pas des habituées, mais certaines la voyaient toutes les semaines et la traitaient comme si elle était un distributeur de boissons ou un parcmètre.

Je me lève pour tirer la chasse et il y a du sang dans l'eau.

Ma respiration s'accélère, j'entoure mon ventre avec mes mains et je m'oblige à respirer moins vite pour pouvoir l'entendre, le sentir, vérifier sa présence.

Dans la pièce principale, Lenn crie : « Citronnade ! »

Le sang est frais, neuf, un peu clair, rosé. Je parle en silence au bébé, sans bouger les lèvres, je lui demande : *Tu vas bien ?*

Ensuite il y a quelque chose de chaud sur ma jambe.

Je perds les eaux.

- 10 -

Je ne dis rien.

C'est un moment pour moi seule. Un moment qui m'appartient. Un moment pour comprendre ce qui se passe. Ce fragment temporel est pour moi et mon enfant.

Je contemple mes jambes luisantes, la flaque à la base de la cuvette.

— Ça y est, ça démarre ? demande-t-il juste derrière moi, sur le pas de la porte.

Il regarde le sol, il me regarde, sans que je l'aie invité.

Je hoche la tête.

— Il est en avance ?

— C'est trop tôt. Lenn, il est trop petit. J'ai besoin d'aide.

— Je reviens dans une minute.

Et il sort de la salle de bains.

J'éponge le liquide clair, je tire la chasse d'eau, puis je m'assieds sur la housse en plastique du canapé. L'air est chaud. J'ai des crampes, mais pas de contractions, du moins je ne crois pas. J'ai déjà besoin de retourner aux toilettes.

Quand Lenn revient, mes contractions surviennent toutes les dix minutes, et je sais exactement ce que je ressens.

— Lève-toi, Jane. Tu vas t'allonger par terre à côté de la table.

Il déplie une bâche, de celles qu'on utilise pour boucher un trou dans un toit, et il l'aplatit sur le sol, à côté de la cuisinière. Elle est couverte de feuilles mortes et de boue séchée.

Je regarde la bâche, puis je le regarde, lui.

— Je vais enlever la saleté.

— J'ai besoin d'aller aux toilettes.

— Pas de problème, tant que tu laisses la porte ouverte.

— Non, je veux dire que j'ai besoin d'aide pour y aller.

Il déglutit et je vois sa pomme d'Adam descendre sous son col puis remonter. Il m'aide à me lever du canapé, puis il me soutient jusqu'à la salle de bains. La douleur s'intensifie et je me demande à quel moment elle risque de dépasser celle de ma cheville. Vont-elles se faire concurrence, ou l'une va-t-elle éclipser l'autre ?

— Faut pas en faire un fromage, c'est pareil pour toutes les bonnes femmes. Fais pas tant d'histoires.

J'ai envie de lui crever les yeux avec un crayon.

Il m'aide à m'installer sur la bâche et je m'adosse au mur. Devant moi, il y a le poêle ; à gauche, la cuisine ; à droite, le meuble de télévision fermé, la caméra et la fenêtre.

— Descends les comprimés qui sont sur l'étagère, dis-je.

— T'as déjà eu ta moitié de cachet, tu l'as pris avec tes céréales, j'ai fait attention.

Je serre les dents pendant une contraction. Quand elle est passée, je dis :

— Descends les comprimés tout de suite.

Il attrape le bocal et dévisse le couvercle.

— Combien ?

— Deux. Casse-les en petits morceaux.

Il obéit.

Je ne suis pas encore en plein travail et les contractions sont faibles. Il faut que mes cachets soient en morceaux dès maintenant, parce que je ne pourrai pas négocier avec lui plus tard, je n'aurai aucune envie de lui parler plus tard. Ce temps est pour moi et mon enfant. Le bébé aura besoin de moi et j'aurai besoin du bébé, nous vivrons ensemble ou nous mourrons ensemble.

— C'est comme un agneau qui vient au monde, qu'elle disait, ma mère. C'est kif-kif.

Ferme. Ta. Gueule.

— À une époque, mon grand-père, il avait des moutons. Une petite ferme loin de la côte, des terres pleines de cailloux et pas d'irrigation. J'y allais quand j'étais gamin. (Une nouvelle contraction arrive, mon dos se raidit et la douleur est comme un objet solide.) J'ai vu les brebis mettre bas quand j'étais gosse, c'est rien du tout, l'agneau y glisse dehors tout seul, y a même des brebis qui en avaient trois et ça les empêchait pas de survivre jusqu'à l'été.

Je prends un morceau de comprimé, un cinquième de cachet, et je l'avale.

— De l'eau, dis-je.

Il grogne, me remplit un verre et me le laisse à portée de main.

— Tu veux la télé ?

Je ferme les yeux bien fort. Si ma sœur était là, que ferait-elle ? Elle m'aurait couchée dans un lit, pas sur une bâche sale. Elle aurait des serviettes propres toutes prêtes, des vêtements pour le bébé, des antidouleurs, de l'eau chaude et du linge repassé. Elle aurait un plateau de fruits, frais ou confits.

La contraction suivante me frappe comme une vague que je n'ai pas vue venir. Mon Dieu. C'est comme si mon ventre se déchirait, la pression tout au fond de mon corps, très profond, étale mon squelette, déplace les os qui ont mis une vie à se former. Je hurle et je halète comme un animal.

Il s'avance vers moi. Il me regarde d'un air désapprobateur et détache sa ceinture. J'ai un mouvement de recul. Qu'est-ce que c'est que ça ? Qu'est-ce qu'il fait ?

Il la replie sur elle-même, le cuir brun craquelé se fendille partout.

— Mords dedans si t'as besoin, Jane.

Je suis au Moyen Âge ?

Il me tend la ceinture et je la pose à côté de mon pied estropié.

L'aiguille des heures se traîne sur l'écran de l'horloge et le bébé ne sort toujours pas. Des heures de souffrance. Les contractions sont plus rapprochées, plus dures. J'ai pris un tiers de cachet en plus de mon demi-comprimé habituel, et j'ai la tête dans le brouillard, pleine d'images comme on en voit dans les rêves. Il y a du sang sur la bâche. Pendant un moment, il a coulé autour de mes jambes et de mes chevilles, mais

Lenn ne l'a pas nettoyé. Maintenant le sang a séché, il est collé à des feuilles de chêne et à des enveloppes de blé, comme un étrange symbole de fertilité, venu d'un autre temps, d'un autre lieu. Je n'arrive pas à me concentrer. Les choses que je vois du coin de l'œil sont floues et quand les douleurs viennent, aussi espacées et régulières que les pulsations cardiaques d'une baleine bleue au fond de l'océan, mes yeux s'embrument complètement, je rejette la tête en arrière et je sanglote.

Ma cheville n'est rien.

Les douleurs ne sont pas en concurrence, aucune ne l'emporte, elles sont différentes. Séparées, mais ensemble. Les cachets aident, mais je me sens faible. Épuisée. Comment les femmes font-elles ça sans anesthésie ? Pourquoi le font-elles ?

— J'ai besoin de manger, lui dis-je.

Sans quitter son fauteuil, il détourne les yeux d'un jeu télévisé.

— Jambon-fromage ?

Je hoche la tête.

J'ai envie de vomir, je ne peux rien manger, mais je ne peux pas non plus me permettre de m'évanouir.

Il prépare des sandwichs pour nous deux.

Je gémis quand la contraction suivante m'atteint. Ça ressemble aux crampes des règles, mais amplifié au point que je me déchire. Je me fissure. Avec la main, je cherche la tête du bébé entre mes jambes, mais il n'y a rien. Combien de temps vais-je tenir ?

— Tiens, voilà tes sandwichs. Je les ai faits pour toi, alors mange, ça te fera du bien.

J'en mange un parce que j'ai vraiment besoin de carburant, puis, durant l'accalmie entre deux élancements, je le vomis.

— C'est pour ça que j'ai mis la bâche, tu comprends, maintenant ? (Il me jette un rouleau d'essuie-tout.) Pour essuyer tes saletés.

— J'ai besoin d'aller aux toilettes.

— Encore ?

— Aide-moi à me lever.

J'essaye, mais je ne peux pas. Rien. Malgré tout, je me sens mieux, assise sur la cuvette. Mieux que par terre.

— Tu peux m'aider à me mettre au lit ?

— Pas question de monter. J'ai tout installé ici, arrête tes simagrées. Les bonnes femmes, elles font ça depuis des siècles. Ma mère, elle m'a eu ici, dans cette pièce-ci, c'est le meilleur endroit.

Il me ramène sur la bâche. Je reste un moment accroupie, je prends la ceinture dans ma bouche et je mords si fort pendant une contraction que mes dents bougent dans mes gencives. Le cuir a le goût de Lenn et un goût de vache.

— Tout va bien, dis-je au bébé en chuchotant. Tu t'en sors bien.

Lenn secoue la tête.

— Conneries.

J'ai de nouvelles contractions, je prends d'autres morceaux de comprimés. Lenn lance un paquet de journaux par terre. Pourquoi ? Je n'en ai aucune idée.

— Je vais bientôt devoir sortir faire l'épandage, le vent va souffler, ils l'ont dit à la radio.

J'ai envie qu'il me laisse seule ici, mais je ne devrais pas souhaiter cela. Je pourrais avoir besoin de lui. Je veux que tout reste entre le bébé et moi, que Lenn n'ait rien à voir avec ça, mais s'il y a un problème, s'il faut aller à l'hôpital, s'il a le cordon ombilical autour du cou, si je fais une hémorragie ?

La pression est plus forte ; la douleur, plus intense. Comme je me sens faible, je m'accroche d'un bras au pied de la table et je me laisse glisser en bas du mur. Je regarde Lenn et je lis maintenant la peur dans ses yeux, la vraie peur. Je lui hurle :

— Citronnade ! Citronnade !

Il court jusqu'à l'évier, me remplit un verre et m'aide à le siroter. Je baisse la main et je touche le sommet du crâne de mon bébé : je n'ai jamais rien touché d'aussi parfait. Une tête lisse et sèche, parfaitement formée. J'ai touché mon enfant et cela fait toute la différence, la souffrance est encore là mais maintenant elle a un sens.

— Je fais quoi ? demande-t-il.

— Rien.

— Hein ?

— Rien !

Je hurle, la salive est projetée vers son fauteuil, la sueur vole de mes cheveux lorsque je secoue la tête pour être face à lui.

Je pousse de toutes mes forces, je sens un élan, l'énergie de cette ferme des marécages qui se concentre dans mon bas-ventre. Il n'existe aucune puissance égale à la force de ce bébé qui se fraie un chemin dans le monde, qui m'ouvre, qui descend toujours.

Mes cris viennent d'ailleurs que de moi. Je ne sais pas si c'est les cachets. Je les entends avant de les émettre, des cris à renverser les montagnes. Je gueule, j'éructe, je pousse, je serre les dents et je mords dans sa ceinture en cuir rance.

— La tête est sortie, dit Lenn.

D'un geste de la main, je touche le visage de mon bébé, son nez, son front. Ma bouche s'élargit en un sourire. Le bout de mes doigts tâtonne sous le menton du bébé. Je m'arrête, je baisse les yeux, je vois des cheveux noirs, fins, humides, emmêlés, sanglants.

Je pousse encore une fois, deux fois. Encore. Mes paupières serrées, collées l'une à l'autre. Je glapis, sa ceinture me tombe de la bouche, mon bébé sort de moi, je vois dans ma tête un cerf dans une forêt quand je me penche pour toucher l'enfant ; une biche mettant au monde un faon dans un vallon tranquille et protégé.

Je me baisse pour prendre mon bébé, mais Lenn le ramasse et le brandit.

— Il respire pas.

Je hurle, j'agite ma jambe valide. Il me donne le bébé comme si c'était un lièvre écorché. Je prends ce corps chaud et je le retourne. Je la retourne.

— C'est une fille, dit-il.

Avec mon doigt, je retire le liquide de sa petite bouche parfaite, de ses lèvres rouges, et je la retourne à nouveau, par un instinct antique que je ne conteste pas. Je lui frappe le derrière, je lui frotte le dos, elle se raidit et crie. Je l'attire contre moi, j'ai le sourire le plus large qu'on ait jamais vu, et nous restons là ensemble, rien qu'elle et moi, ensemble.

— C'est une fille, répète-t-il.

Je confirme. Je caresse sa tête minuscule, je touche le lobe de son oreille, une perle, et je la colle à ma poitrine. Elle ne prend pas le sein tout de suite, donc je la place mieux, je la soutiens, elle cherche avec ses lèvres rouge sang et elle me trouve.

— Je vais lui rapporter une couverture.

Il monte à l'étage et nous sommes seules. Ne reviens pas, Lenn. Laisse-nous.

Elle boit mon lait. Je n'ai jamais fait ça avant mais j'ai l'impression de l'avoir déjà fait ; elle boit, elle suce, et nous avons chaud ensemble.

Il redescend.

— Y a d'autres trucs qui sortent, dit-il.

Je baisse les yeux sur les paupières et le nez de ma fille. Ses paupières comme des pétales. Un nez aussi parfait qu'une pierre polie par une rivière. Elle est la plus petite personne que j'aie vue, mais aussi la plus forte ; alors que je la tiens sur cette bâche verte, je lui offre mon corps tout entier. Mon âme aussi. Pour toujours. Sans réfléchir et sans parler, je jure d'être sa mère et son père, ses frères et ses sœurs, ses grands-parents et ses voisins, je serai son professeur et son prêtre, et je ne laisserai aucun mal l'atteindre. Je ne le permettrai pas.

— Elle s'appellera Mary, dit Lenn.

Il n'est pas des nôtres. Il ne vit pas dans notre monde, il n'en fait pas partie. Lui t'appellera peut-être Mary, mais je trouverai le prénom qui te convient quand il sera parti labourer ses champs gras, quand j'aurai examiné chacun des pores de ta peau, quand je t'aurai regardée jusqu'à en avoir les yeux secs.

Je tire la couverture jusqu'à mon nombril et je couvre le bébé.

Nous ne faisons qu'un.

- 11 -

Elle dort.

Je suis dans le lit une place, dans la petite chambre du fond, une serviette enroulée autour de la taille. Elle a sur elle une couverture pliée en double épaisseur, et elle dort pour la première fois de sa vie. Je sens son souffle sur ma peau, chaque respiration est un cadeau de ses poumons parfaits. Son cœur bat vite. Plus vite que je ne m'y attendais. Elle est petite comme un oiseau mais aussi complète que tout ce que j'ai jamais vu ou imaginé. Elle est miraculeuse.

Quand elle se réveille, je la porte – elle pèse moins qu'un chaton –, je la porte jusqu'au placard et je prends une pile de couches en tissu-éponge, celles que j'utilise comme serviettes hygiéniques, les vieux tissus de sa mère. J'aurais dû les préparer mais elle est venue tellement en avance… J'empile les tissus près de l'accumulateur de chaleur. Je la pose au creux du nid d'oreillers que j'ai fabriqué sur le lit, je plie une couche comme je l'ai fait cent fois au cours des sept dernières années et je la place dans ma culotte, la culotte de sa mère. Puis j'en prends une autre, je la plie comme je me suis entraînée à le faire, et je l'attache autour de sa taille, autour de la taille de ma fille. Elle reste endormie, elle paraît si minuscule. Si parfaite. Je n'arrête pas de sourire. La douleur sourde dans ma cheville n'est pas très loin, mais mon cœur se gonfle d'orgueil parce que j'ai conçu cette personne et que je l'ai mise au monde toute seule, que je l'ai nourrie, et parce qu'elle dort paisiblement, comme si elle était née dans une maison normale, la vôtre, par exemple.

Je suis allongée avec elle et j'enroule mon corps autour du sien. Elle fait des bruits. Des bruits d'enfant en sécurité. Des bruits de contentement. Mon ventre est encore énorme, comme si je n'avais pas accouché, mais maintenant il est mou. Ma mère s'est déchirée quand elle m'a eue, elle me l'a raconté, elle s'est déchirée aussi quand ma sœur est née, et je m'attendais à la même chose. Mais on dirait que je vais bien. Je suis fragile et hébétée, les cachets font leur effet, mais je vais bien.

— J'ai fini le semis ! crie-t-il en entrant. Les oiseaux m'ont pas foutu la paix une minute, ils doivent pas être bien.

Je m'enroule un peu plus autour de ma fille, mon dos formant un rempart entre elle et lui.

— Tu me fais à manger ou quoi ?

Je ne dis rien, je la regarde simplement qui dort, sa poitrine qui se soulève et retombe, ses lèvres en forme de cœur à peine entrouvertes, l'air inspiré et expiré comme une toux de moineau. Il monte jusqu'à notre petite chambre. Les marches grincent, puis elles cessent de grincer. Il est derrière moi, il observe. Il *nous* observe désormais, plus seulement moi, maintenant elle vit sous son toit, au milieu de ses affaires à lui, de ses interdictions à lui.

— Tu me fais à manger ?

Je ferme les yeux, je sens ses petits pieds frais sur mon ventre, ses joues près du bout de mon nez, et je fais semblant de dormir. Il nous regarde. Il reste là sans oser nous réveiller, il nous observe simplement. Puis il redescend l'escalier.

Je pourrais rester allongée avec elle pendant cent vies. Elle n'est rien de lui, elle n'est que bonté, je le sais de toute mon âme même si elle n'est ici que depuis une demi-journée. Je le sais.

Elle fronce le nez et j'ai l'impression qu'elle va éternuer, mais elle renifle et ouvre la bouche comme si elle voulait mon sein, puis elle s'apaise et se détend. Ses yeux bougent sous ses paupières. Elle rêve. Je n'ai jamais vu une telle harmonie dans cette maison. Elle est un cadeau et lui n'est même pas digne de savoir à quoi elle ressemble.

J'ai laissé le cordon ombilical au rez-de-chaussée. Il m'a proposé un clip pour surgelé, puis une paire de ciseaux qu'il avait stérilisée dans une casserole d'eau sur la cuisinière ; nous n'étions pas sûrs que ce soit nécessaire mais ça paraissait raisonnable. J'ai posé de la gaze vétérinaire sur son nombril et je l'ai fixée avec de l'adhésif isolant. C'est le mieux que je pouvais faire.

Je n'ai jamais été aussi fatiguée, aussi soulagée. Elle a un mois d'avance, peut-être davantage, mais elle semble parfaite. Enfin, elle est superbe, elle se nourrit et elle dort. Elle a le bon nombre de doigts aux mains et aux pieds, des cheveux sur la tête, des poils sur les épaules. Une marque de naissance sur la nuque.

Des cils, les cils de ma sœur, et les narines les plus ravissantes que je connaisse.

J'ai envie de l'examiner comme un étudiant creuserait un sujet pointu pour sa thèse. Profond et singulier. Le genre de fascination qu'on a du mal à comprendre. J'ai envie de la connaître.

Au total, j'ai avalé trois comprimés entiers, trois cachets pour cheval en comptant la dose que j'avais prise le matin. Je suis aussi forte qu'un éléphant, on dirait. J'ai l'anatomie d'un mammouth oublié depuis longtemps, d'une baleine tueuse des grands froids arctiques, je suis aussi redoutable qu'une rivière en crue. Il s'en rend peut-être compte maintenant. Mais je dois être prudente. Je la regarde, je réfléchis clairement, et il faut que ce soit ainsi désormais, dans son intérêt à elle comme dans le mien. Je dois rester vigilante, aux aguets. Un demi-cachet pour les prochains jours, puis un tiers de cachet. Je finirai peut-être par réduire à un quart, mais je vise déjà un tiers.

La bâche a dû rester par terre, à moins qu'il l'ait rangée, mais je suppose plutôt qu'il me laissera m'en charger. Du sang et d'autres choses, un cordon ombilical gisant comme un serpent, de la sueur, de la citronnade, du placenta, des feuilles mortes.

— Un sandwich ? crie-t-il du rez-de-chaussée. Jambon-fromage ?

Il me propose un sandwich.

À moi.

Ce n'est pas le gargouillis spontané de mon estomac qui m'étonne, c'est ce renversement des rôles, ce changement. Le soir horrible où il m'a brisé la cheville, il y a six ans, il a exigé des saucisses avec de la purée et il a attendu que j'essaye de les lui préparer, jusqu'à ce que je m'évanouisse devant sa cuisinière.

Je me détache du bébé et je m'assieds au bout du lit.

— Oui, merci.

— J'arrive.

J'entends tinter le métal de la huche à pain qu'il ouvre. J'entends l'emballage plastique qui crisse quand il retire les épaisses tranches Mighty White. Je l'entends ouvrir le frigo, sortir le fromage prédécoupé et la margarine. Il ne fait jamais rien de tout ça. Je suis assise sur le lit une place dans la petite chambre du fond, à côté de ma fille qui dort, et je l'écoute préparer mon dîner.

Il monte l'escalier avec deux assiettes et m'en donne une, tout en regardant le bébé.

Il reste sur le pas de la porte, son énorme épaule appuyée au chambranle. Nous regardons tous les deux l'enfant, nous mâchons et avalons tous les deux, la maison est très silencieuse. La chaude lumière déclinante de juin éclaire un côté du visage du bébé, qui ne projette qu'une petite ombre.

— Elle va bien, la gamine ? murmure-t-il.

— Oui.

— Demain, j'irai en ville faire le plein pour la semaine, on n'a plus beaucoup de citronnade.

Je me contente de sourire à mon bébé. J'ai besoin d'aller aux toilettes et je veux l'emmener, ne jamais la laisser à plus d'un mètre de moi. Mais elle dort profondément et je pense qu'elle a besoin de se reposer.

— Tu peux la surveiller à ma place ? Je dois aller aux toilettes.

— Bien sûr que je peux.

Je boitille jusqu'à la porte, il s'écarte pour me laisser passer. Je sautille jusqu'à la rampe et je descends, me retournant à chaque marche. Je la vois là toute seule, fragile, sans protection. Mon pied droit est en mauvais état. Pire que d'habitude. Si je fais porter mon poids dessus, j'ai l'impression qu'il va se casser. Dans la salle de bains, je m'accroche au mur, puis je m'assieds, un pied tourné vers l'avant, l'autre vers la baignoire, les orteils bleus, de plus en plus mal irrigués au fil des ans.

Des fluides s'écoulent de mon corps. Pas autant que je le pensais, mais quand même. Je me nettoie, j'éclabousse d'eau froide mon visage et mon cou, et une force m'attire à l'étage. Cela fait assez longtemps, trop longtemps. J'ai besoin de voir mon bébé respirer, sa poitrine se soulever, ses paupières, ses narines. J'ai besoin de lui donner ma chaleur.

Il est encore sur le seuil de la pièce, à l'observer. Je passe devant lui en sautillant et elle dort toujours, protégée par le cercle d'oreillers.

Je vérifie sa respiration, superficielle et rapide, mais elle a l'air d'aller bien. Je donnerais un rein et un poumon pour qu'un médecin puisse l'ausculter maintenant, faire un bilan complet, un genre de rapport ou de certificat me disant qu'elle est en bonne santé, qu'elle ne souffre pas, qu'elle vivra, grandira, et qu'elle ne ressemblera jamais à Lenn. Je serais même prête à voir revenir la rousse. Pour s'assurer que mon bébé va bien. Pour me garantir que mon bébé est solide.

Il finit son sandwich et je finis le mien. Je suis fatiguée. Elle va bientôt se réveiller pour téter et j'ai besoin de repos, j'ai besoin de recharger mes batteries.

— Il faut que je dorme maintenant, dis-je.

— Prends une couverture en plus. C'est une nuit claire, plus froide qu'on croirait.

Il désigne la fenêtre.

Je m'approche du placard à provisions. Du côté droit, il y a les affaires de sa mère ; du côté gauche, il y a ma liasse de lettres de Kim-Ly attachées avec de la ficelle agricole et ma vieille édition de *Des souris et des hommes*. Je trouve une couverture parmi les affaires de sa mère, je referme la porte, je me retourne et il tient mon enfant dans ses bras.

— Mais… (Je murmure, la voix brisée.) Qu'est-ce que tu fais ?

— Je tiens ma fille, dit-il.

Il la regarde en souriant, ce petit corps soutenu par ses deux grosses mains, ses ongles rongés autour de la tête et des cuisses de mon bébé.

Je m'avance vers lui.

— Donne-la-moi, elle a faim.

— Elle est solide, la gamine, dit-il en relevant le menton pour me regarder. Si jamais t'essayes de partir avec elle… (il déplace une main de sorte que ses doigts plats encerclent le cou de mon bébé, sa gorge minuscule) … je la noierai dans le fossé.

Je me jette sur lui pour lui prendre l'enfant, il la lâche sans protester. Je lui tourne le dos et j'enfonce ma fille dans ma poitrine, dans mon ventre.

— T'as compris ?

Je hoche la tête.

— J'ai dit : T'as compris ?

— Oui.

— Très bien. Maintenant que ça, c'est réglé, je vais te dire un truc que ça fait longtemps que je dois te dire.

Le dos tourné, je dirige ma tête vers lui, ma colonne vertébrale en guise de garde-fou ; ma fille commence à chercher mon sein dans son sommeil.

— T'as l'air drôlement contente de toi, Jane. Drôlement contente de tout ça.

Je fronce les sourcils.

— Maintenant je sais que tu partiras pas, tu partiras plus jamais, quand je t'aurai tout dit.

Le bébé trouve mon sein, s'y accroche et se met à téter.

— C'est à propos de ta sœur, tu vois. Eh bien, elle est pas à Manchester.

— Quoi ?

— Elle s'est fait renvoyer, ça fait cinq ans qu'elle est repartie, elle est plus en Angleterre.

— Quoi ? (Je me retourne face à lui, mon châle s'ouvre.) Tu mens.

— Elle est repartie là d'où vous venez toutes les deux, dans la jungle. Elle est plus ici. Y a plus que toi et moi ici, et maintenant la petite Mary, c'est tout.

— Non. J'ai ses lettres.

— Elles sont vieilles. Je te les donnais un peu à la fois, parce qu'y a pas de dates dessus. J'ai brûlé celles où y avait des nouvelles, parce que t'aurais compris qu'elles étaient pas récentes, j'ai brûlé une page par-ci par-là, des fois une lettre entière. Elle t'écrivait tout le temps, la connasse. Elle t'a pas lâchée pendant toutes ces années, faut reconnaître. (Il regarde mon bébé.) Maintenant y en a plus. Il m'en restait deux ou trois, mais je viens de les brûler dans la cuisinière. Elle habite plus en Angleterre, Jane. Ça fait des années qu'ils l'ont renvoyée dans votre pays. Renvoyée. C'était une clandestine, faut dire. Donc t'as plus personne ici, à part moi et la gamine. Tu nous as tous les deux, et tu partiras pas sauf si tu veux que je noie Mary au fond du fossé.

- 12 -

On est en pleine nuit, la lumière à la fenêtre de la petite chambre est faible et paisible.

Lenn ronfle dans l'autre chambre.

Je lui ai demandé un demi-cachet avant qu'il se couche, il me l'a donné, et maintenant je suis adossée au mur sur le lit à une place, j'allaite, je réfléchis, je souffre. Hébétée mais pas assez.

Ma sœur a été renvoyée il y a des années ? Comment ? Ma réalité était un mensonge, mes aspirations, projetées sur elle, vécues à travers son lent voyage vers la liberté, n'étaient qu'un reflet trompeur. Elle n'a même jamais été près de rembourser sa dette. Maintenant, ce fardeau pèsera sur elle à vie. Toute la dette et plus aucune possibilité. J'ai demandé à Lenn comment elle a dû quitter l'Angleterre, en avion ou par une méthode plus dangereuse. De manière officielle ou pas. Il n'en sait rien. Je prie pour qu'ils l'aient renvoyée au Viêtnam par avion, avec ses affaires. Mais dans ma tête, je la vois dans un conteneur maritime comme celui dans lequel nous sommes arrivées. Expédiée de port en port par des hommes cupides, malade, gelée, avec l'interdiction de parler sous peine d'être privée d'eau et de nourriture.

Mon bébé se nourrit bien. Elle devient plus forte. Je sens la puissance de ses lèvres, la vigueur de sa bouche minuscule lorsqu'elle me tète. J'ai connu une journée de bonheur avec elle. Lenn m'a accordé cette journée. J'ai perdu une sœur et gagné une fille. Il a sa part de responsabilité dans les deux.

Elle se détache de mon sein et s'endort. Elle a la bouche ouverte, ses joues sont brûlantes, rouges et pleines, son corps est chaud contre le mien, ses petits cheveux collés par la sueur au creux de mon bras. Elle sent le lait. Elle sent bon. J'entends sa respiration de souris, les ronflements bruyants de Lenn, et rien d'autre.

Je dors quand elle dort et les cachets m'aident à supporter les différentes strates de douleur à l'intérieur de mon corps, de ma tête et de mon ventre. Je suis brisée à l'intérieur et à l'extérieur. Ma pauvre sœur.

Sur le plan pratique, les couches de mon bébé représentent une épreuve à laquelle je ne m'attendais pas. Les tétées se passent bien et elle semble dormir parfaitement, elle ne crie presque jamais, comme si elle comprenait déjà qu'il n'aimera pas ça, comme si elle essayait de me simplifier la vie au maximum pendant que je digère les horreurs qu'il m'a dites. Ses couches sont noires. Le goudron qui sort de son derrière est si épais et collant que j'arrive à peine à l'enlever. Quand je frotte, cela laisse des marques rouges et j'ai peur qu'elle ne pleure, mais elle ne dit rien. Je l'essuie avec du papier et de l'eau, et quand ça ne marche pas j'essaye avec un gant de toilette, un de ceux de Lenn. Ça fonctionne mieux mais ça laisse sa chair à vif. Est-ce normal, cette matière noire ? Je voudrais qu'une vieille infirmière pleine de sagesse me dise que c'est normal, que le bébé ira bien et deviendra un jour une femme heureuse, maîtresse de sa propre vie.

Le lendemain, il sort de bonne heure pour commencer à moissonner l'orge. Ce mois a été chaud et la récolte paraît correcte, à ce qu'il dit. Assise sur le lit une place, je lis tout bas *Des souris et des hommes* à ma fille. Le passage où George et Lennie parlent à Candy des lapins. De leurs projets. Leur rêve. Elle tète avec de petits bruits de contentement, et je continue à lire. Kim-Ly a été renvoyée au pays et j'ai l'impression que c'est la faute de Lenn, même s'il m'a simplement appris la nouvelle. Il m'a caché cette information. Il s'est servi contre moi de l'espoir que j'avais pour ma sœur. Kim-Ly a été renvoyée et maintenant je suis comme George à la fin du livre, lorsqu'il tire sur Lennie et qu'il reste seul avec ses espoirs de luzerne ; j'ai toujours pensé que je serais Lennie et qu'elle serait George. Je lirai ce livre à ma fille, je le lui lirai encore et encore. Je ne le laisserai pas me le prendre. Elle en a besoin. S'il le faut, je lui enseignerai la vie à partir de cet unique livre. Je le relirai afin de le connaître par cœur, et elle en fera autant.

— Je prendrai mon sandwich tôt ! crie-t-il dans l'escalier. Fais-le double.

Je descends avec le bébé, je tapote son dos étroit pour qu'elle fasse son rot, une serviette drapée sur mon épaule droite. Je maîtrise la technique, maintenant. Je descends chaque marche sur mon postérieur, comme un enfant, et je tiens mon bébé sans m'accrocher à la rampe. C'est dur pour ma cheville mais au moins, comme ça, je ne tomberai pas, je ne l'écraserai pas.

— J'emmènerai Mary, dit-il.

— Non. Elle a faim. Je vais l'allaiter et préparer ton déjeuner.

Il a l'air sur le point de parler, mais il se ravise. Je la porte dans mon chemisier, son visage contre ma poitrine, mais elle ne tète pas, elle se blottit seulement. Je donne à Lenn l'assiette de sandwichs et le paquet de chips salées.

— Comment a-t-elle été renvoyée ?

Il mâche la bouche ouverte et ma question lui fait froncer les sourcils.

— Ma sœur.

— Qu'est-ce que j'en sais ? Immigrée clandestine. C'est pas son pays alors ils l'ont foutue dehors. Ça arrive tout le temps, d'après Frank Trussock.

Il contemple mon bébé qui tourne le visage vers ma peau, comme pour échapper à son regard.

— C'est quand, ton prochain bain ?

Je ferme mon chemisier et je me détourne de lui. Qui est cet homme ? Cette bête ?

— Pas avant un bon moment. C'est comme une blessure. Il faut que ça se referme.

Il mange sans rien dire, puis laisse son assiette sur la table, le paquet vide sur l'assiette, et s'en va.

Je me tiens sur le seuil de l'entrée, caressée par le soleil.

— Un jour, tu prendras ce chemin, ma petite, lui dis-je. Tu partiras vers le reste de ta vie, loin de tout ça. Et je serai à tes côtés. En attendant, nous serons ici ensemble et je serai à toi, tout à toi.

Au loin, un camion roule de la droite vers la gauche. Entre la route et moi, les champs sont vert citron, les cultures hautes et si épaisses que je ne vois plus un seul endroit brun. Je fais un pas dehors et je regarde autour de moi. Une brise tiède. La terre est à lui, comme tout le reste, depuis mon pied cassé jusqu'à l'horizon. Il façonne le monde dans lequel je vis. Je marche un peu dans la cour, je m'adosse à la cabane à outils et je couvre la tête du bébé avec ma main pour la protéger du soleil. Le ciel est tout à moi. Il n'a pas voix au chapitre en ce qui concerne le ciel : ni semis ni moisson. Absolument rien à dire. La terre est à lui et le ciel est à moi, au bébé et à moi. L'horizon, la mince bande où les deux se rencontrent, c'est tout le reste.

Je la pose sur le canapé recouvert de plastique et je la laisse au milieu de coussins pendant que je vais laver les tissus. Elle en utilise huit par jour et moi, trois, alors je dois constamment faire la lessive. Le comprimé pour cheval m'assomme complètement, c'est comme si la souffrance dans ma cheville broyée se trouvait dans une autre pièce, à la cave peut-être, en dessous de moi, encore proche mais séparée de nous. Je suspends les tissus humides sur le fil à linge avec les pinces en bois de sa mère, puis je rentre voir si tout va bien. Il faudra bientôt que je lui donne un vrai prénom. La moelle de mes os me pousse à l'appeler Kim-Ly. Mais c'est une pensée égoïste. Une mauvaise pensée. J'ai désormais perdu ma sœur, je l'admets, et ce serait un réconfort sans grande valeur que d'appeler mon bébé comme elle. Je dois résister à ce désir. C'est comme lorsqu'on perd un animal auquel on était attaché et que l'on a envie d'acheter le même en tout petit pour le remplacer aussitôt, en lui donnant le même nom, et que l'on s'empêche de le faire. Je trouverai d'autres prénoms pendant les tétées tranquilles du soir.

Je n'ai pas repris les lettres parce qu'elles me briseront. Je veux en faire une lecture critique, examiner comment j'ai pu croire que des lettres écrites au cours de deux années l'avaient été au cours de sept ans.

Mon bébé m'appelle et je m'assieds avec elle sur le canapé pour la nourrir. Elle a une faim de loup, ses lèvres trouvent immédiatement mon sein. C'est comme si elle poussait mon corps, l'incitait à produire plus de lait pour elle, et quand je la regarde je vois Kim-Ly. C'est tout à fait naturel. Enfant, j'étais comme une seconde mère pour Kim-Ly, j'aidais maman, j'avais envie d'agir. Ici, dans ce lieu oublié et fouetté par le vent, mon bébé n'a que moi.

Je ne réduis pas ma consommation de cachets. J'avais dit que je le ferais, dans l'intérêt du bébé, mais je n'ai pas le droit de m'effondrer maintenant. Je ne peux pas m'écrouler. Alors j'en reste à trois quarts de comprimé pour le moment. Ça ira.

— Tu ferais mieux de rentrer ton linge. (Il s'avance dans la pièce principale, muni de sacs de la supérette du village voisin.) Il pleut comme vache qui pisse.

Je me dirige vers la porte.

— Laisse Mary avec moi, dit-il en la prenant dans mes bras. Allez, Mary, viens voir ton père.

Tu n'es pas son père. Tu n'es rien. C'est moi, sa famille.

Je sors en boitillant et, aussi vite que je peux, je détache du fil à linge les tissus mouillés, en laissant les pinces voler dans toutes les directions. Je rentre, ma cheville droite traîne dans la boue. Je jette sur la table les tissus, les tissus de sa mère, je reprends le bébé et je lui murmure en vietnamien que tout va bien maintenant.

— Pas de ça ici. On est en Angleterre, alors tu lui causes en bon anglais comme moi et comme tout le monde. Je veux pas entendre autre chose, pas tes mots de là-bas, tu vas lui embrouiller la tête.

J'acquiesce, mais mon regard d'acier lui perce le front et le traverse. Je parlerai à mon enfant comme bon me semble et tu n'auras pas ton mot à dire.

— Mets le poisson à cuire.

Je remplis la cuisinière de branches de saules et je range les courses. Je l'ai supplié d'acheter des choses pour le bébé mais il n'a rien rapporté. Il achète ce dont il croit que nous avons besoin : du jambon en tranches, du papier-toilette, des chips et des biscuits fourrés. Mais il refuse d'acheter des couches jetables, des lingettes ou de la crème hydratante. Il dit qu'on ne trouve rien de tel à la supérette. Il dit que nous n'en avons pas besoin.

Quand le feu est prêt, je mets à cuire son sachet de cabillaud en sauce persillée. Nous mangeons à table une fois qu'il a visionné les bandes. Nous mangeons le poisson en silence, avec des petits pois surgelés et des pommes de terre bouillies. Je suis affamée. Hier soir, j'ai mangé la moitié d'un paquet de biscuits fourrés et j'ai bu toute une carafe d'eau tandis que j'allaitais mon enfant. La faim était immense. Une chaleur émane de moi et d'elle, une énergie, une force, le cycle du lait et de la nourriture, et je dois continuer à alimenter ce feu.

Pour le dessert, il a rapporté un Arctic Roll. C'est une sorte de gâteau sucré enroulé autour d'une colonne de glace. Il en achète parfois. Il aime ça. Nous mangeons et une de mes dents du fond commence à me faire mal, comme si l'on y enfonçait une aiguille.

Le bébé a les fesses rouges. Je la baigne dans la baignoire, en soutenant tout son corps d'une seule main. Je veux utiliser ce qui reste d'eau chaude parce que nous laissons la cuisinière s'éteindre après le dîner, maintenant qu'il fait chaud, sinon nous ne pouvons pas dormir. Je vérifie la température car l'eau sort brûlante du robinet, et je donne son premier bain à mon premier enfant. Elle crie, je souris pour l'apaiser. Puis je l'enveloppe dans une serviette et je l'emmène à l'étage, une marche à la fois, lentement, une main agrippée à la rampe pour nous sauver la vie à toutes les deux. Dans la petite chambre du fond, je souffle sur sa peau, je plie un tissu propre pour former une couche et je fais tenir le tout avec une épingle de nourrice, une des épingles de la mère de Lenn.

Ma fille a chaud, elle est en paix.

J'entends Lenn ouvrir le meuble de télévision, puis enfermer la clef dans la boîte fixée au mur à côté de la porte d'entrée.

— La télé est allumée, dit-il.

Assise avec mon bébé, je m'endors presque. J'atteins un nouveau degré de fatigue. Je commence à l'allaiter et il répète :

— La télé est allumée, j'ai dit. Descends, viens.

— On se couche.

— Te fous pas de ma gueule. Descends, un peu de téloche, ça te fera du bien.

Je me tortille vers le bout du lit et je contemple mon pied. Le fluide entourant l'articulation est froid au toucher. Les os sont cassés, les muscles déchirés, ce pied pourrait aussi bien être celui de quelqu'un d'autre. Si je sors d'ici un jour, je pense qu'un médecin m'amputera et que ce sera la meilleure solution.

— Jane.

Je ne m'appelle pas Jane.

— J'arrive.

Je descends tant bien que mal, en la tenant serrée contre moi.

— Assieds-toi là, dit-il en tapotant le côté du fauteuil.

— Lenn, je ne peux pas, pas avec elle. Je vais m'asseoir sur le canapé.

— C'est le meilleur moment de la journée, tous ensemble devant la télé. Tu t'assiéras où je te dis de t'asseoir.

Je m'approche de son fauteuil et je tente de m'accroupir mais mes jambes sont trop faibles, je tombe à la renverse. Je me tords le pied droit en tombant, je pousse un gémissement de douleur, puis le bébé se met à pleurer, ses larmes mouillent ma poitrine.

— Mary a faim, dit-il.

Je mords l'intérieur de mes joues jusqu'à sentir le goût du sang. Je plonge mon téton dans la bouche de ma fille, elle tète en roucoulant, et en voyant mon pied j'ai l'impression d'avoir cassé un os malformé, des chairs en fusion, quelque chose qui ressemble vaguement à l'articulation d'une cheville. Je mords et il me caresse la tête, je sens ses yeux sur ma poitrine, ses yeux au-dessus de moi qui me regardent nourrir mon enfant, assise sur son plancher nu.

— On est pas bien comme ça, tous les trois devant la télé ? On a la belle vie, pas vrai ? (Il me tapote à nouveau la tête, caresse mes cheveux pas lavés.) On regarde le billard jusqu'au bout et puis je m'en vais nourrir les cochons.

Des larmes dans les yeux, je fixe l'écran. Un sentiment de vide en moi. De lassitude. À cause des corvées, mais aussi à cause du désespoir. Elle tète, je desserre les dents, j'ai le goût du sang sur la langue, je sens ma dent du fond qui bouge dans la gencive et je pense à le tuer. Avant, quand il brandissait la menace de faire renvoyer ma sœur au pays, il disait que son copain Frank Trussock saurait si un truc n'allait pas parce qu'ils se parlent tous les jours : si Lenn ne donnait plus de nouvelles, alors Kim-Ly serait dénoncée. Maintenant que Lenn ne peut plus utiliser ça contre moi, en remplacement, il menace mon enfant. Cela signifie que je ne peux plus essayer de m'enfuir ; les enjeux sont trop élevés. Je ne peux plus partir d'ici. Avant mon bébé, j'avais toujours l'option de me tuer, peut-être dans le fossé, mais alors il aurait fait renvoyer ma sœur au Viêtnam. À présent, je ne peux plus me tuer parce que ma fille devrait subir une vie d'une cruauté inimaginable, et qu'elle devrait la subir seule. Mais je pourrais l'anéantir, lui. Le risque est qu'on reste bloquées ici sans nourriture, à court de provisions, et il faudrait que j'attende un visiteur guidé par le hasard. Ou bien son copain Frank Trussock. Je devrais peut-être me battre avec Frank. Pour nous protéger toutes les deux. Lenn me tapote la tête, fait des commentaires sur un des joueurs de billard, tandis que moi, j'allaite ma fille et je réfléchis à la façon de le tuer.

- 13 -

Ma fille devient plus forte et il lui faut un prénom. Elle en mérite un.

J'essaye de me représenter mon enfance. Les couleurs, la forme du toit de notre maison, le parfum des fleurs de lotus, l'été. Mon père nous courait après dans le jardin, en se cachant derrière les bambous, comme s'il n'arrivait pas à nous trouver, puis il fonçait, rugissait, riait et filait comme un gamin du voisinage. Le prénom de ma fille va me venir en tête.

Nous avons eu des années difficiles quand j'étais jeune. Après la naissance de mon petit frère, nous n'avions pas vraiment de quoi acheter des chaussures ou de nouveaux habits. Mais nous n'avions jamais faim. Plus tard, mon père m'a dit qu'il se faisait souvent du souci pour la famille. Je ne l'avais jamais remarqué. Soit mes parents nous dissimulaient leurs problèmes, soit leur couple était si soudé qu'ils se reposaient l'un sur l'autre. Ils s'étaient rencontrés après une fête dans un restaurant au bord de l'eau, en 1989.

Il m'a laissé un comprimé à côté de l'évier. Je le prends et je monte faire la sieste à l'étage avec ma fille.

Elle a les yeux partout. Je me hisse dans l'escalier, une marche à la fois, une douleur brûlante dans le pied, une douleur brûlante dans la bouche, et elle me dévisage, droit dans les yeux, elle voit tout.

Nous nous couchons et je lui donne le sein. Le comprimé produit son effet. Désormais, ce sont de grosses pastilles carrées et poudreuses, le fournisseur a changé. Lenn m'affirme que le médicament est le même, mais je pense que ces cachets-là sont plus forts.

Quand je me réveille, j'ai la bouche sèche. Mes lèvres sont collées ensemble, contre l'oreiller du lit une place dans la petite chambre du fond. Il me faut un moment pour me rappeler où je suis. Qui je suis. Je suis dans le flou, comme lorsque vous dormez à moitié, peut-être lorsque vous vous endormez et qu'un bruit vous réveille : vous baignez dans le vague, la chaleur, et vous avez envie de préserver ce bourdonnement tranquille.

Où est mon bébé ?

Qu'a-t-il fait avec elle ?

Je me retourne et je la sens sous ma poitrine, sous moi. Mon poids est tout entier sur elle. Je me redresse sur un coude, la panique dans mon cœur. Qu'est-ce que je lui ai fait ? Je la soulève et elle est inerte.

Paisible.

Non.

Qu'est-ce que j'ai fait ?

Elle a les yeux fermés. Je la porte jusqu'à mes lèvres, sa bouche devant la mienne pour sentir son souffle, et il n'y a pas de souffle. Elle est chaude, mais c'est ma chaleur à moi.

— Non, non, dis-je, et les mots tombent à plat de ma bouche.

La pièce tournoie.

Je la tiens devant mes yeux, je la pince, et là son nez minuscule se fronce, elle renifle et sa bouche s'ouvre.

Je soulève sa paupière. Elle la referme. Je la pose contre ma poitrine, elle ouvre la bouche et prend mon sein, mais sans vraiment boire. Elle est en vie. Des vagues de soulagement, chacune plus forte que la précédente. Tout à coup, je sors du brouillard, j'ai les idées claires et, mon Dieu, Thanh Dao, tu as failli tuer ta propre fille.

Mon sang s'est figé dans mes veines, sous le coup de l'horrible chose qui aurait pu arriver. Ces nouveaux cachets. Qu'y a-t-il dedans ? Il ne m'a même pas dit pour quel type d'animal ils sont fabriqués. J'enrage de n'avoir aucune information. Le pouvoir que cet homme exerce sur moi prend une douzaine de formes différentes. Dix douzaines.

Je dois me sevrer de ces médicaments, sinon je risque de tuer mon enfant par accident. Mon sommeil est trop profond, trop irréel.

Elle se détache de ma poitrine. Une goutte de lait pend à sa lèvre, une autre coule sur son menton. Je lui murmure :

— Je suis désolée. Je suis tellement, tellement désolée. Je ferai mieux à l'avenir.

Elle ouvre les yeux et me regarde comme pour dire : Tu es déjà parfaite et je suis l'enfant le plus en sécurité et le plus chanceux qui ait jamais vécu.

— Descends vite fait.

Je m'essuie les yeux, vérifie à nouveau qu'elle va bien, puis nous pouvons descendre l'escalier ensemble, sur mon derrière.

— Je vois sur les bandes que t'as rien foutu de tout l'après-midi.

— Je ne suis pas bien. Ma jambe. Je me reposais là-haut avec Mary, Lenn. J'étais obligée.

— T'as toute la nuit pour te reposer avec elle dans la chambre du fond. La journée, tu bosses. (Il désigne la cuisinière.) Et t'as laissé le feu s'éteindre, évidemment. J'ai faim mais tu t'en fous. Moi, j'ai trimé toute la journée dans les champs, avec le sale temps qui arrive des marais salants, mais tu t'en fous, hein ? Eh ben si moi j'ai pas à manger, y a personne qui mangera, l'oublie pas.

Je consulte l'horloge, qui indique 17 h 10.

— Je suis désolée, Lenn.

— Prépare à bouffer, je meurs de faim.

Je prends une longue allumette dans la boîte à moitié vide et j'allume la cuisinière. Mon bébé dort sur le canapé recouvert de plastique, entouré de coussins. Je fais frire le jambon et les œufs de Lenn dans la vieille poêle de sa mère, j'enfourne ses frites surgelées même si le feu ne brûle pas assez fort pour les rendre comestibles. Il est à l'étage, il fait beaucoup de bruit. Je vais ajouter du bois, mais les plaques ne chauffent pas assez non plus, ses œufs ne sont pas comme il les aime, et le tic-tac de l'horloge sur le mur me signale que mon bébé aura bientôt besoin de sa tétée.

Il descend.

— C'est pas assez chaud, hein ?

— Bientôt. J'ai rajouté du bois.

Il tire *Des souris et des hommes* de sa poche arrière.

— Ça devrait aider.

Des larmes se forment aux coins de mes yeux, des larmes que je n'aurais pas versées il y a un mois, mais qui me viennent plus facilement désormais, pour une raison ou une autre. Elles sont plus proches de la surface, soit à cause du bébé, soit à cause de ce qui est arrivé à ma sœur, ou probablement des deux.

— Non, s'il te plaît.

— Le bouquin ou les lettres de ta sœur, comme tu veux, tu choisis. Si t'avais fait le boulot, on n'en parlerait même pas, c'est pas ma faute.

Je désigne le canapé. Le bébé parfait qui roucoule, encadré par les coussins usés jusqu'à la corde.

— Je voudrais qu'elle le lise un jour.

Il sourit.

— Elle sera trop occupée pour lire des bouquins, elle bossera pour gagner sa vie, comme son père est bien obligé de faire. Si ça dépend que de moi, ce sera pas une feignasse, tu peux être sûre. Allez, ouvre le four.

J'obéis. Il y a des années, j'espérais encore qu'il se laisserait attendrir, qu'il ferait preuve de pitié. Je me rappelle le jour où il a brûlé la photo de ma famille, ses dix-sept membres réunis – les cousins, les oncles, les grands-parents. Il l'a brûlée parce que j'avais essayé d'utiliser le téléphone enfermé dans une boîte en métal fixée aux solives du plancher. Je m'y étais attaquée férocement, avec des outils de sa cabane, mais je n'ai même pas été capable de décrocher le combiné.

Il s'approche du poêle, examine le livre, le retourne, contemple la quatrième de couverture, les coins cornés, le texte, la photo de Steinbeck, puis il me regarde et le jette dans le feu. Les flammes jaillissent et je vois le livre noircir, chaque page se racornir, se ratatiner, devenir orangée et grise à la fois.

Ses frites sont trop pâles.

— Et ça, c'est quoi ? demande-t-il. T'appelles ça comment ?

Je ne dis rien. Je mange mes frites, mes œufs, mon jambon. J'en ai besoin, j'en ai besoin pour le bébé. Je lève les yeux vers Lenn et il fixe ma main droite. Je baisse les yeux et je serre mon couteau si fort que mes articulations blanchissent et que le couvert tremble sur la table. Il se met debout.

— C'est toujours la même chose, tu sais bien. S'il m'arrive un truc, un sale accident ou quelque chose pendant que je dors, et que mon vieux pote Frank Trussock me voit pas, il fera à Mary ce que je t'ai dit, tu peux être certaine. (Il tourne la tête vers le canapé.) On est une belle petite famille, Jane, alors va pas te mettre des conneries dans le crâne, t'as compris ?

J'acquiesce.

— Ouais, t'as intérêt. Et autre chose : il serait temps que tu prennes un bon bain. Fais-en couler un maintenant que le poêle est chaud et décrasse-toi, ma grande. Je m'occupe de la gamine. Allez.

Je tiens encore le couteau. Je ne bouge pas, je ne dis rien.

— Si t'as envie que je brûle aussi tes lettres, continue comme ça, c'est ce qui va arriver.

Je me lève, je débarrasse la table et je fais couler un bain. J'ai besoin des lettres de Kim-Ly. Je suis arrivée ici avec dix-sept objets personnels et il ne m'en reste qu'un. Un objet personnel et une fille, voilà avec quoi je partirai un jour, dès que j'en aurai trouvé le moyen.

Et si jamais Frank vient ici, je le tuerai et je tuerai Lenn. Je les enterrerai dans le tas de cendres sans y réfléchir à deux fois.

Je m'allonge dans la baignoire, mes côtes scintillent sous la surface. L'eau brûlante, chauffée par mon unique livre, mon cher livre incinéré, fait du bien à ma cheville ; elle retire peut-être vingt pour cent de la douleur. Je reste étendue, la porte grande ouverte, un courant d'air autour de mon cou, mais j'ai chaud et j'ai l'impression que je pourrais m'endormir. Mes paupières sont lourdes. Elle est avec lui dans la pièce principale mais je ne peux rien y faire, rien du tout. Je me lave. La pluie tambourine sur le toit de tôle ondulée et j'ajoute de l'eau brûlante, qui fume en sortant du robinet.

Je peux faire bouger ma dent du fond avec ma langue. Ça fait mal mais la dent jumelle du côté gauche est cent fois plus douloureuse. J'ai besoin de montrer ma fille à un pédiatre et j'ai besoin d'un chirurgien orthopédiste et d'un dentiste pour moi.

Je sors du bain, je me sèche avec la vieille serviette grise de sa mère. Sous mes pieds, le sol est mou et bosselé. Il y a quelque chose de pourri là-dessous. Quelque chose de mauvais. J'enfile ma chemise de nuit, celle de sa mère, et j'enroule mes cheveux dans une serviette. Le martèlement de la pluie sur le toit devient un bruit de fond morne, et les murs se refroidissent.

Il la tient.

Assis dans son fauteuil, il la tient dans ses bras et elle a l'air bien. Il lui sourit mais son corps massif ne bouge pas. Parfaitement immobile. Spectacle absurde d'un enfant innocent et d'une monstrueuse statue jouant au premier des deux qui baissera les yeux.

— Bon, on monte, dit-il. Tu veux que je porte Mary ou tu t'en charges ?

— Je la prends.

Il me la passe, les muscles de ses avant-bras gonflés contre la tête du bébé. Je monte en sautillant et il nous rejoint quelques minutes plus tard.

— Nourris-la un bon coup, et après tu reviens dormir dans le grand lit.

Je ne le regarde pas.

Elle a faim. Je la pose contre mon sein, soutenue par un oreiller pour épargner mon dos et mon bras. Je l'allaite, puis elle s'endort. Sa bouche s'ouvre très lentement, elle est allongée contre ma peau, ses joues rouge vif, sa chaleur, sa rondeur. Je scrute chacun de ses cils.

Je la pose. Il y a quatre oreillers autour d'elle, un autre par terre au cas où. Je referme ma chemise de nuit et je m'avance sur le palier.

Il se tient à la fenêtre qui donne sur la barrière fermée à mi-chemin et sur la route. Le mince drap de coton est plié sur le lit, et sa serviette est pliée à côté.

— Lenn, je ne suis pas encore prête, je…

— Tu vas très bien. Je ferai doucement, viens.

Il parle tout bas. Il ne veut pas réveiller le bébé.

Je ne suis pas encore habituée et je ne le serai jamais. Chaque événement transforme ma vie. Je suis forte pour ma fille mais je me vengerai de cet homme. Je lui ferai payer.

Je tire ma chemise de nuit par-dessus ma tête et je me glisse sous le drap. J'ai des picotements dans les yeux, je suis trop loin de Huong. Ma fille. Huong. C'est le prénom de ma fille. Je viens d'y penser. J'esquisse un sourire superficiel. Huong Dao. Elle dort dans la chambre voisine, je suis sa mère et je suis bloquée ici.

Je remonte le drap de sorte à ne couvrir que la partie supérieure de mon corps.

Je protégerai Huong et je l'aiderai.

Je sens qu'il s'approche, je tourne mon visage vers le mur comme je le fais toujours, et je sens son haleine sur ma cuisse. Je tente de m'imaginer ailleurs. J'essaye la péridurale mentale, mais ça ne marche pas parce que je dois tendre l'oreille pour la petite Huong, je dois être totalement présente pour ma fille.

Elle est calme.

Huong fait un bruit et je relève la tête. Elle se met à pleurer. À gémir. Il a maintenant les mains sur mes hanches.

— Laisse-la crier, me souffle-t-il.

Je me mords la lèvre, j'écoute et je sens qu'elle a besoin de moi. Je souffre le martyre. Je ne peux pas faire semblant de ne pas l'entendre. Elle veut que je sois avec elle. Mon corps se déchire pour la rejoindre. Huong a deux semaines, elle a besoin de moi.

Mes larmes coulent. J'ai envie de serrer les jambes si fort que je lui arracherai jusqu'à son dernier souffle acide. Je le briserai en deux. Je le détruirai. Huong crie maintenant, plus fort qu'avant, et je le sens dans ma poitrine. Je suinte, le lait chaud se déverse sur le drap qui devient transparent, il coule sur mes flancs, sur mon ventre. Elle a besoin de moi.

Il recule.

— Mais putain…

Je tourne la tête et je le regarde à travers le drap, sa silhouette. Que veut-il de plus ? Huong hurle, elle tousse.

— T'as un truc qui coule.

— Je sais.

— Je sais pas ce que c'est, dit-il en baissant le drap sur la moitié inférieure de mon corps et en s'écartant. Mais c'est pas normal, tu dois avoir un genre de blessure ou quelque chose, tu fuis de partout, faut que tu te laves.

Je m'enveloppe dans le drap et je me lève.

— Faut que t'arranges ça. Va te laver. (Il remet son jean, sa chemise, et descend l'escalier.) Je sors nourrir les cochons et je reviens. Et t'iras dans la chambre du fond.

Je la rejoins en titubant aussi vite que possible, je la prends dans mes bras, je la tiens contre moi et je m'assieds, adossée au mur. Elle sanglote, trouve mon sein, s'y agrippe, et nous écoutons le quad foncer vers la porcherie.

- 14 -

Huong a trois semaines.

Je voudrais connaître son poids, sa taille. C'est normal au Viêtnam, on vous dit ces choses-là le jour de la naissance. Les mesures. Les chiffres. C'est répertorié officiellement dans le système. Des choses auxquelles je pourrais me raccrocher. Des chiffres à mémoriser et à partager pour satisfaire la curiosité des grands-mères et des oncles qui, à leur tour, peuvent les comparer à ceux d'autres membres de la famille. Mais je n'en ai aucune idée. Elle semble assez bien portante, même si je crains que sa soif ne soit trop intense. Je crains qu'elle ne soit dépendante aux comprimés pour chevaux et qu'elle ait besoin de mon lait pour obtenir sa dose, tout comme j'ai besoin de mes trois quarts de cachet par jour simplement pour fonctionner.

C'est le milieu de l'après-midi et le soleil illumine la fenêtre de la façade. Depuis l'autre nuit, il ne m'a plus demandé de dormir dans la chambre de devant. Je me sens plus vulnérable que jamais avec mes douleurs dans la cheville et mes maux de dents, et maintenant que mes objets personnels ont tous été brûlés, sauf un. Les lettres de ma sœur. Si je les perds, je perdrai le dernier contact que j'aie avec Kim-Ly et je perdrai le dernier bien, le dernier fragment de moi-même qui existe dans ce monde humide et plat.

Tout en lavant le sol, je garde un œil sur Huong. Elle est réveillée, elle renifle sur le canapé, elle ferme et rouvre les poings. Je plonge la serpillière dans le seau d'eau savonneuse, je nettoie le plancher, et elle écoute le bruit de l'eau sur les planches. Le couinement, les gouttes qui s'insinuent entre les lattes et dans la cave sombre. À présent, elle est capable de me tenir le doigt. Elle est forte, je crois, c'est un concentré de puissance, d'un potentiel que je dois simplement l'aider à révéler.

Le soleil disparaît et la pièce s'obscurcit. Il est là, à la fenêtre. Puis la lumière revient et la porte principale s'ouvre.

— J'aurai fini les balles de foin dans une grosse heure, et puis je les rentrerai. Ce soir, je m'occuperai de ta bouche, je l'avais dit et je le ferai.

— Attendons encore une journée.

— Tes dents pourries, ça fait pas de bien à la gamine. Je te les arracherai avant que vous tombiez malades toutes les deux. Je l'ai fait pour ma mère et ça s'est très bien passé, elle a pas moufté. Je te les arracherai quand j'aurai mangé.

C'est peut-être mieux ainsi. Je pense que ce sont des dents de sagesse, celles du bas, tout au fond, de chaque côté. La dernière fois que j'ai vu un dentiste, j'étais avec ma mère et mon frère, il y a neuf ans. La dentiste enseignait aussi à la faculté de médecine. Elle était gentille, stricte mais gentille, et elle savait m'amener à me détendre. Je n'ai jamais eu que des plombages et des contrôles de routine. Jamais d'extraction.

Je laisse le plancher sécher. J'ai peur de trop peser sur ma cheville droite, un de ces jours, et de l'abîmer encore plus. Ou de la tordre encore plus. Les pieds bien à plat, je marche jusqu'à Huong, je la prends et je monte l'escalier. Vers mes lettres. Je m'assieds sur le lit, appuyée contre le mur frais, et je sors une lettre de sous l'oreiller. Je la déplie, je coince l'oreiller sous mon bras et je laisse le bébé s'accrocher à mon sein. J'ai besoin de mémoriser les mots de Kim-Ly comme je l'ai fait pour *Des souris et des hommes*. J'ai besoin de les lire et de les relire pour pouvoir les réciter à Huong quand elle sera grande ; j'ai une responsabilité envers elle, il faut qu'elle sache qui était sa tante, qu'elle comprenne un peu de notre patrimoine, qu'elle connaisse autre chose que ces marais infinis.

J'ai mal dans la bouche et j'ai mal au pied, mais je suis satisfaite. La chaleur de ma fille sur mon corps, la reconnexion entre elle et moi, l'odeur de son cuir chevelu, le son de sa tétée, le battement de son minuscule cœur de pigeon contre le mien. Et les mots. Kim-Ly écrit bien. Cette lettre décrit le jardin public qu'elle traverse pour aller de l'onglerie à l'appartement. Elle doit payer le transport chaque semaine, c'est déduit automatiquement de son salaire, comme le logement et le chauffage. Ce n'est pas en option. Elle me parle des couleurs des arbres, de la grisaille humide des murs et des statues commémoratives. Elle évoque les enfants qui piaillent sur le manège et le vieux monsieur qui nourrit les pigeons tous les jours. J'aurais peut-être pu me douter que ces lettres avaient été écrites sur deux ans et non sur sept, mais ça ne m'est jamais venu à l'esprit. J'aurais peut-être dû voir la vérité dans les saisons, la lente progression. Mais, comme dans cette lettre, elle consacre beaucoup de place aux souvenirs, parce qu'elle voulait me réconforter, je pense. Elle parlait des blagues de papa et des sermons de maman sur notre travail scolaire, de notre frère qui traversait la maison à vélo quand il était petit.

Je glisse un doigt dans la petite paume de Huong et elle le serre. Je lui chuchote :

— Ne lâche jamais.

Je descends avec elle et la laisse dormir sur le canapé. J'ai encore entre vingt et trente minutes, cela suffira pour préparer le dîner.

Je pèle les pommes de terre dans l'évier. Mes yeux sont lourds et la brume se lève dans les champs les plus éloignés, aux environs de la porcherie. Le brouillard se compose de lignes droites, minces comme des lames de rasoir. Elles sont suspendues au-dessus des champs et empêchent de voir plus loin. Elles relient la terre au ciel et je sens l'automne dans l'air.

La cuisinière rougeoie. J'y insère une nouvelle fournée de branches de saule puis je ferme les aérations. Le poulet est au four et les pommes de terre aussi. Sur les plaques, l'eau bout, prête à accueillir les petits pois, et la sauce toute faite est déjà chaude.

La douleur éclate dans ma mâchoire. Elle ne ressemble pas à celle de ma cheville, c'est comme si on insérait une lame sale dans ma chair pour atteindre un nerf. Le tranchant cogne dans ma tête. Je tiens mon menton à deux mains, j'enfonce mes ongles dans mes tempes, et Huong se met à pleurer.

Sa couche est pleine.

Je pose ma fille à terre et je tire un tissu propre de la pile que je range sous le canapé recouvert de plastique, ainsi qu'un bol d'eau et un rouleau de papier. Je dégrafe la couche. Je suis très, très fatiguée. Ce n'est plus du goudron noir, mais du vert. Ses rougeurs sont affreuses. Des plaies béantes. Je l'essuie et je lui tamponne la peau, la chair est à vif. Je souffle sur ses blessures, sur ses bosses et ses lésions, mais elle crie tellement que sa langue sort de sa bouche, raide comme un bec.

Je plisse les yeux tant mes dents me font mal avec les nerfs à nu.

Je souffle sur la peau de Huong et je lui dis que tout s'arrangera, que ça va aller mieux, mais quand je la reprends il y a du sang sur la nouvelle couche. Du sang de ses crevasses.

— J'en ai ma claque, dit Lenn en suspendant sa veste et en enlevant ses bottes. Faudra graisser la moissonneuse-batteuse avant demain.

— Elle a besoin de crème, dis-je.

— Quoi ? De la crème ?

— Mary. Elle a besoin de crème, elle saigne du derrière, à cause des couches.

— Dis pas de conneries. C'est mieux quand c'est naturel, comme ma mère elle a toujours fait, sans toutes leurs lotions à la noix. Tu la nettoies comme il faut, au moins ?

Je répète, la mâchoire serrée, le menton en avant :

— Elle a besoin de crème. De la supérette du village. S'il te plaît, Lenn. Je ferai tout ce que tu me demandes, mais achète-lui simplement de la crème. S'il te plaît, Lenn.

Il me regarde, puis tourne les yeux vers la cuisinière.

— Il est prêt, le poulet ?

— Dans dix minutes.

Nous mangeons, Huong me tète à table. Il observe. Il n'essaye pas de dissimuler son regard. Je m'oblige à avaler des petits pois, de la sauce et un peu de poulet, mais je n'arrive pas à mâcher, je ne mords qu'avec mes dents de devant. Je sais que j'ai besoin de manger pour elle, pour mon lait, pour que ses os grandissent et que son esprit se développe, donc je mange ce que je peux.

— C'était pas mal, dit-il. Bon, maintenant tu débarrasses et je vais m'occuper de tes dents.

Je m'y suis résignée. Que puis-je faire d'autre ? Quelles options ai-je ?

Elle dort sur le canapé lorsqu'il apporte les journaux et les étale sous la chaise de pin où je m'étais assise pour le dîner. J'essaye de ne pas penser à ses rougeurs, ses crevasses, les plaies qui montrent que je suis une mère indigne.

— Un demi-cachet en plus, dit-il en posant sur la table la moitié d'un comprimé et un verre d'eau.

Je le prends.

Il tire des tenailles de la poche de son pantalon.

— Tu dois d'abord les stériliser, dis-je en écarquillant les yeux. Il faut les désinfecter, Lenn.

Il se dirige vers la cuisinière, met la bouilloire sur la plaque chauffante et attend que l'eau chauffe. Dans l'évier, il verse de l'eau bouillante sur l'extrémité dentelée de ses tenailles. Elles sont rouillées et le caoutchouc des poignées est fendu.

— Ouvre ta bouche aussi grand que tu peux.

Je renverse la tête en arrière et je coince mon bon pied autour du pied de la chaise.

— Plus grand que ça.

J'ouvre la bouche au point d'avoir mal aux commissures des lèvres. Il regarde à l'intérieur. J'ai envie de le mordre.

— C'est les deux du fond, d'après toi ? Y en a d'autres ?

Je secoue la tête.

Il place sa main gauche sur mon visage, ses doigts s'enfoncent dans mon œil, dans ma pommette et dans ma tempe.

— Alors accroche-toi.

Je sens le métal des tenailles sur ma dent, celle qui bouge, celle qui saigne. Les tenailles me semblent chaudes, elles me paraissent énormes, comme si quelqu'un passait un gros marteau sur mes molaires. Il ouvre les tenailles, saisit ma dent et appuie plus fort sa main gauche sur mon visage.

La dent se détache.

J'ai un goût de sang dans la bouche, je déglutis, il retire sa main gauche de mon visage et ma langue s'en va examiner le trou.

— Elle est toute belle, dit-il en brandissant la dent pour l'inspecter, cette dent d'une longueur absurde, avec ses longues racines inhumaines.

— À l'autre, maintenant.

Je déglutis à nouveau, les parois de ma gorge sont tapissées de sang. Une partie de la douleur a disparu.

— Ouvre !

Sa main revient sur mon visage et m'enfonce la tête dans le cou. Les dents métalliques des tenailles raclent les miennes, puis s'ouvrent. La douleur jaillit en moi, de ma dent, ma dent qui ne bouge pas. Il la saisit, appuie sur mon visage, et tire.

Mon Dieu, quelle souffrance.

Ma colonne vertébrale, comprimée sous la paume de cet homme.

Je pleure.

Il ajuste la pression de sa main, modifie sa prise sur les tenailles, remue la dent vers le haut et sur les côtés. Ma vision devient floue sur les bords. Je veux que ça s'arrête.

Huong pleure, à présent. J'ai encore plus de sang dans la bouche. Il attrape la dent dans les tenailles, la tire d'avant en arrière, et je referme la bouche sur l'outil parce que la douleur est insupportable. Il retire les tenailles et me rouvre la bouche.

— Arrête les singeries, on a presque fini. Avale ça.

Quelque chose sur ma langue. J'avale d'un coup et le fragment de cachet égratigne mon gosier en descendant. Je déglutis encore une fois, avale encore plus de sang. Chaud, métallique. Il saisit la dent, je le regarde dans les yeux, ses yeux bleu-gris humides, il tire, il continue à tirer, j'entends Huong crier et ma vision s'obscurcit. Il s'interrompt. Je m'agrippe à la chaise, il remue à nouveau ma dent et dit quelque chose que je n'entends pas. Un bruit de cognement. Il force sur les tenailles. Puis c'est le noir total.

- 15 -

Mes paupières s'ouvrent.

Je bats des cils et je me frotte les yeux.

Je fais bouger ma mâchoire. La douleur a disparu, maintenant j'ai simplement mal au visage et mes gencives sont à vif. La douleur profonde, la douleur dans l'os, le nerf et la mâchoire a cessé.

Je me redresse.

Où est-elle ?

Je regarde dans la petite chambre. Comment suis-je montée à l'étage ? Je me glisse au bout du lit et je me mets debout, en équilibre instable.

— Lenn, dis-je en jetant un coup d'œil dans sa chambre.

Rien.

Je m'accroche à la rampe et je descends l'escalier par petits bonds, mon pied en l'air.

Huong pleure, elle sent que je suis là. Elle est couchée sur le canapé, entourée de coussins, exactement comme avant. Elle crie dans ma direction, je sens le lait chaud ruisseler sur mon ventre, mouillant ma chemise. Je m'approche d'elle, je l'embrasse sur le front et je la tiens contre ma poitrine. Elle réclame du lait, elle hurle, elle cherche mon sein, les lèvres tendues. Elle s'y accroche et tète.

Mais les cris continuent.

— Aidez-moi !

Je me lève brusquement alors que Huong tète encore.

— Comment ? (Est-ce un effet des cachets ?) Qui a dit ça ?

La porte principale s'ouvre et Lenn entre, portant deux sacs de la supérette qu'il pose sur la table en pin. À côté des sacs, mes deux dents sur un mouchoir taché de sang.

— Chut, dis-je. Écoute.

Mais la voix s'est tue.

Cela pourrait être un effet des médicaments, mais je crois avoir entendu quelque chose. Une voix. « Aidez-moi. »

— Quoi ? s'exclame-t-il en fouillant dans l'un des sacs. Assieds-toi.

Je m'assieds sur le canapé et j'entends quelqu'un qui sanglote, qui pleure.

— Je ferai pas ça tous les jours alors faut pas t'y habituer, mais tiens.

Il se laisse tomber dans le fauteuil. Les sanglots sont encore présents en fond sonore, comme un téléviseur allumé dans une autre pièce. Mais le téléviseur se trouve dans cette pièce et il est enfermé dans le meuble, dans un coin. Il trouve ce qu'il cherchait et sa grosse main me tend quelque chose.

Un petit tube de vaseline.

— Pour la gamine.

Des larmes se forment dans mes yeux. Je n'ai jamais rien vu de mieux.

— Merci, dis-je.

J'essaye de la détacher de mon sein pour lui appliquer un peu de crème sur les fesses, mais elle ne me laisse pas faire. Elle meurt de faim.

— J'ai dormi combien de temps ?

— J'en sais rien, je dirais une douzaine d'heures quand t'es tombée dans les pommes. Je pensais pas que tu serais déjà réveillée.

Douze heures ?

— Mais… Mary ?

Il sourit et se tapote la tempe.

— Eh bien, je te l'ai apportée, non ? Je te l'ai apportée et je l'ai collée à tes seins toutes les deux heures environ, mais tu t'es pas réveillée, t'as pas bougé. Elle était bien, on fait une jolie petite équipe, Mary et moi.

Je la regarde. Huong a les yeux fermés, les cils collés ensemble, leur bout touche presque ma peau. Je vois son pouls battre dans son petit cou parfait. Pendant tout ce temps, tu es restée seule avec lui ? Je ne me suis pas réveillée pour toi ? Pendant tout ce temps ?

— J'ai dû perdre connaissance à cause du cachet.

— Ça et parce que t'as des vraies dents de cheval. Jamais vu des dents pareilles, deux fois plus longues que celles de ma mère, qu'elles étaient. Me suis presque bousillé le dos pour t'arracher la deuxième.

Les sanglots recommencent.

Ils viennent de la salle de bains ? De l'étage ?

— Tu entends ce bruit, Lenn ?

— T'as faim ? demande-t-il.

Je hoche la tête. J'ai faim.

Je remarque l'égratignure rouge sur son cou.

— Je te fais un sandwich jambon-fromage et après on en causera.

Je finis de l'allaiter, je l'allonge sur le canapé et je dégrafe sa couche. Il est grand temps. Je tire de sous le canapé le papier et le bol d'eau, je la nettoie et je jette le papier sale dans un sac en plastique de la supérette. Les excréments les plus anciens ont séché. Je dois humidifier et gratter, mais j'ai beau être très délicate, elle hurle. La peau à vif. Le sang.

— Je sais, ma chérie. Je sais. Je suis désolée. C'est presque fini. Maintenant on a de la crème, tu iras bientôt mieux, je te promets.

Je mouille le papier. Je n'entends plus les sanglots, seulement les cris de Huong. Elle a le visage rouge. Elle pleure, ses larmes volent autour d'elle, et celles qui se posent sur ses joues y restent, tremblantes.

Instinctivement, je pense enduire ses fesses d'une épaisse couche de vaseline, qu'elle baigne dedans. Je lis l'étiquette mais elle ne m'apprend pas grand-chose. Alors j'appuie sur le tube, je recueille sur mon index la crème épaisse et lisse, et je l'applique sur les plaies de ma fille. Je suis prudente. Je ne veux pas frotter trop fort ou lui causer plus de souffrance, je ne lui en ai déjà infligé que trop. Je recouvre les pires rougeurs, le sang séché, la chair cloquée, et je l'enveloppe dans une nouvelle couche. Je la cale dans mes bras et elle s'endort aussitôt. Son soulagement est tangible. Je m'assieds avec elle et les sanglots sont encore là, tout près.

Quand Huong dort profondément, je me lève et je vais me laver les mains dans l'évier.

— Aidez-moi, je vous en prie ! dit une voix. Jane, aidez-moi !

Mon cœur bat très vite.

Lenn bondit de son fauteuil et court jusqu'à la porte d'entrée. Près de la cuisinière, je le regarde déverrouiller la porte de la cave et la refermer derrière lui. Je tends l'oreille. Aucun mot venant de lui, aucun venant d'elle. S'agit-il de Cynth ? La rousse qui fait du cheval ? Forcément, personne d'autre ne connaît mon prénom, mon faux prénom, celui qu'il m'a imposé.

Un grand bruit dans la cave. Des reniflements.

Puis des pas qui remontent l'escalier, ses bottes qui grimpent l'échelle raide jusqu'à la porte de la cave, la porte qui s'ouvre et lui qui surgit tout à coup.

— Assieds-toi, ordonne-t-il en désignant la table et les deux chaises de pin.

Je m'assieds.

— Mary aime bien la crème, pas vrai ? Elle va bien dormir maintenant qu'elle en a sur son cul, hein ?

— Oui, dis-je. (Mes yeux vont et viennent entre son visage et le plancher.) Qui est-ce ?

Il secoue la tête.

— Ça, c'est pas tes oignons, Jane. Je vais te dire une chose. Maintenant qu'y a la gamine, t'auras des fois besoin de trucs en plus, comme la crème que je t'ai achetée à la supérette. Toi, tu fais ton boulot, tu t'occupes de la baraque et de la petite Mary, et moi, je ferai le mien, d'accord ? C'est un marché. Il serait temps qu'on t'achète deux ou trois trucs neufs. Je te laisserai dormir dans la chambre du fond, et tu t'occuperas de la gamine. Et on en parlera plus, t'as compris ?

Il n'y a plus de bruit venant de la cave.

Plus rien.

C'est là que je refuse. Que je proteste, que je me bats. Que je crie à la femme enfermée sous mes pieds que je ne l'abandonnerai pas, que je l'aiderai.

Mais il y a Huong. J'ignore à quel point elle était prématurée quand elle est née. Combien elle est encore vulnérable. Pour qu'elle survive à ces périlleuses premières semaines, pour que je vive, que je l'allaite, que je la nourrisse, que je lui donne des forces, je dois être égoïste. Pour elle. Au moins jusqu'à ce qu'elle soit un peu plus grande. Je ne peux pas compromettre sa santé. Je baisse les yeux sur son visage endormi, la rondeur de sa joue, ses cheveux, son menton si doux.

— J'ai besoin d'un thermomètre. Si elle a de la fièvre, il faut que je sache si c'est grave. Et j'ai besoin de paracétamol. C'est ce que ma mère utilisait quand nous étions malades. C'est important.

Il acquiesce.

— Je verrai ce que je peux faire. Emmène-la dans la chambre du fond, et ce soir je ferai à manger. Du bouillon avec du pain. Repose-toi avec elle et je m'en occuperai. Fini les parlotes. Y a plus rien à dire.

Nous lui obéissons. Nous montons à l'étage et nous dormons.

Ma perte de connaissance et les cris de Cynth venant de la cave puante, tout cela, nous le laissons derrière nous et nous nous endormons. Faut-il que je sois vraiment une mauvaise personne pour pouvoir dormir dans ces conditions ? Je m'enroule autour de Huong comme un croissant de lune, elle ronfle et nous dormons.

Quand nous redescendons, il commence à faire nuit et le sol est glacé.

— Le bouillon est prêt, dit-il. J'ai mis la table, assieds-toi, ça soulagera ton pied.

Je m'assieds, Huong ne dort plus mais elle est sage. Nous mangeons le bouillon fumant et nous y trempons des tartines de Mighty White avec de la margarine. Quand nous avons terminé, j'allaite Huong et il apporte deux boîtes de conserve. Je le regarde. Qu'est-ce que c'est que ça ?

— Des rondelles d'ananas, dit-il en souriant et en plaçant une cuiller à café à côté de chaque boîte ouverte. C'est bon pour la gamine, ça fait des vitamines et tout dans ton lait.

Je mange. C'est fantastique, mon premier ananas depuis des années, mon premier aliment nouveau depuis mon arrivée dans cette ferme. Le jus ne pique pas les blessures de mes gencives, tout va bien. Elles cicatrisent. L'acidité me picote la langue et c'est bon.

Cynth est-elle toujours en bas ? Est-elle en vie ? Il n'y a pas de bruit, pas de sanglots.

Je baigne Huong dans un fond d'eau tiède, et maintenant que le reste de cordon ombilical a séché et est tombé, que son nombril a cicatrisé, elle a l'air complète. Je tamponne ses plaies, ses rougeurs. La vaseline aide déjà.

Lenn a placé les assiettes dans l'évier quand je reviens dans la pièce principale. C'est la première fois qu'il fait cela. Je sèche Huong et j'applique une nouvelle dose de vaseline – Dieu soit loué pour cette crème, ce miracle –, je lui mets une couche propre, ses vieux habits de bébé, et je la pose sur le canapé recouvert de plastique pour aller faire la vaisselle.

— Je vais allumer la télé, annonce-t-il.

Je l'entends ouvrir la boîte fixée au mur du vestibule, ouvrir le meuble de télévision dans le coin, puis replacer la clef dans la boîte.

Nous nous asseyons. Comme il commence à faire humide à l'extérieur et humide à l'intérieur, il ouvre le poêle pour la première fois de la saison ; il laisse les flammes danser et crépiter, leur lueur lèche les murs et grimpe jusqu'au plafond. Nous regardons le journal télévisé du soir, je suis assise par terre, il me caresse la tête et me lisse les cheveux, ma fille tète mon sein, le goût de l'ananas est encore frais sur mes papilles.

Puis le téléphone sonne.

La boîte dans laquelle il est enfermé étouffe le son, mais je sens les vibrations à travers le plancher.

— Aidez-moi ! crie Cynth en dessous de nous, d'une voix plus animale qu'humaine. Je vous en supplie !

Le téléphone sonne, sonne, et nous restons assis tous les trois comme s'il ne se passait absolument rien d'anormal. Il laisse sa main sur ma tête. Rigide. Puis le téléphone cesse et elle crie quelque chose d'inintelligible.

De son pied déchaussé, Lenn frappe le sol si fort que je sursaute. Huong sursaute aussi un peu, puis elle se raccroche à mon sein et reprend sa tétée.

— On est bien, dit Lenn en me lissant les cheveux. Elle est pas mal, notre vie, hein ? On s'en sort bien.

- 16 -

Il a presque fini de moissonner. Depuis le seuil de la ferme, j'ai regardé le chargement des céréales et du colza, tandis qu'il se tenait à la barrière à mi-chemin, en salopette, entre moi et les camions, entre nous et les conducteurs des camions.

Je maintiens la cuisinière allumée vingt-quatre heures sur vingt-quatre. La nuit, Huong a froid quand elle se détache de moi et, je regrette de le dire, les cachets que je prends encore me font dormir si profondément qu'il m'arrive de ne pas être aussi physiquement proche d'elle que je le voudrais quand je me réveille. Mes tétons sont gercés et celui de gauche saigne. Mais il y a ma cheville. C'est à cause d'elle que je ne peux pas encore arrêter les cachets, ni même réduire la dose. L'humidité, l'humidité des marais en octobre s'infiltre dans les articulations, ce qu'il en reste, les fait enfler, se raidir, et me donne des élancements. C'est aussi à cause de la femme. À la cave. Cette horreur qui n'en finit pas. Le fait que je n'agisse pas, que je sois incapable de concevoir un plan ingénieux pour l'aider, pour aider Cynth. Je finis par me focaliser plus sur Huong, sur ses besoins, d'instant en instant, pour éviter de penser à ce qu'on doit ressentir, pliée en deux dans ce sous-sol puant.

Cynth.

Cynthia.

Je dois penser à son prénom. Le répéter constamment dans ma tête. Si je l'oublie, je ne me le pardonnerai jamais. Je dois lui offrir ce lambeau de dignité. Elle a encore une identité, en bas, dans ce trou noir sous ce lieu oublié. Elle est encore en vie. Elle n'est pas la femme enfermée dans la cave. Elle est Cynth.

Depuis sept ans que je vis dans cette ferme, je ne suis jamais descendue au sous-sol. C'est défendu. Mais j'ai regardé. Quand le soleil est bas devant la porte d'entrée, au bout d'une longue journée d'été, il éclaire les endroits sombres. Je n'y ai regardé que deux fois, les premiers temps, quand j'étais lucide, quand j'avais deux chevilles en bon état, quand les verrous n'étaient pas poussés ; il faisait toujours noir et il régnait un froid horrifiant dans cette cave, cela sentait le renfermé, le moisi, le carton humide et la pourriture.

J'allaite Huong à l'étage et elle commence à mordre. Elle n'a pas de dents mais je pense sentir, tout au fond de sa gencive, quelque chose qui durcit. Je me promets que je m'occuperai de ses dents lorsqu'elles pousseront et que, si jamais elle avait besoin de consulter un dentiste, j'obtiendrais ça pour elle.

Cynth est enfermée dans la cave. D'ici, je ne peux pas l'entendre sangloter, c'est pourquoi je passe désormais moins de temps dans la pièce principale, sauf pour préparer les repas de Lenn et pour entretenir le feu dans la cuisinière. Lenn a réduit mes corvées et cela aide un peu ma jambe, malgré l'air humide.

Cynth est grande.

Voilà à quoi je n'arrête pas de penser : sa taille. Moi aussi, je suis grande, mais elle l'est plus que moi et on ne peut pas tenir debout dans cette cave, c'est ce que dit Lenn, qu'il faut se pencher, s'accroupir ou se mettre à genoux, il n'y a pas moyen de faire autrement, impossible de se redresser. Elle est là depuis trois semaines et elle n'a pu se tenir debout une seule fois.

J'ai utilisé tout un tube de vaseline et il m'en a acheté deux autres. Les rougeurs causées par les couches ont quasiment disparu. Huong est plus satisfaite maintenant, mais elle se nourrit comme une bête sauvage après une sécheresse, et sa tête frappe mon sein pour téter plus de lait, pour en faire sortir davantage. Parce qu'elle a faim ou parce qu'elle a besoin des comprimés pour cheval autant que moi ?

J'entends s'ouvrir la porte d'entrée.

— Thé ! crie-t-il.

— Je descends.

— Dis pas de conneries. Tu veux du thé, Jane ? Je le monterai.

Ça n'arrive jamais.

— Merci.

Huong tète. J'entends Lenn placer la bouilloire sur la cuisinière et j'entends Cynth crier dans le noir. Il frappe du pied. Alors les cris s'arrêtent et la bouilloire commence à siffler. Il monte l'escalier.

— Elle boit bien son lait, la gamine ?

Je hoche la tête, et il pose ma tasse de thé, cadeau du fabricant d'engrais, près de mon lit. Le lit de sa mère.

— Merci, Lenn.

— Bois tout, gamine, dit-il en la dévisageant. Tu seras grande et forte.

— Lenn, je peux lui descendre un peu à manger ?

— Quoi ?

Je désigne le plancher.

Sa mâchoire se raidit.

— Je vais faire les courses tout à l'heure, il te faut des trucs ? Tu reveux de la vaseline pour Mary ?

— Non, ça va.

Il se dirige vers le placard à provisions de la chambre du fond, ouvre la porte et se tourne vers la droite, vers les claies supportant les affaires de sa mère.

— J'ai des fringues ici, des vieux trucs à moi, les mites sont allées dedans mais je peux encore les mettre. Faudrait peut-être les repriser. Tu veux que je rapporte de la laine du magasin ?

J'imagine ce que je pourrai tricoter pour Huong. Des choses colorées. Des vêtements neufs et moelleux faits pour elle par moi, pas pour lui par sa mère. De nouveaux effets personnels auxquels nous pourrons toutes les deux nous attacher. Et je pourrai aussi customiser les vieux habits, adapter des chemises et des pantalons pour elle quand elle grandira.

— Oui, s'il te plaît, Lenn.

Il se retourne face à moi et il tient à la main les lettres de Kim-Ly. Les soixante-douze. La ficelle agricole qui les relie pend entre ses doigts comme des cheveux de poupée écrasés entre ses paumes.

— T'en as encore besoin, de ses lettres ? Tu veux pas t'en débarrasser, hein ?

Je me raidis.

— Je veux les garder.

— Eh bien, fourre pas ton nez là où il a rien à foutre. Ce qu'y a dans la cave, c'est pas tes affaires. Occupe-toi de la gamine, nettoie la baraque et sers-moi à bouffer, c'est tout.

Je hoche la tête.

— C'est le dernier truc qui te reste, hein ?

Je hoche de nouveau la tête. Le dernier de mes effets personnels sur cette terre.

— Alors tu devrais faire gaffe, non ?

Je baisse les yeux sur Huong. Elle tète encore, les joues rouge vif, les cheveux plaqués par la sueur à cause de la chaleur extraordinaire qui se dégage de nous deux, à cause de l'effort.

Il descend l'escalier et part au volant de sa Land Rover. Je couche Huong au milieu des oreillers, mets une couverture par-dessus, puis je descends l'escalier sur les fesses. Sous la maison, Cynth ne dit rien. Je vais jusqu'à la porte d'entrée et je vérifie deux fois qu'il est bien parti, puis je regarde le verrou de fer noir en haut de la porte de la cave, et son jumeau en bas. Il y a du bruit. Un grincement de bois. La porte bouge dans son chambranle.

— Jane ? Jane, c'est vous ? Jane ? Aidez-moi, c'est vous ?

J'ouvre la bouche comme pour parler, puis j'aperçois, à droite, la caméra fixée au coin de la pièce principale, au-dessus du meuble de télévision fermé. Son voyant rouge clignote dans ma direction. Je ferme la bouche, me lèche les lèvres, plisse les yeux et regagne la cuisine. Ensuite, elle ne dit plus rien. Je fais la vaisselle, laisse sécher les casseroles, j'alimente le feu, j'étale du lait sur mes tétons pour tenter de soulager la douleur. Il y a des années, après ma cheville mais avant qu'il brûle mes baskets, je lui ai demandé un nouveau soutien-gorge et il m'a dit que celui de sa mère ferait l'affaire. Récemment, en partie à cause de mon dos, je lui en ai redemandé un qui serait à ma taille, et il a répondu que celui de sa mère pouvait encore me servir, puisqu'il lui avait bien servi à elle.

Il rentre une heure plus tard avec deux sacs de la supérette et, tandis que je range les courses, il visionne les bandes.

— T'as bien fait. (L'écran de l'ordinateur projette sur son visage une lueur grise tremblotante. La lumière éclaire ses favoris à contre-jour.) Il t'arrivera rien si tu gardes ta tête sur tes épaules.

J'ouvre le dernier sac. Jusqu'ici, il y avait simplement ce qu'il nous achète chaque semaine : un poulet, des carottes sous vide, des petits pois surgelés, des saucisses de porc, des cubes de bouillon, du jambon en tranches, du fromage en tranches, du jus d'orange en brique, des biscuits fourrés, des allumettes, du pain de mie Mighty White, des biscuits apéritifs, du thé en sachets, du sucre en poudre, du lait entier, de la margarine, des sachets cuisson de cabillaud en sauce persillée, des pommes de terre, et des pâtisseries surgelées. Dans le dernier sac, sous les petits pois, il y a un flacon de shampooing pour peaux sensibles. Cheveux et corps. Je brandis le flacon rose, une faim de mots nouveaux me pousse à déchiffrer la liste des ingrédients, à découvrir ce que ce liquide peut faire pour mon enfant.

— J'ai vu que Mary a la peau sèche sur ses jambes, sous son derrière, derrière ses oreilles. Ça devrait tout arranger.

Il a raison. Elle a la peau squameuse, des plaques sèches, une sorte de problème au cuir chevelu. Je dévisse le bouchon et je hume un parfum neuf, apaisant, inconnu dans cette vieille ferme où jamais rien ne change.

— Merci.

— Laisse pas trop moisir le plafond de la salle de bains, Jane. C'est pas bon pour la gamine. Y a plein de peinture dans la cabane, si jamais ça redevient moisi, tu montes sur l'escabeau et tu t'en occupes. Attends pas que je te le dise.

— OK.

Je me mets à préparer le dîner. Je récupère les restes sur la carcasse du poulet d'hier soir, pour faire une tourte. Quand je retire les délicats sot-l'y-laisse, j'imagine que je crève les yeux de Lenn. Quand je détache la chair des ailes et des cuisses, je l'imagine incapable de riposter. Sa mère mettait les rondelles de carottes et les petits pois à l'intérieur de la tourte, pas dans l'assiette, jamais dans l'assiette, et elle aimait bien y ajouter des pommes de terre en dés et le reste de sauce. Les premiers temps où j'étais ici, il m'a raconté comment sa mère faisait les choses. Il me l'a raconté plusieurs fois. Comment elle pliait ses chemises. Comment elle lui préparait son thé pour qu'il ait précisément cette nuance de beige, et la méthode qu'elle employait pour récurer l'évier. Je décortique le reste de la viande sur la carcasse. Il a emporté pour les cochons la majeure partie des légumes d'hier, donc je vais utiliser une partie des courses qu'il vient de faire. Je débite, j'assaisonne, je dépose la farce à la cuiller, et je pose la croûte par-dessus.

Un vacarme éclate de l'autre côté de la maison.

Lenn et moi nous avançons vers la porte d'entrée ; la femme est en train d'enfoncer la porte de la cave avec quelque chose, son épaule ou un des objets qu'il stocke en bas ; de la poussière retombe dans l'air, flottant dans le courant d'air de la porte principale.

Je le regarde et il passe ses doigts sur les verrous noirs.

— Tu ferais mieux de mettre la tourte au four, Jane.

Je me retire à la cuisine, il défait les verrous et elle hurle d'une voix gutturale telle que je n'en ai jamais entendu. Un hurlement souterrain. Quelque chose que Dante aurait pu imaginer, dans ce cercle supplémentaire de l'enfer dont il n'a jamais osé nous parler. Le dernier soupir d'un être à torturer. Lenn ne dit rien. J'entends qu'elle se bat avec lui, qu'elle le frappe, mais je sais qu'il résistera à tout cela, je ne le sais que trop bien. Il est endurci, aguerri. Depuis son enfance ou depuis maintenant. Un homme de pierre. Les cris cessent un moment. J'entends qu'elle hurle encore « Non ! », puis il remonte l'échelle, repousse les verrous, revient dans la cuisine et se met à table.

— Ça sera prêt quand, Jane ?

— Dans une demi-heure.

La transpiration perle à la racine de ses cheveux, il a des griffures rouges dans le cou et sur les mains.

— Alors je vais prendre un bain d'abord. Tu me le fais couler, tu seras bien gentille.

Je lui prépare un bain chaud et Huong se réveille. Je sens qu'elle se réveille dans la chambre du fond avant même de l'entendre couiner. Mon lait durcit ma poitrine. J'ai un conduit bouché, je pense.

— Je vais la chercher et je l'allaiterai près de la cuisinière.

Il se lève, me fait signe d'approcher, pose sa main sur mon bras, les égratignures soulignées par le sang séché.

— Jane, j'ai pensé à un truc. Ma mère, elle connaissait un bonhomme dans un village un peu plus loin de la côte, c'était un docteur. Quand Mary elle sera un peu plus grande on pourrait l'emmener le voir. Toi, tu devrais rester ici parce que t'es pas anglaise, t'es une clandestine, mais je pourrais l'emmener et dire que c'est la gamine d'un des ouvriers. Il a pris sa retraite, le docteur, mais c'est un gars d'ici. Il la regarderait.

— Je veux y aller avec elle. Elle a besoin de moi avec elle.

Il mordille l'intérieur de sa bouche, baisse les yeux sur le plancher, puis les remonte vers moi.

— Je vais y réfléchir. Tu pourras peut-être rester dans la bagnole quand j'irai, ligotée sur le siège arrière, ça pourrait marcher. Mais si on va voir le docteur là-bas, alors t'as intérêt à pas m'emmerder d'ici là, tu comprends ?

Je hoche la tête.

— Tu m'emmerdes pas, tu files droit. J'en ai déjà assez plein le dos. Là, on verra ce que je peux faire. On pourra peut-être s'offrir un petit voyage, tous les trois.

- 17 -

Le ciel change.

Par la fenêtre de la petite chambre du fond, je regarde le soleil surgir de ces eaux salées que je n'arrive pas à voir malgré tous mes efforts, puis dans la journée, alors que je récure, que j'allaite et que je lave, il fait le tour du ciel, très bas, puis il y replonge, se fond dans les clochers à l'horizon quand je me tiens sur le seuil, tournant le dos à la cave, pour voir s'enfuir encore un jour.

Il y a moins de lessive maintenant. J'ai encore les tissus de sa mère, les couches de sa mère, autant par jour. Mais je ne reprise plus les tissus qui me servent de serviettes hygiéniques. Je ne sais pas trop s'il est au courant, mais depuis la fameuse nuit il ne m'a plus demandé de prendre un bain. Il ne m'a plus invitée dans la chambre de devant.

Mes montées de lait fluctuent. Avant, il était abondant et elle était satisfaite, mais maintenant, alors que Huong grandit et a de plus en plus faim, le lait va et vient. Cela la met en colère. Je me demande si elle a ma colère, une forme réfléchie qui vous galvanise, ou si elle a sa colère à lui. Je prie l'horizon pour qu'elle ait la mienne. Ou la sienne propre.

— Chut, lui dis-je. Calme-toi.

J'ai envie de dire « Calme-toi, Huong », j'ai envie de le dire dans ma propre langue, mais je dois faire attention à la caméra fixée dans le coin de la pièce. S'il m'entend lui parler en vietnamien, s'il entend son vrai prénom, je risque de perdre les lettres. Ou la vaseline, ou sa nouvelle gentillesse, ou le voyage chez le médecin à la retraite, ou bien, un jour, c'est elle que je pourrais perdre entièrement. Je me rappelle sa terrible menace chaque fois que je vois la longue digue. Je regarde cet interminable fossé d'eau stagnante et mon cœur s'effondre. C'est inimaginable. Monstrueux. Je serre ma fille contre moi et elle martèle ma poitrine avec son front. Je la place sur l'autre sein, mais il est trop gercé et il n'y a pas de lait dedans non plus. Elle pleure, pleure, et je la berce, la câline, je lui embrasse la tête et je lui dis qu'il y aura bientôt davantage de lait.

Lorsqu'il rentre après avoir semé le blé d'hiver, je lui montre mon bébé.

— Mon lait est tari. Je n'ai plus de lait, très peu.

— Ma mère, elle m'a nourri à la mamelle jusqu'à quatre ans. Il va revenir, ton lait. Et de toute façon...

Je l'interromps d'une voix plus ferme.

— Non. Il lui faut beaucoup plus de lait que je n'en ai, Lenn. Elle a besoin de lait en poudre, du lait spécial pour bébé qu'on mélange avec de l'eau. Elle a besoin d'un biberon, je ne peux plus l'allaiter. Je n'ai pas ce qu'il lui faut.

— Tu m'emmerdes avec ça juste quand je rentre des champs, un jour comme aujourd'hui ? Quand est-ce qu'on mange ?

— Dans vingt minutes.

— Y a intérêt.

Il se lave, puis il vient s'installer devant l'ordinateur, masque le clavier pour saisir son mot de passe et visionne les bandes. En accéléré, pour la plupart, comme toujours. Des vidéos où l'on me voit laver les vitres ce matin, faire son lit, récurer l'évier, allaiter Huong dans la petite chambre et lire les lettres de Kim-Ly, courir aux toilettes entre deux tentatives d'allaitement aussi désespérées que vaines, mon enfant me criant dessus parce que je déçois ses attentes ; moi préparant son repas, moi demandant du lait en poudre pour maintenir mon enfant en vie. La première semaine où j'étais ici, j'ai essayé d'entrer dans cet ordinateur. Message d'échec sur message d'échec, pour le mot de passe. J'ai tenté « Jane », « Ferme », « Gordon », « Morecombe ». J'ai tenté « Wise », « Lenn » et sa date de naissance. Puis l'ordinateur n'a plus accepté d'autre tentative. À cause de ça, il m'a confisqué mon collier à pendentif. Et comme le collier ne brûlait pas, il l'a emporté jusqu'à la porcherie et l'a donné à manger à ses cochons.

Lenn déverrouille la porte de la cave et descend l'échelle. Je n'entends rien. Elle se tait depuis plusieurs jours, résignée, morte, bâillonnée ou blessée. Impuissante.

Il remonte et referme la porte. Il part en voiture jusqu'à la barrière fermée à mi-chemin, puis revient muni d'un récipient en plastique.

— Un biberon à cochon, dit-il en me montrant l'objet dont la base est couverte d'une boue grise où ont séché des brins de paille. Ça marche impeccable pour nourrir les porcelets. Y a deux tailles de tétine, pour les gros et pour les petits. (Il tire de sa poche deux tétines en caoutchouc, l'une bleue, l'autre blanche. La bleue est enduite d'un liquide poisseux.) Regarde laquelle ira le mieux pour Mary, elle fait à peu près la taille d'un petit cochon.

J'examine le biberon. La crasse. Quand nous avions un catalogue Argos, il y a des années, je connaissais la plupart des pages par cœur. Si on m'avait demandé une bouilloire, une planche à repasser, une tente trois places ou un appareil photo, il ne m'aurait pas fallu plus de deux ou trois essais pour trouver la bonne page. Ils vendaient des biberons, avec stérilisateurs. Neufs. Propres. Parfaits. Comme n'importe quel bébé devrait en avoir. Pas ce truc. Huong n'est pas un porcelet, bon sang.

— J'ai besoin de vrai lait en poudre. Elle a besoin de vrai lait en poudre, elle n'a même pas deux mois, Lenn.

Il se gratte la tête.

— Ça, on peut rien y faire. Je me vois pas entrer dans la supérette et demander du lait pour bébé, pas vrai ? Réfléchis un peu. Sue ou Larry me dirait : Mais, Leonard, qu'est-ce que tu vas foutre avec du lait pour bébé ? J'ai pas envie de ça, Jane. Pas question. La gamine, elle aura du bon vieux lait de vache dans son biberon, comme nous autres, et ça ira très bien, elle deviendra forte comme sa mère.

— Donne-moi ça.

Je prends le biberon, l'énorme biberon agricole crasseux, et les deux tétines en caoutchouc sale. J'ouvre le robinet d'eau chaude dans l'évier de la cuisine, je récure la bouteille, intérieur et extérieur, je récure les tétines, puis je rince le détergent, je rince à nouveau et j'essuie le tout avec des serviettes propres. Puis je recommence, pour être sûre. Je sors le lait du frigo et je le chauffe dans la casserole de sa mère jusqu'à ce qu'il soit à peu près à la température du corps. Je remplis le biberon à un huitième et je visse la grosse tétine.

— Ne donnez pas ça au bébé !

Je baisse les yeux vers mes pieds, vers la voix, vers le plancher.

— Pourquoi pas ? (C'est la première fois que je lui parle.) Pourquoi pas ?

Lenn frappe du pied et toute la pièce tremble. Je hurle :

— Pourquoi pas ?

Il court jusqu'à la porte de la cave, la déverrouille et elle me hurle que le bébé ne doit pas boire de lait de vache, que ça peut être dangereux, mais il est avec elle, elle crie, puis la porte se referme et Lenn se tient devant moi, ses cheveux gris pendant devant ses yeux exorbités.

— Va chercher la gamine et ramène-la ici. Rapporte les lettres et tout.

Je secoue la tête.

— Lenn, s'il te plaît.

— Je t'ai dit de les rapporter.

Je me traîne jusqu'à l'étage, mon cœur battant à se rompre. Huong dort là où je l'ai laissée. Elle se réveille quand je la prends, approche la tête de mon sein, s'y accroche. Je la laisse faire, pour le peu de bien qu'elle en retirera. Frustrée, elle donne des coups de tête contre ma poitrine pendant que je descends.

— Nourris-la, et après on arrête les conneries.

Je prends le biberon, gros comme une brique de lait format familial du supermarché. Je m'assieds sur le canapé, les yeux baignés de larmes, larmes qui tombent sur son petit visage parfait quand je tente de guider la tétine du biberon à cochon dans sa petite bouche parfaite. Elle refuse de le prendre. C'est moi qu'elle veut, mon lait, mon toucher, ma chaleur ; elle ne veut pas de cette chose qu'il m'a apportée. Je tente de la nourrir au sein mais il n'y a plus rien. Je me rhabille, je retente avec le biberon et la tétine blanche, et elle hurle jusqu'à ce que ses larmes se mêlent aux miennes, les siennes pleines de sel, les miennes vides, désespérées, éventées.

— Elle finira par le prendre, dit Lenn qui nous regarde depuis la cuisinière. Quand elle aura assez faim, elle le prendra, crois-moi.

Elle refuse toujours. Elle crie, hurle, pleure et me fixe droit dans les yeux.

Maintenant, Lenn veut son repas, donc je la pose sur le canapé et le bruit qui sort de ses poumons est assourdissant. J'ai mal aux oreilles, au pied, au dos, à la peau, mon cœur est meurtri comme jamais. Je lui fais frire ses œufs et son jambon dans la poêle de sa mère, comme elle les préparait.

— Y a du givre dans l'air, dit Lenn en ramassant les dernières miettes dans son assiette. Demain matin, le ciel sera tout rouge, crois-moi.

Je débarrasse la table et j'essaye de nouveau de nourrir Huong au biberon. Je vais jusqu'à sucer la tétine moi-même pour lui montrer. Elle n'en veut pas. Elle se met dans un tel état qu'elle a le visage marbré, puis elle vomit le peu de lait qu'elle a dans le ventre, elle halète, elle pleure. Son corps perd sa douceur. Sa tête commence à sembler trop grosse pour son corps. Je lui donne mon sein pour la calmer, et ça fonctionne, mais elle a tellement faim que je deviens livide.

— Tiens, prends ça, ça va te calmer.

Il me tend un fragment de comprimé pour cheval, un quart. J'ai commencé à en prendre parfois, juste avant de me coucher, pour mieux m'endormir. Autrement je ne tiens pas le coup. Or je dois tenir, je n'ai pas le choix, c'est ça ou rien.

Il ouvre le meuble et allume la télévision. Les actualités régionales. Je vois la peur dans ses yeux lorsque le présentateur mentionne la disparition d'une certaine Cynthia Townsend. Il se dirige vers l'angle de la pièce, plus près du téléviseur, son corps masquant tout l'écran. Le reportage dure trente secondes, peut-être moins, mais il est gêné. Lenn revient à son fauteuil dans lequel il se laisse tomber. Il baisse les yeux vers le plancher, puis me fait signe de venir à lui.

Se pourrait-il que ce soit ma porte de sortie ? La police qui nous trouverait ici… Qui nous aiderait…

Nous regardons une course du Grand Prix. Le même circuit, encore et encore, comme chaque jour de ma vie. La course a lieu en Malaisie et, même si ça ne ressemble pas au Viêtnam, même si les gens sont habillés différemment et que la lumière n'est pas la même, la végétation paraît familière. Je contemple les arbres. Huong finit par prendre le biberon ; je sens bien qu'elle déteste ça et me le dirait si elle le pouvait, elle me donnerait un coup de pied au creux des genoux pour protester si elle le pouvait. Je la nourris avec ce biberon encombrant, Lenn derrière moi, ses cuticules ensanglantées dans mes cheveux, sa paume sèche sur mon crâne, et Cynth juste en dessous de moi. Elle est silencieuse, mais je la sens en bas, pliée en deux, qui dépérit. Tout espoir s'éloigne. Comme chaque soir, il a descendu les restes avec un seau d'eau et rapporté un seau qu'il vide le plus souvent de l'autre côté de la cabane, ou parfois directement dans la fosse septique qu'il a construite lui-même quand il était jeune. Elle est à la cave et elle nous écoute en ce moment. Elle doit avoir renoncé, forcément.

Quand la course est finie, il m'aide à me lever et je me dirige vers l'escalier.

— Bonne nuit, dors bien avec la gamine.

Puis il prend un mince drap blanc et une petite serviette dans l'armoire à linge de sa mère, il les plie sous son bras et il redescend.

- 18 -

La petite Huong va de plus en plus mal.

Elle a commencé par pleurer la nuit, Lenn me disait de la faire taire. Maintenant elle ne crie plus, mais elle vomit tout le lait de vache que je lui donne.

Elle est pâle et maigre. Les bébés ne devraient pas avoir l'air maigre. Sa peau devient grise. Je lui prends le pouls dans le cou.

Je ne peux pas lui donner de pain ou de biscuits, il me répète d'essayer, de les ramollir d'abord dans ma bouche comme font les oiseaux avec leurs petits, mais elle est encore trop jeune. Les miettes d'un biscuit que je lui ai fait avaler, elle les a vomies sur moi avec un regard qui semblait dire : « Maman pourquoi me fais-tu cela, pourquoi ne peux-tu pas m'aider ? »

Est-elle allergique au lait de vache, ou simplement trop jeune ? Je donnerais tout de suite un rein, un rein et un de mes yeux et une de mes mains pour seulement dix minutes avec un vrai médecin. Je donnerais plus encore. Rien que pour la faire examiner, pour que l'on écoute son cœur et ses poumons, qu'on lui fasse passer des tests, une prise de sang, pour qu'on me dise quoi faire, pour qu'on me dise : « Votre fille survivra. »

Je prépare le déjeuner de Lenn, je détache chaque tranche carrée de cheddar doux prédécoupé, je la pose sur la boue de margarine étalée sur le pain Mighty White et je referme le tout. Au Viêtnam, nous avions des *bánh mì*, des baguettes fendues et garnies de porc grillé au gras caramélisé et croquant, de coriandre vert vif et de poivron. Ces sandwichs étaient délicieux, aussi différents que possible de ce que je confectionne. Huong dort sur le canapé et ses joues ne sont plus rouges comme auparavant.

— Me faut des nouveaux pneus pour la bagnole, deux nouveaux, je pense, à l'arrière, ils sont tout usés, je passerai pas le contrôle technique avec des pneus comme ça.

— Lenn.

Il me regarde, son sandwich tout petit dans sa main huileuse.

— Elle ne veut toujours pas manger.

Il mord dans son sandwich Mighty White, jette un coup d'œil vers Huong couchée sur le canapé recouvert de plastique. Elle a le cou dégagé, son pouls clairement visible sous sa mâchoire.

— Mary, elle va s'y faire, faut juste lui laisser le temps.

— Il y a du sang dans ses couches, Lenn. De plus en plus. Elle vomit le lait de vache. Elle n'arrive pas à le garder.

Il me dévisage.

— Du sang ?

Je hoche la tête

— Parce qu'elle avait le cul tout rouge ?

Je secoue la tête.

Il renifle et s'essuie le nez dans sa manche.

— Franchement, je peux pas aller comme ça à la supérette et demander deux boîtes de lait pour bébé ! Tu vois ce que je veux dire, je peux pas entrer demander ça, hein ?

— Et si tu l'achetais ailleurs, Lenn ? Si tu allais un peu plus loin, dans une plus grande ville où ils ne te connaissent pas ? Tu pourrais faire ça et en acheter pour quelques semaines, ça ne serait pas un problème pour toi, personne ne le saurait.

Il regarde par la fenêtre, comme pour déterminer dans quelles villes il pourrait aller et quelle direction il devrait prendre.

Dis oui, homme abject. Accorde-moi cette unique faveur.

— Ah ouais, pour que tu puisses essayer de te sauver avec la gamine ? C'est ça que t'as dans la tête, hein ? Moi, je pars pour une heure ou deux de l'autre côté du pont, et toi, tu t'en vas sur le chemin avec ton pied de traviole, en emportant ma gamine pour plus jamais revenir, c'est ça ?

Je secoue la tête.

— Elle va mourir, Lenn.

Il la regarde, avale sa bouchée et en prend une autre.

— Je vais y réfléchir cet après-midi et je te dirai ce soir. Y a des gens qui aiment bien foutre leur nez partout. Ça sera pas si facile que tu crois, Jane. Tu sais pas comment les gens sont en Angleterre, tu sais pas comment ça se passe.

— Merci.

C'est le mieux que je puisse souhaiter. Je n'en espérais pas tant. Je sais quand m'arrêter, quand me taire.

J'ai appris comment survivre avec ce monstre, à quel moment reculer même lorsque cela me rend furieuse de l'admettre.

Il se dirige vers la porte, le téléphone fixé au sol sonne et nous nous pétrifions. Le téléphone continue à sonner, Huong se réveille sur le canapé, un cri monte de la cave, un cri de bête féroce. Lenn frappe du pied, Huong et Cynth se taisent toutes les deux.

Il sort.

Je prends Huong et j'essaye de la nourrir au sein ; je n'ai plus rien et elle ne fait que s'agiter. J'ai cru que cela la réconforterait qu'elle me sente avec elle, tout contre elle, la chaleur, l'odeur familière, mais elle s'énerve et ses poignets ne ressemblent plus à ce qu'ils étaient il y a une semaine, ils ont perdu leur anneau de graisse, ils ont perdu leur innocence. Ce sont maintenant des mains d'adulte en miniature, alors qu'elle n'a que deux mois.

Je prends donc l'horrible biberon pour cochons. Et la tétine bleue, celle qui fonctionne mieux. Je chauffe le lait sur la cuisinière, je le verse et je vérifie la température sur ma langue, sur ma main, sur ma lèvre supérieure. Elle l'accepte. Elle tète et place ses bras autour du biberon comme si c'était une nouvelle mère, elle boit tout. Mais ensuite elle vomit et pleure. Ses larmes ne s'éparpillent plus, elles tombent simplement. Elles roulent sur ses joues, privées de l'énergie nécessaire pour voler. Ce sont désormais des larmes d'adulte, et d'adulte malade, en plus.

Je sens de la chaleur sur mon bras, je tire la serviette de sous le canapé et j'ouvre sa couche. Liquide. Elle a la diarrhée depuis plusieurs jours. Le peu de lait qu'elle garde traverse son corps.

— Je suis désolée. Tout ira bien, ma chérie, nous allons bientôt te trouver à manger, je te le promets, tout ira bien. Reste avec moi, Huong. Reste avec moi encore un peu.

Je la nettoie avec du papier et de l'eau, puis je jette la couche dans la machine à laver. Dieu soit loué pour la vaseline, il lui en faut tous les jours désormais.

Par la fenêtre de la cuisine, je le vois partir du côté de ses chers cochons.

Il y a un bruit.

Je m'accroupis et j'inspecte les placards de la cuisine. Ce bruit me rappelle le serpent qui sifflait dans le jardin de mes grands-parents.

Huong gazouille sur le canapé. Je lui jette un coup d'œil, puis je baisse à nouveau les yeux vers le sol. Un sifflement, un tintement. Quelque chose de métallique. Je suis accroupie, mais c'est trop dur pour ma cheville, alors je me couche par terre, le sifflement est là, et j'ouvre le placard sous l'évier.

Un seau bouge. Le seau dont je me sers pour laver le sol, il danse tout seul. Je le retire et découvre le doigt le plus sale que j'aie jamais vu.

Je le contemple.

Puis je tends la main, je touche le doigt, et j'entends pleurer en dessous de moi, juste en dessous, Cynth sanglote et le bout de nos doigts – le mien est propre ; le sien, presque noir de crasse – se touchent, se connectent.

Elle enlève son doigt et murmure à travers le trou.

— Merci.

Le sentiment de culpabilité manque me tuer.

Elle me remercie pour quoi, parce que le bout de son doigt a été en contact avec le mien ? Après toutes ces semaines pendant lesquelles je ne l'ai pas secourue, je ne l'ai pas libérée, je n'ai pas risqué la vie de ma fille pour lui venir en aide ? Elle me remercie pour ça ?

— Je reviens. Attendez.

Je m'agrippe à la porte du placard, puis au rebord de l'évier, je me lève et je trouve l'assiette de Lenn. Il a laissé un morceau de sandwich au cheddar doux. Je nettoie l'assiette dans l'évier comme je le fais toujours puis, tournant le dos à la caméra fixée au coin de la pièce, qui m'espionne et m'écoute, je m'accroupis à nouveau. Il faut faire vite.

Je déchire le bout de sandwich en minces bandes et je fais passer dans le trou la première, surtout composée de croûte. Elle m'est arrachée comme s'il y avait un piranha là-dessous. Je lui donne tout, un peu à la fois, puis je dis :

— Je reviendrai quand je pourrai, je ferai ce que je peux.

— Merci, murmure-t-elle.

Je secoue la tête, horrifiée par cette situation honteuse. Je prends Huong dans mes bras, je l'enveloppe dans des couvertures, et je l'emmène prendre l'air dehors.

C'est une belle journée claire.

Les nuages flottent comme des ballons, leur partie inférieure grise et plate, leur sommet semblable aux coussins dans la maison d'un homme riche. Je montre à Huong les quatre points cardinaux, les clochers au nord, les éoliennes au sud, les champs en pente vers les marais salants derrière la porcherie à l'est, et les petites taches de couleur qui se succèdent sur les routes plates à l'ouest. Un peu de couleur revient sur ses joues mais ses poignets sont toujours minces.

Je lui presse les mains. Je tâte ses pieds à travers la couverture. Je place ma paume sur son front. Autant de mesures désespérées et inutiles pour juger de sa santé. De sa mauvaise santé.

Je pense que c'est un avion mais je sais que ce n'en est pas un. Et ce n'est pas un oiseau, je connais tous les oiseaux qui survolent ces marais et ce n'est pas l'un d'eux. C'est quelque chose qui se situe entre les deux. Qui bourdonne à travers le ciel comme un insecte démesuré, avec un genre d'éventail à l'arrière, comme un deltaplane à moteur. Pas aussi haut qu'un avion, pas aussi bas qu'un oiseau, entre les deux. J'ai envie de hurler, d'incendier entièrement la ferme pour lui montrer où je suis, de supplier le pilote de nous emporter, Cynth, Huong et moi, et de repartir avec nous au-delà de l'horizon, vers la sécurité.

Mais je ne fais que le regarder passer, bourdonnant, vrombissant.

Un jour, dans les premiers temps, j'ai essayé de mettre le feu à la maison.

C'était après ma cheville, peut-être six mois plus tard, quand j'étais au plus bas. J'ai emporté à l'étage la boîte d'allumettes et j'ai enflammé des pages de journal froissées dans un coin de sa chambre de devant. J'ai fait brûler le drap sous lequel il m'obligeait à me coucher, celui d'avant. Mais Lenn l'a vu. Il était dehors sur son tracteur, il plantait les choux et il a vu la fumée, alors il est venu éteindre l'incendie. Un fermier en rase campagne voit toute sa terre, où qu'il soit. Cette fois-là, j'ai perdu mon passeport. Et j'ai dû repeindre la chambre alors que je tenais à peine debout. J'ai dû passer onze couches de peinture pour couvrir les marques de fumée.

Ce soir, c'est saucisse et purée. Ça ne me dérange pas. Cette fois, il faut que le repas soit bon, que ce soit absolument parfait pour qu'il accepte d'aller demain acheter du lait en poudre pour Huong, elle ne peut plus attendre. Je ne peux me permettre aucune erreur. Bientôt il lui faudra une perfusion, des médicaments, un médecin, des antibiotiques, une équipe de médecins, des soins intensifs.

Huong doit être ma priorité, mais je ne laisserai pas tomber Cynth. Je veillerai à ce que ma fille vive, puis je veillerai à ce que Cynth vive. Je peux faire les deux.

Je suis totalement concentrée. Comme un pilote de chasse, comme un horloger. Les saucisses doivent être exactement comme sa mère les cuisait. Il ne doit y avoir aucun écart avec les critères exigeants qu'il a fixés.

Je fais chauffer la poêle à frire sur la cuisinière.

Je fais frire les saucisses comme il les aime, tandis qu'il visionne les bandes. J'ai le dos droit comme un piquet de clôture. Verra-t-il que j'ai parlé à Cynth sous l'évier ? Devinera-t-il ce que je faisais ?

— J'ai réfléchi à ce que t'as dit tout à l'heure, comme quoi je pouvais aller au magasin dans une grande ville, après le pont.

Je le regarde. S'il te plaît. Je ferai tout ce que tu demandes, elle a besoin de nourriture sinon elle mourra. Je t'en supplie.

— Je devrais pouvoir y aller le week-end prochain, à mon avis. D'ici là, t'as intérêt à faire profil bas.

Je secoue la tête, je dois rester calme, continuer à faire frire ses foutues saucisses comme sa mère, dans la poêle à frire de sa mère. Je ne peux pas les laisser noircir ou se fendre de la mauvaise manière.

— Elle ne tiendra pas jusque-là, Lenn. Elle est encore trop faible. Elle en a besoin demain. S'il te plaît.

Il regarde les saucisses qui crépitent et crachent dans la poêle. Il me regarde, puis regarde Huong. Elle est blottie sur la housse en plastique du canapé, endormie.

— Demain, alors.

J'ai envie de l'embrasser. J'ai envie de lâcher cette poêle, cette cuisinière, pour me laisser tomber à ses pieds pointure 46.

— Merci, dis-je en faisant brunir les saucisses aussi régulièrement que je peux.

Nous mangeons en silence.

— Elles étaient bonnes, les saucisses. Je sors porter le seau de déchets aux cochons.

J'ai envie de dire : « Pourquoi ne donnes-tu pas les déchets à Cynth, pour l'amour du ciel ? Elle n'a rien fait pour te nuire. Absolument rien. Pourquoi ne pas lui donner la moitié du seau ? », mais je ne dis rien. Je dois d'abord obtenir le lait en poudre. Je ne dois rien faire, pas la moindre chose qui pourrait compromettre ce projet. Je dois avancer en silence, ne rien dire. Plus qu'une journée.

Il sort et, quelques instants après, j'entends à nouveau un sifflement sous mes pieds. Je ferme les yeux, je mords mes lèvres à l'intérieur de ma bouche, je ramasse Huong et son biberon à cochons et je l'emmène à l'étage. Le sifflement est encore là derrière moi, le tintement sous le seau, la supplication muette dédaignée, la femme oubliée, la mère et l'enfant parties.

- 19 -

Quand je me réveille, l'esprit embrumé par les comprimés pour cheval, Huong est froide.

Je l'attire contre ma poitrine et je l'entoure de draps et de couvertures. Je frotte son dos, la peau plus épaisse recouvrant son épine dorsale, les bosses de chaque vertèbre ; les ailes de papillon de ses omoplates qui semblent s'aiguiser d'heure en heure. Je lui souffle sur le visage. Je lui donne toute la chaleur que j'ai, mais elle reste fraîche. Fraîche, pâle, le regard lent.

Je descends l'escalier sur les fesses et je rajoute des branches de saule dans le foyer, puis j'y glisse encore une bûche noueuse et tordue, et je referme la porte. Ensuite je lui fais couler un bain, un peu plus rempli que d'habitude, un peu plus chaud que d'habitude. L'eau est parfaite, mais la pièce est froide et humide, il y a de la moisissure sur les bords du plafond, un réseau rampant de pourriture qui grimpe le long des murs, le sol spongieux sous mes pieds. Je la plonge dans son bain. Elle ne tressaille ni ne crie, elle ne me regarde pas dans les yeux comme elle le fait normalement, ses lèvres sont violettes plutôt que rouges. J'ajoute de l'eau chaude, je me sers de ma main pour la protéger de toute éclaboussure brûlante.

— Huong. Il va faire les courses aujourd'hui. Il va te rapporter une nouvelle nourriture aujourd'hui, de la vraie nourriture pour bébé. (Je fais gicler l'eau sur son corps, encore de l'eau chaude du robinet, encore de la chaleur.) Tout ira bien, ma chérie. Tu dois rester forte. Pour le dîner, il y aura du lait pour bébé, du lait comme il faut pour toi.

Elle me dévisage de ses yeux inexpressifs.

Elle ne réagit pas aux gouttes d'eau qui tombent près de son visage. Elle ne bat même pas des paupières.

Je l'emmène vers la cuisinière et je la sèche dans une des serviettes élimées de la mère de Lenn. J'ai ouvert la porte du foyer. Elle semble regarder les flammes, le jaune et l'orange lèchent ses pupilles tandis que je l'observe avec inquiétude, amour, terreur et espoir.

Elle a chaud, maintenant.

Mais elle ne crie pas, et c'est le pire de tout. Elle est silencieuse. Affamée. Comme Cynth.

Lenn entre alors que je prépare le lait de vache. Je déteste ce lait, je ne veux plus jamais le voir. Le biberon, le biberon à cochons, sèche dans la zone chaude près de la cuisinière.

— Peut-être bien que demain j'irai au grand magasin en ville, après le pont, c'est pas encore sûr.

— Non, dis-je, les mains tremblant de rage, de peur. Lenn, regarde-la, elle ne tiendra pas.

— Je regarde. Moi, je trouve qu'elle va très bien. M'emmerde pas, Jane, j'irai quand je pourrai.

— Ta fille (mais elle n'est pas sa fille, elle ne sera jamais sa fille, elle n'aura jamais aucun lien avec lui) mourra cette nuit.

Je suis aussi catégorique qu'un prêtre ou un homme politique. Il la regarde à nouveau et renifle.

Mon cœur vibre de colère. De terreur.

— J'irai peut-être après mon sandwich, mais je te promets rien.

Mes lèvres forment un « merci » que je ne prononce pas car je veux que ses mots soient les derniers, comme si cela leur donnait un poids, une valeur définitive, comme si cela allait leur donner une réalité.

Lenn prend le bocal à médicaments au-dessus du placard, dévisse le gros couvercle métallique et sort trois fragments qu'il dispose sur la table en pin.

J'acquiesce et je baisse la tête.

Pendant qu'il mange son sandwich, je nourris Huong avec le gros biberon à porcelets. Elle ne tète pas. Je déplace la tétine, la bleue, j'essaie d'appuyer un peu sur le biberon, mais elle refuse de le prendre, elle refuse de me regarder dans les yeux. Je ferais mieux d'abandonner. Elle a détourné son visage de moi. Si elle meurt maintenant, ce sera avec cette unique pensée infantile, cette unique opinion claire et sans mélange : sa propre mère ne l'a pas soutenue. C'était mon unique tâche. Je la change de côté, un coussin sous mon bras, pour la tenter avec la tétine synthétique, mais elle refuse de s'y accrocher.

— S'il te plaît, ma chérie. Bois, dis-je d'une voix étranglée. S'il te plaît, juste un peu. Une gorgée.

Elle ouvre la bouche, j'enfonce délicatement la tétine et je pense qu'elle essaye d'aspirer, un réflexe qui renaît, mais alors le lait coule hors de sa bouche, elle tousse, je lui tapote le dos et elle semble ramollir entre mes bras.

Je me tourne vers Lenn, il voit la terreur qui hante mon regard et il sort aussitôt.

Sa Land Rover s'éloigne, plus vite que d'habitude, l'eau gicle des flaques sur le chemin. Je tiens Huong contre moi. Il ouvre la barrière à mi-chemin, avance le pick-up, referme la barrière, puis s'en va. Lenn a ajouté un nouveau panneau après avoir vu à la télévision le reportage sur Cynth. Je l'ai vu le clouer sur la barrière, mais je ne sais pas ce qui est écrit dessus.

Il est parti et j'ai envie qu'il revienne d'ici quelques minutes. Pour la première fois de ma vie, j'ai envie qu'il revienne.

Je porte Huong jusqu'à la cuisinière pour la réchauffer, puis je prends mes torchons, un seau et du savon. Je m'étends à terre près de l'évier et j'ouvre le placard. Le seau est immobile. Je l'écarte et je siffle comme Cynth l'a fait. J'ai Huong au creux de mon bras, elle dort maintenant, et j'enfonce mon doigt dans le trou.

Rien.

Je siffle encore, puis j'enfonce une deuxième fois mon doigt dans le trou du plancher, le retire, le remets, et enfin quelque chose le touche et le repousse. Je regarde son ongle, long et crasseux, se dresser à travers le sol, dans le placard sous l'évier.

— J'ai besoin d'aide, dis-je.

— *Moi*, j'ai besoin d'aide, réplique-t-elle.

— Mon bébé est malade. Elle refuse le lait de vache.

— Elle est consciente ?

— Oui.

— Il faut lui en donner un peu à la fois, une goutte sur votre doigt. Ou en frotter votre téton. Ajoutez du sucre au lait. Vérifiez qu'il est chaud. Quelques gouttes la maintiendront en vie jusqu'à ce qu'il revienne avec le lait en poudre. Donnez-lui un peu d'eau. Tenez-la au chaud.

J'enfonce dans le trou un tiers de comprimé pour cheval.

— Qu'est-ce que c'est ? murmure-t-elle.

— Un cachet contre la douleur.

Elle ne dit rien.

— Merci, dis-je. Vous m'avez aidée.

— Sauvez votre enfant. Et ensuite, sauvez-moi.

Son doigt sort à nouveau du trou, je le prends entre mon pouce et mon index, je le serre, puis je penche la tête dans le placard pour l'embrasser.

Lenn est de retour moins d'une heure plus tard.

Il remonte le chemin en fonçant comme un fou, j'ai garni le poêle, le biberon à cochons est lavé et prêt pour le lait en poudre de Huong. Son médicament.

J'ouvre la porte d'entrée et il arrive en courant depuis la Land Rover, portant des sacs du supermarché.

— Elle va bien ? demande-t-il.

— Donne-moi ça.

Il vide les deux sacs sur le canapé recouvert de plastique. Je pourrais l'embrasser.

Il me tend une grosse boîte cylindrique, que j'ouvre ; à l'intérieur, il y a une cuiller en plastique. Je lis les instructions aussi vite que je peux, il me tend un nouveau biberon, tout neuf, pas pour les porcelets mais pour les bébés humains, que je plonge dans l'eau bouillante sur la cuisinière, puis que je secoue pour le sécher. Huong est en train de lâcher prise, je le sens. En apparence, elle est toujours la même, mais elle est en train de renoncer.

Je remplis le biberon, je l'agite, je teste la température sur mon poignet ; le lait est trop chaud. Mais je ne peux plus attendre. Je prends ma fille, moins lourde qu'une taie d'oreiller. Je pousse la tétine vers sa bouche, une vraie tétine de la bonne taille, conçue pour un bébé.

Elle n'en veut pas.

— S'il te plaît.

— Laisse-lui une minute, dit Lenn.

Je fais tomber une goutte sur ses lèvres. Elle refuse de téter. À la cuiller, j'en mets un peu dans sa bouche et elle le recrache.

— Lenn, il nous faut un médecin maintenant. Ça dure depuis trop longtemps. Il nous faut de l'aide.

— Conneries. Mary, elle va s'en sortir. Et puis y a des gens qui espionnent, je le sais. (Il baisse les yeux vers le plancher.) Y a des affiches dans les magasins. C'est dangereux. Insiste un petit peu et Mary va boire si elle sait ce qui est bon pour elle.

Je suis désespérée. Épuisée. Je voudrais que Cynth soit ici, et aussi la sage-femme que je n'ai jamais eue, et ma mère, que je n'ai pas vue depuis neuf ans, et ma sœur, et un pédiatre expérimenté. Au lieu de quoi je n'ai que lui.

Du revers de la main, je la caresse et elle me regarde. Ses yeux, ses cils, les cils de ma sœur. Elle ouvre la bouche et prend la tétine. Elle ne tète pas longtemps, seulement quelques secondes, mais elle prend un peu de lait, et il ne ressort pas. Lenn détourne les yeux, soupire et se frotte la tête.

Après la tétée, elle dort. Je la repose sur le canapé, elle est encore blanche comme un linge mais elle paraît satisfaite. Il nous a acheté deux biberons, chacun avec sa tétine, et environ trois mois de lait en poudre. Et un lapin. Il a acheté pour Huong un lapin en peluche, bleu pâle, nommé Tommy. Il n'était pas obligé mais il l'a fait.

Je fais chauffer dans une casserole son cabillaud en sauce persillée. Je lui fais bouillir ses pommes de terre et ses petits pois surgelés. Je prends grand soin de chaque détail à cause de ce lapin. Je veux qu'il mange bien ce soir, qu'il savoure son dîner, parce qu'il a sauvé la vie de ma fille et lui a acheté un jouet.

Il part nourrir ses cochons sur son quad.

Huong dort sur le canapé.

Je fais un pas à l'extérieur.

L'air est chargé de fumée de feu de bois, de givre, les oiseaux planent comme des mouches prisonnières de quelque toile d'araignée surnaturelle. Je boitille jusqu'à l'arrière de la maison, vers la salle de bains qu'il a ajoutée lui-même, et je tends le bras jusqu'à l'endroit où le mur rencontre le toit, juste au-dessus d'une fissure peut-être causée par le gel. J'en tire un bonbon orange. Lenn les appelle des « bonbons de voiture ». Je n'en ai jamais mangé dans une voiture. Il est abîmé et poussiéreux, et il y a quelque chose de mort collé en dessous, une minuscule araignée rouge, mais il reste mangeable.

Je vérifie que Lenn est encore à la porcherie, je rentre dans la maison, m'assure que Huong va bien, puis j'ouvre le placard sous l'évier. Je déplace le seau, je siffle, siffle, siffle. Huong se réveille et hurle. Quels beaux cris ! Sonores. Plus énergiques que depuis bien longtemps. Le doigt noirci surgit, je pose le bonbon orange dans le trou puis je l'enfonce, mais il a du mal à passer. Je le tourne dans l'autre sens, l'enfonce à nouveau et il tombe dans la cave.

— Dieu vous bénisse, dit-elle.

- 20 -

Nous venons d'avoir plusieurs belles journées.

Huong a mis du temps à prendre le biberon, à boire le lait en poudre et à le garder dans son corps. J'ai dû commencer par des doses affreusement faibles. Le volume qu'elle pouvait ingérer, si minuscule, me peinait. Son estomac devait s'être contracté jusqu'à avoir la taille d'une amande. Mais sa chaleur est vite revenue, et ses couleurs aussi. Elle a envie de son nouveau biberon, un vrai biberon, avec une tétine conçue pour sa bouche parfaite et non pour le groin d'un bébé cochon.

Il nous a laissées bien tranquilles. Je continue à accomplir mes corvées et je veille à ce que ses œufs soient frits comme il faut, ni trop brûlés par-dessous, ni cassés, jamais, toujours un peu liquides. Ce n'est pas facile à obtenir sur une cuisinière à bois. Il faut que le feu brûle bien, au bon moment, il faut anticiper, placer précisément la poêle sur la plaque chauffante, bien jauger les différentes zones de la poêle, c'est tout un art.

Je suis allongée sur le lit, mon bon pied pend dans le vide, le mauvais repose selon un angle douloureux.

Il commence à devenir insensible. C'est un bienfait du ciel car la souffrance s'éloigne de moi en même temps que la sensation, mais je me rappelle quand la même chose était arrivée à mon oncle. Il avait perdu toute sensation, il avait des fourmis dans une jambe. Elle était en train de mourir. Les médecins avaient dû la lui couper. Il était dans un bon hôpital mais il était mort peu après. Septicémie.

Elle dort sur mon bras.

Ses cheveux, ses cheveux noirs et parfaits commencent à friser un peu comme ceux de Lenn. J'y passe le bout de mes doigts tandis qu'elle ronronne dans son sommeil profond de bébé, blottie au creux de mon bras, l'estomac plein. La diarrhée a cessé, les saignements ont cessé. Elle vomit encore si je lui donne trop en une seule tétée, mais j'ai hâte qu'elle se remplume pour pouvoir un jour fuir cet endroit, alors j'aurai fait quelque chose de ma vie. Ma sœur a beau avoir été renvoyée, Huong s'épanouira dans ce pays, je lui donnerai tout ce dont elle a besoin, toutes les leçons, toute l'assurance et la force, puis je la libérerai. Elle arrivera peut-être à prévenir quelqu'un à temps pour me sauver, peut-être pas. C'est sans importance. Un jour, elle sera loin de cette ferme. Dans neuf ou dix ans. Elle partira en courant sur la route, avec un message et le billet de cinq livres que je conserve derrière l'accumulateur de chaleur dans la chambre du fond. Je souris à cette idée. Elle s'enfuira. Ce sont mes lapins et ma luzerne à moi.

Je m'endors, elle me réveille et je descends avec elle pour lui donner un biberon.

Elle sourit.

C'est un phénomène nouveau, le plus miraculeux qui soit, miraculeux pour n'importe quel bébé, mais surtout pour Huong. Elle est heureuse. Elle me regarde et, alors qu'elle vit ici, elle sourit en me regardant droit dans les yeux. Ma fille est calme et en bonne santé.

— J'irai nourrir les cochons de bonne heure, avant que les pétards ils commencent.

Je fronce les sourcils tandis que Lenn enlève sa veste et la suspend près de la boîte à clefs.

— On est le 5 novembre, c'est le soir des feux d'artifice. Tous les cons qui claquent le fric qu'ils ont pas. Les cochons, ils aiment pas, ils ont peur.

Les cochons ont peur des feux d'artifice ? Et si moi, j'en ai peur ? Si ma fille en a peur ? Si elle a peur un jour en voyant mon pied ? Il s'inquiète parce que ses cochons ont peur ?

— Je regarderai pas les bandes ce soir. Me faudra mon repas sur la table quand je rentrerai.

Je ne le crois pas.

Il visionnera les bandes.

Mais je dois faire passer un morceau de comprimé, celui que je me suis retenue d'avaler, je dois le faire descendre à la cave. Cela fait trois jours que je n'ai pas contacté Cynth, en partie parce qu'il risque de se méfier s'il me voit nettoyer aussi souvent le placard sous l'évier, en partie parce que j'avais besoin de mes trois quarts de cachet. Tous les quatre jours, il me donne le quart restant de chacun des trois cachets et j'en donne un à Cynth. Je ne suis pas sûre que ça l'aide, mais c'est mieux que rien. J'ai réussi à lui faire passer par le trou des frites froides, une tranche de jambon roulée, un peu de cheddar doux, quelques croûtes de pain. Elle survit, mais elle n'émet plus aucun bruit. Ni sanglots, ni prières, ni cris. Elle ne siffle même plus, elle tape simplement le fond du seau. Je ne peux m'imaginer sa vie. Accroupie ou couchée, sans baignoire ni toilettes, rien qu'un seau, celui des pelures qu'il descend, celui des excréments qu'il remonte. Elle ne mérite pas ça. Pas de lumière. Pas de vêtements de rechange. Comment retrouvera-t-elle l'usage de ses yeux ? Comment mourra-t-elle sans lumière ?

Je suis obligée de jouer à la roulette russe au milieu de ces marais. C'est peut-être un mauvais exemple ; c'est comme si l'univers disait : « Je vais tuer ton père ou ta mère. Si tu ne choisis pas, je les tuerai tous les deux. Maintenant, à toi de décider. »

Sauf que c'est pire, parce que, dans un sens, la décision a été prise pour moi. Si j'aide trop Cynth, je mets mon enfant en danger. Si je me focalise trop sur Huong et que je ne prends aucun risque, Cynth mourra à coup sûr. Ou, pire, elle continuera à souffrir indéfiniment. Je comprends comment ces gentillesses microscopiques – des paroles chaleureuses et des tranches de jambon roulées – peuvent maintenir une âme en vie quelques semaines de plus. Les rares attentions de Lenn, même si elles sont noyées au milieu d'une cruauté innommable, voilà ce qui me fait tenir.

J'entends une détonation.

Par la fenêtre, j'aperçois une lumière dans le ciel, du rouge et du jaune du côté des éoliennes. Il est encore tôt. Des enfants qui s'amusent. Au Viêtnam, nous avions des feux d'artifice fascinants, des couleurs éblouissantes, qui éclataient, crépitaient, fusaient ; nous les admirions ensemble, en souriant, en nous tenant par la main, nous sentions l'odeur de poudre dans l'air chaud du soir.

Je glisse une bûche dans le poêle et je pousse la casserole de bouillon sur la plaque. Des globules translucides de gras nagent à la surface. Quand Huong sera-t-elle capable d'en avaler une gorgée ? Ou de manger une purée de carottes ? Au printemps prochain ? Je n'ai personne pour me donner de réponse, ni aucun livre sur l'éducation des enfants, et ce n'est certainement pas Lenn qui me renseignera. Je dois avancer toute seule, à tâtons.

Je prends Huong sur le canapé recouvert de plastique et elle me regarde en battant des paupières. Nous nous tenons devant l'évier. Le seau tinte, je distingue le son. Je fais semblant de laisser tomber la serviette de Huong, je m'accroupis avec elle dans mes bras et j'ouvre la porte du placard. Il visionnera les bandes, je sais qu'il le fera, je dois aller vite. Je déplace le seau. Le doigt de Cynth. Comme une racine noircie perçant le sol. Le monde sens dessus dessous, la nature inversée. Je touche le doigt rapidement, je sors le fragment de comprimé pour cheval de la poche du tablier de sa mère et je l'enfonce dans le trou. Le doigt crasseux réapparaît. Que lui faut-il d'autre ? Que puis-je lui donner d'autre ? Il lui faut autre chose. À cet instant, Huong bouge le pied. Je soulève mon enfant en direction du doigt. Je positionne sa joue, qui redevient peu à peu ronde, au-dessus du trou et je la baisse doucement. Cynth, la femme qui se trouve sous le doigt noirci, caresse la joue rebondie de ma fille. Des sanglots montent de la cave. Dans ma tête, je me la représente souriante, caressant de son doigt tremblant la peau fraîche, pure, neuve, propre et bien soignée, une alliée, une amie, une enfant, innocente. Elle sanglote, puis chuchote.

— Dieu te bénisse, mon enfant. Et vous aussi, Jane.

Je ramène Huong contre moi, touche le doigt de Cynth avec le mien puis remets le seau en place, mais elle ne retire pas son doigt. Lenn sera bientôt de retour. À plusieurs reprises, je pousse le doigt avec le seau, elle le descend à regret, lentement, la phalange à moitié pliée sous l'effet de la résignation. Je remets le seau à sa place, je ferme la porte et je prie l'horizon pour que la joue de ma fille permette à Cynth de survivre un peu plus longtemps.

Lenn rentre et nous mangeons le bouillon. Au Viêtnam, j'ajouterais une douzaine d'herbes et d'épices, de la coriandre et de la menthe par poignées, du basilic, des piments, du gingembre, des clous de girofle, de l'anis étoilé, des pâtes, des citrons verts, et ce serait un plat à la riche consistance. Mais ça va. Ça reste du bouillon, la base, et j'ajoute beaucoup de poivre noir dans le mien.

Il suce bruyamment sa cuiller. Un bout de carotte reste collé à sa lèvre. Il est nerveux depuis qu'il sait que Cynth est recherchée par la police. Il n'est pas habitué à cela. Personne n'est jamais venu ici pour me chercher comme on la recherche.

Je donne son biberon à Huong, elle arrive à boire un peu plus qu'avant, désormais, puis je remplis le poêle jusqu'à ce que le thermomètre indique la température maximale.

— On va regarder le feu d'artifice, dit Lenn.

Au lieu d'ouvrir le meuble de télévision, il ouvre la porte principale. Et au lieu de regarder le billard ou les actualités, ou le football, nous regardons les terres, ses terres. Nous nous tenons ensemble sur le seuil, comme un vrai couple, avec la chaleur du feu dans le dos et le froid sur le visage. Huong dort, rassasiée. Cynth a eu son morceau de comprimé pour cheval et j'espère que cela lui offre un répit, un court moment d'évasion.

Les couleurs s'intensifient, éclairant le dessous des nuages et ourlant d'une frange dorée les arbres et les clochers au loin. Je regarde les lumières s'élever dans le ciel en rugissant, après quoi vient une pause, un instant d'attente agréable, puis les fusées éclatent en mille étincelles et le bruit atteint cette misérable ferme des marais.

Cela dure une demi-heure. Huong dort malgré le vacarme, les fesses lisses et enduites de vaseline, l'estomac plein.

— Je vais me coucher, annonce Lenn. De toute façon, y a rien à la télé.

Je prends Huong dans mes bras.

Une fois qu'elle s'est endormie sur moi, tandis que je lis la cinquième lettre de ma sœur, dont le papier froissé est sali sur les bords à cause des nombreuses fois où je l'ai lue au fil des années, Lenn monte l'escalier, jette un coup d'œil à la porte, sourit, va chercher le mince drap de coton et la serviette puis descend à la cave.

J'essaye de ne pas y penser. À quoi bon ?

Il n'y a pas de bruit.

Je relis la lettre de Kim-Ly, ses mots d'espoir, de survie. Elle me parle de l'onglerie, de sa nouvelle patronne qui est gentille avec elle, et un espoir absurde s'empare de moi – même si je sais fort bien que la patronne se révélera être une voleuse perverse, même si je sais que ladite patronne perd son poste entre la lettre 28 et la lettre 29, même si je sais que Kim-Ly est repartie au Viêtnam sans avoir réglé ses dettes. Je tente de me concentrer sur le paysage qu'elle décrit, depuis la fenêtre de sa chambre partagée. Un renard. Plus gris qu'orange. Il revient soir après soir et elle pense qu'il vit sous l'abri de jardin d'un voisin. Je tente de m'inonder des mots de Kim-Ly pour exorciser la pensée de ce qui est en train de se passer dans cet enfer qui se trouve deux étages au-dessous de moi.

Huong dort, sa main moite sur ma poitrine. Ses poignets regrossissent peu à peu. Je pense qu'ils redeviennent des poignets de bébé, après avoir été des poignets d'adulte. L'épaisseur de sécurité revient sous sa peau.

Une porte claque. Des verrous sont poussés. Des pas. L'escalier. Je serre Huong contre moi, pliant mes bras autour d'elle, construisant devant elle un mur avec mon corps.

— Putain, c'est quoi, ça ?

À l'entrée de la petite chambre, il tend vers moi sa grande paume ouverte. Je vois plusieurs, peut-être trois, peut-être cinq, fragments sales de comprimé pour cheval.

— Lenn, je…

— Bouge ton cul.

Elle les a mis de côté ? Pourquoi ? Pourquoi ne les a-t-elle pas avalés ?

— Descends.

Je me traîne jusqu'à l'escalier, je regarde Lenn, puis je m'assieds sur la première marche et je commence à les descendre une par une.

Cynth les mettait de côté. Cynth allait se tuer à la cave avec ces fragments sales. J'aurais fait la même tentative il y a des années si Lenn ne s'était pas assuré chaque matin que je les ingérais bel et bien. Cynth aurait eu besoin de trois comprimés entiers, je pense. Neuf fragments. Il m'en faudrait au moins quatre. Elle a presque réussi. Elle a presque échappé à tout ça.

Il montre du doigt la porte de la cave et je m'avance, tenant Huong dans mes bras, une couverture sur elle.

— Vous bossez ensemble, maintenant ? demande-t-il.

— Non.

— Je vais peut-être t'enfermer en bas avec Mary pendant deux ou trois semaines, sans biberon ni rien. Ça te remettrait les idées en place ?

Il commence à tirer le verrou du haut.

— Non, dis-je. On n'y survivrait pas.

— Juste en attendant qu'ils arrêtent les recherches. Y a des gens qui fouillent partout. Ce serait peut-être mieux que tu te caches avec la gamine. Après il serait trop tard pour pleurer, Jane.

— Non, Lenn, Mary ne survivrait pas. Pas à la cave.

— Alors rien que toi ? Tu me laisses la gamine et tu restes un petit moment avec ta copine en bas ?

— S'il te plaît, Lenn. Je suis désolée. Je regrette, j'ai cru qu'elle souffrait, c'est tout.

— Apporte-moi les lettres. Et t'auras de la chance si je vous boucle pas à la cave, toi et la gamine, avec l'autre.

Je le regarde. Mes yeux disent : aie pitié. Mes yeux disent : les lettres sont tout ce qu'il me reste, mon unique objet personnel, elles sont ma famille, mes racines, mon repère. Ma bouche dit : « OK. »

- 21 -

Je me hisse jusqu'au sommet de l'escalier, traînant derrière moi ma cheville molle, enflée, broyée.

Le placard à provisions de la chambre du fond sent comme sa mère. Même si je n'ai jamais rencontré cette femme, je sais exactement, avec la précision d'un maître parfumeur, ce qu'étaient ses odeurs. Ce qu'elles sont, car elles vivent encore à cet endroit. Et avec chacun de mes objets qu'il brûle dans la cuisinière, l'odeur de sa mère s'intensifie et mon odeur à moi diminue. Les affaires de sa mère restent là, alors que les miennes finissent en cendres sur le tas qui est dehors, près de la fosse septique. Du côté droit du placard, ses choses à elle sont bien rangées en piles. Bien rangées parce que je les lave, les repasse et les plie. Les jupons que je ne porte pas, les toiles que j'utilise pour Huong et que je devrai probablement me remettre bientôt à utiliser pour moi. Des serviettes aussi minces et aussi rugueuses que de vieux tapis. Des tabliers. Des pulls mangés par les mites, des jupes en tissu épais, des bas que je n'ai jamais essayés, un chapeau et une paire de gants dont je me sers parfois en hiver. Tout cela garde une forte odeur de Jane, sa mère. Du côté gauche du placard se trouvent six étagères en bois, identiques. Sur la troisième, du côté droit, une liasse de lettres attachées par de la ficelle. Écrites à la main. Sans date. Deux années de pensées, de rêves, de réflexions et d'observations de Kim-Ly ; les souvenirs de notre mère et de notre scolarité. Elles sont à moi. La panique surgit dans ma poitrine. Mon dernier objet personnel. Il va sûrement les brûler aujourd'hui, mais quand ce seront des lambeaux qui monteront dans la cheminée tordue pour s'envoler dans le ciel, quand elles seront réduites en cendres dans le jardin, elles seront encore à moi.

Je les prends et je les porte à mon nez.

En bas de l'escalier, je les lui remets. Je ne les ai pas regardées, je n'en ai pas extrait une seule parce qu'il le saurait. Je ne peux plus me permettre la moindre erreur. Plus de micro-rébellion. Je n'ai plus aucun moyen de négocier, plus rien à perdre sauf Huong, plus rien à quoi me raccrocher. Aucun objet personnel concret. Je n'ai rien.

La semaine dernière, j'ai fait un cauchemar. J'avais laissé ses œufs cuire trop longtemps, les jaunes avaient durci. Je me suis réveillée, terrorisée, juste avant qu'il jette Huong dans le poêle. La sensation de terreur dans mes os n'avait jamais été aussi intense. Elle était si puissante qu'elle m'a transformée.

Il me prend les lettres, les feuillette comme, dans un film, un cambrioleur de banque feuilletterait une liasse de dollars. Il me regarde, puis ouvre la porte du poêle. Il n'y a que des braises dedans.

— T'as intérêt à bien te tenir, maintenant.

Je vide mes yeux de toute expression, puis je hoche la tête.

— Alors fais gaffe.

Lenn braque la liasse de lettres, souple dans sa main, en direction de Huong. Il braque vers ma fille les lettres de sa tante. Et il les jette sur les braises.

Elles y restent quelques instants. Se recroquevillent. Noircissent. Je pourrais tendre la main et les attraper si j'étais plus forte, plus courageuse, plus stupide. Les attraper, puis lui assener des coups de tisonnier. Mais je me contente d'observer. Il observe, lui aussi. Toute la liasse s'enflamme d'un coup, le feu jaillit par-dessous, le brasier part d'un point au hasard, il les engloutit et les dévore. La pièce est inondée d'une lumière vive. Soixante-douze lettres écrites à la main par ma petite sœur. Des dizaines de milliers de ses jolis mots. Huong bouge son bras qui repose maintenant sur la peau de ma clavicule, et elle me réconforte. C'est moi qui devrais veiller sur elle, mais à cet instant, dans cette ferme, sa ferme à lui, où les flammes lèchent la porte du poêle, c'est elle qui me soutient. Son contact. Le potentiel de son corps minuscule, les possibilités contenues en elle. Elle me réconforte et je l'accepte.

— Voilà, c'est fini, dit Lenn en partant vers la salle de bains et en refermant la porte derrière lui, chose qui m'est défendue depuis sept ans.

Les flammes meurent, virent au rouge orangé. À ma gauche et à ma droite, par les fenêtres, j'aperçois les étincelles et les cascades lumineuses dans l'immense ciel au-dessus des marais. Le feu d'artifice est flou dans ma vision périphérique. Les détonations sont étouffées mais les lumières sont partout, ce soir. Je prie l'horizon pour qu'il protège Huong, Kim-Ly et Cynth, pour qu'elles restent elles-mêmes.

Le lendemain, en m'éveillant, je me sens vide.

De quoi puis-je dépendre maintenant que le dernier fragment de mon identité a été détruit ? Huong ? C'est un fardeau bien trop lourd pour elle. Trop encombrant. Faire d'elle le seul point de référence dans ma vie, le seul éclair de gentillesse, paraît injuste. Pourtant, elle lève les yeux vers moi après son biberon du matin, elle sourit et m'apparaît comme une lumière nouvelle.

Ces temps-ci, chaque fois que je regarde par la fenêtre, je voudrais voir une voiture de police. Une équipe de recherche, munie de lampes torches et de fusils. Des chiens renifleurs. Un groupe d'amis de Cynth frappant à toutes les portes.

En bas, il est à quatre pattes sous l'évier de la cuisine.

— Des trous de souris, m'explique-t-il en se redressant. Anciens. Y avait des petits rats qui se faufilaient partout. Y avait un trou sous le seau, mais tu dois bien le savoir, hein ?

Il froisse une boulette de papier aluminium. Il la comprime dans son poing énorme, en ajoute une autre couche qu'il écrase encore, puis il l'enfonce dans le trou. Il place par-dessus un morceau de pin qu'il fixe au plancher avec huit vis.

— Ça devrait le faire.

Il consacre sa journée au blé d'hiver, et à nettoyer la vieille moissonneuse-batteuse. Quand je le vois revenir vers la barrière à mi-chemin, il y a de la brume partout. Étalée en strates, comme des poils blancs d'animal flottant à l'horizontale devant le paysage. Droites et minces, on voit presque à travers.

Nous mangeons du jambon, des œufs et des frites. Il dit que c'est bon. Je n'ai qu'une idée en tête : Cynth a-t-elle encore assez d'air, maintenant que le trou sous l'évier est complètement bouché ? Elle doit dépendre du peu d'oxygène qui passe sous la porte de la cave et sur les côtés, donc je dois maintenir ouverte la porte principale de la ferme dans la journée, malgré le froid, je dois continuer à faire entrer de l'air. J'ai rêvé que je lui faisais passer des aiguilles à tricoter et une pelote de laine, je poussais le fil dans le trou et elle tirait sur le bout pour l'enrouler, en bas, dans le noir. Elle aurait pu se fabriquer un pull. Il fait très froid maintenant et je ne sais pas trop comment elle fait pour rester vivante dans cette cave obscure, sans pouvoir se tenir debout, avec lui qui descend la voir chaque fois qu'il en a envie.

Pour le dessert, bananes et crème à la vanille. Nous sommes gâtés. Il fait ça de temps en temps, il rapporte un plat nouveau, comme les ananas ; un jour, c'était un baba au rhum. Je fais chauffer la crème toute faite sur la cuisinière, on dirait des jaunes d'œuf mélangés à de la peinture jaune vif. Je débite deux bananes dans le liquide pâteux et je les sers dans deux des bols de sa mère.

— C'est pas mauvais, hein ?

C'est délicieux. Je mange et, quand j'ai presque fini, je trempe mon petit doigt dans la crème tiède pour le donner à lécher à Huong. Elle aime ça. Elle sourit et plisse le nez comme si c'était le plus beau jour de sa vie. Comme si elle avait de la chance d'être en vie.

— Bientôt, tu lui apprendras des trucs, à la gamine. Éplucher les carottes et les patates, récurer l'évier, laver le plancher, tout ça.

Non.

Huong sera pilote, ingénieure, institutrice, infirmière, ouvrière en usine, professeure, artiste ou plombière. Elle ne deviendra pas moi. Je ne le permettrai pas.

Nous regardons *Fous du foot*. Lenn est affalé dans son fauteuil, la main sur ma tête. Je me demande comment Cynth se débrouille, juste en dessous de moi. Je voudrais lui faire passer quelque chose, un message, un morceau de pain.

— On est vraiment pas mal, hein ? dit Lenn. Toi, moi et la gamine, assis ici, avec un bon petit feu, le foot à la télé, un toit sur nos têtes, tout va bien.

Je baisse les yeux vers Huong. Elle dort dans mes bras, les cils agités par un rêve. Continue à rêver, ma chérie. Tout sauf ici. Rêve de la savane et de promenades en famille dans une forêt, rêve de jouer aux Lego avec tes futurs amis à Saigon, de nager dans la mer et de conduire une voiture. Reste là sur mes genoux, rêve, et je vivrai cette réalité dans les marais pour toi et moi.

Il referme le meuble de télévision et range la clef dans la boîte près de la porte d'entrée, puis ferme cette boîte avec la clef qu'il a autour du cou. Par la fenêtre, il s'assure que tout est en ordre. C'est une habitude qu'il a prise depuis quelques jours. Il regarde en direction de la barrière à mi-chemin et de la route au-delà. Il vérifie. Il scrute l'horizon.

Avant, je pensais qu'il pourrait mourir.

Un infarctus, un cancer. N'importe quoi. Une mort paisible, à l'étage, dans la chambre de devant ; je le retrouverais immobile et froid. Ou quelque chose de plus dramatique. Un anévrisme au volant de sa moissonneuse-batteuse, une crise cardiaque alors qu'il chargerait du petit bois dans la remorque derrière le quad. J'étais sûre qu'il mourrait un jour. Et je m'imaginais soulever son poids mort avec une poulie et une corde, un système de levier, pour introduire sa clef en pendentif dans la serrure de la boîte et trouver les clefs de la Land Rover, afin de fuir cet endroit. Il serait trop lourd, je le savais. J'utiliserais la pince coupante dont il s'était servi sur moi. Je couperais la chaîne épaisse autour de son cou mais sans le frapper avec la pince, je m'empêcherais d'aller aussi loin.

Lenn nous souhaite bonne nuit puis il descend à la cave avec un seau où il a mis des bananes trop mûres et deux bols de crème refroidie, j'en ai laissé autant que je pouvais sans qu'il remarque quoi que ce soit. Il emporte aussi du gras de lard et un œuf cru, périmé.

Je change Huong. Je conserve encore sous le canapé les tissus, les épingles, la vaseline et un bol d'eau claire. Je sens qu'il est en dessous de nous. Avec elle. Elle est encore en vie mais ils ne se disent rien. Les interstices entre les planches sont assez grands pour que je le sache. Pas assez grands pour que j'y fasse passer quelque chose, pas assez larges pour qu'elle y glisse le doigt, même si je pouvais encore risquer ce genre de chose. Je ne peux plus. Je n'ai absolument plus rien à brûler.

Il remonte, reverrouille la porte et me regarde.

— Jane, dit-il en me toisant, tu coules encore, d'avoir eu la gamine ?

- 22 -

Hier soir, il a gelé très fort. Ce matin, vu depuis la fenêtre de la cuisine, le plateau humide et informe qui nous entoure est blanc argenté, des cristaux s'accrochent à tous les brins d'herbe et à toutes les vagues de boue durcie. Le monde est silencieux.

Huong dort mieux ces temps-ci, son estomac s'est dilaté, en tout cas c'est ce que je crois, et elle arrive à prendre davantage de lait au biberon. J'ai encore les deux mêmes vrais biberons et je les traite comme s'il s'agissait d'un inestimable héritage familial, d'objets d'art rares et précieux ; ce sont deux trésors. Elle devient plus forte, et ma crainte s'estompe, cette raideur dans ma peau à force de me demander combien de temps Huong pourra vivre, ce que je peux faire de plus, comment je peux l'aider.

Mais il m'observe. Pas pour voir si j'accomplis mes corvées, car il ne visionne plus les bandes ; il m'observe comme au début, à mon arrivée ici. Quand je prends un bain, il reste sur le pas de la porte. Il me dévisage. M'espionne. Quand je vais aux toilettes, quand je me déshabille dans la petite chambre du fond. Il ne m'a pas encore convoquée dans sa chambre, mais ce n'est qu'une question de temps, je le sais.

Je remplis le poêle de rejets de saule et j'ouvre les aérations pour aider le feu à prendre, puis je sors chercher davantage de bois. C'est lui qui s'occupe de tout ce qui est lourd, mes hanches et mes genoux sont trop tordus désormais, ma cheville trop lâche, comme un gigot de mouton trop cuit.

Quand je rentre, j'entends quelque chose.

Cynth gratte le plancher. Comme une souris. Une souris émaciée. J'entends ses ongles noircis racler le dessous des planches, les éclats de bois s'amassent sous chaque ongle, les bouts crissent contre le grain du bois. Il n'y a pas de mots. Je n'ai plus de lettres, plus de carte d'identité, plus de vêtements, plus de passeport, plus de livre. Rien. Si je commets un écart, tout ce qui me reste, c'est Huong. Et les deux biberons. Et la vaseline, dont nous serons bientôt à court. Je la rationne. Si je le contrarie, il me punira en punissant Huong parce qu'à présent c'est elle qui a toutes les choses, pas moi.

Je me laisse glisser à terre en faisant attention à ma cheville écrasée, en veillant à ne pas l'endommager davantage. La peau change de couleur, j'ai des bleus permanents. Lâche, engourdie mais douloureuse. Une fois au sol, je sors ce qu'il faut pour changer Huong et je dégrafe sa couche. Bientôt, je devrai plier le tissu d'une autre manière, parce qu'elle aura trop grossi.

Une voix retentit en dessous de moi.

— À l'aide.

Je baisse les yeux mais je ne vois rien entre les planches. J'ai le dos tourné à la caméra. Je retire la couche sale, je la replie sur elle-même et je nettoie Huong.

— Aidez-moi.

C'est plus une respiration sifflante qu'autre chose. Plus une toux qu'une voix. Quel genre de froid doit-elle subir dans ce sous-sol ? Quelle humidité ? Quelle maladie ? Je murmure « Promis » en direction du sol. Je murmure « N'abandonnez pas, il y a des gens qui vous cherchent, restez forte, il faut tenir bon », puis je boitille jusqu'à la cuisinière, je tisonne le feu pour qu'il fasse plus chaud, et je souhaite que la chaleur descende au lieu de monter.

Nous faisons une sieste, Huong et moi. Je me sens lestée par le poids de la culpabilité, au creux de mes entrailles, qui m'enfonce dans le matelas, le matelas de sa mère. Je nourris mon bébé et elle boit. Au lieu de Steinbeck, je récite des passages des premières lettres de Kim-Ly. Et je lui parle des fruits et des légumes de mon pays. Je lui fais parcourir les planètes du système solaire, je lui parle des plus grands animaux terrestres. Je lui explique les continents, comment certains s'éloignent tandis que d'autres se télescopent. Les chaînes de montagnes et les dorsales océaniques. Les volcans. J'énumère les fleuves du Viêtnam, tous grouillants de poissons, raconte ce dont je me souviens de mes études, des cours de géographie, puis je la promène dans sa famille, notre famille, l'arbre généalogique dont les ramifications me sortent de la tête, les noms qui me réconfortent quand je les partage avec elle, tel oncle, telle arrière-grand-mère défunte, telle cousine et tous ses petits-cousins. Elle n'est pas seule.

Nous dormons.

Sa toux me réveille. Pas une toux de bébé, mais une sorte d'aboiement, un croassement sec d'animal.

Je pose ma paume sur son front. Elle est brûlante. Je l'emmène au rez-de-chaussée, je lui donne de l'eau et je lui prépare un nouveau biberon. Huong pleure quand Lenn entre.

— Faut qu'elle arrête de gueuler. Je suis gelé comme un lapin mort.

Je l'assieds dans mes bras pour lui donner son biberon, mais elle gigote, elle a encore plus chaud qu'avant, elle transpire, ses cheveux sont collés, ils frisent.

— Démerde-toi pour qu'elle arrête, ou je m'en charge.

— Elle a de la fièvre.

— J'en ai rien à foutre. J'ai bossé toute la journée et j'ai pas envie d'entendre gueuler et pleurnicher quand je rentre chez moi.

— Je monte avec elle.

— T'as pas entendu ce que j'ai dit ? Tu me fais ma tasse de thé et tu te démerdes pour qu'elle arrête de brailler.

Je fais bouillir les sachets de cabillaud en sauce persillée sur la plaque chauffante. La cuisinière approche de sa température maximale, mais l'état de Huong s'aggrave. Quoi que je fasse, cela semble nuire à l'une ou à l'autre. Je les trahis toutes les deux. Huong s'agite dans mes bras, elle tousse, elle a la peau écarlate.

— Lenn, regarde-la.

Il sort, puis revient avec une brassée de branches de saule qu'il jette dans le panier près du poêle.

— Donne-lui un bain froid après manger, ça ira mieux.

Peut-être a-t-il raison. Comment le saurais-je ? C'est à ça que servent les grands-mères et les voisines, et les médecins, les infirmières, les femmes du quartier qui ont déjà vu cela cent fois.

Elle se calme un peu et nous mangeons. J'entends un raclement juste en dessous de moi et je parle plus fort que d'habitude pour couvrir le bruit. Quand cela devient trop suspect, je pince le gras de la cuisse de Huong pour qu'elle se mette à pleurer, afin d'étouffer le grattement, parce que, si Lenn se met encore plus en colère, cela ne produira rien de bon. Si j'ai besoin d'un médecin ou de médicaments pour elle, il faut le maintenir de bonne humeur.

— Pourquoi tu prends pas un bon bain chaud ? Je resterai avec la gamine.

— Elle n'est pas bien, Lenn.

— Moi, je dis qu'elle a surtout besoin de son père, tu te prends un bon bain et je m'occuperai d'elle.

Je me baigne aussi vite que je peux, à l'affût du moindre bruit dans la pièce principale. Quand je sors, une serviette autour de la tête, Huong dort dans les bras de Lenn.

Il m'adresse un clin d'œil et je la lui reprends.

— Rien à la télé, ce soir. On ferait mieux de se coucher. J'irai nourrir les cochons demain matin.

Il m'aide à monter l'escalier et je protège Huong à chaque embardée afin qu'elle puisse dormir un peu pour lutter contre sa maladie. Son infection. Son virus. Elle transpire. Écarlate. Aussi brûlante qu'un poulet rôti.

— Pose-la là, elle sera bien.

Je la dépose sur le lit une place dans la chambre du fond et elle garde une respiration sifflante dans son sommeil. Agitée. Son cœur minuscule bat à toute vitesse.

Je l'entoure d'oreillers, puis il me passe le drap plié et la petite serviette, et dit qu'il revient dans une minute.

De très haut, depuis l'espace, on verrait un petit toit avec une cheminée qui fume, au centre d'une immense série de champs plats reliés par des sentiers, des haies basses et des fossés. Il pourrait y avoir une mince croûte de glace à la surface de l'eau dans les digues. Un couvercle de verre. La terre serait blanche. De très haut, depuis l'espace, à travers les différentes couches de l'atmosphère, on verrait un toit, puis une mère et son enfant brûlante, puis un homme qui se lave dans la salle de bains qu'il a construite, puis une autre femme qui survit à peine en dessous de tout cela, dans le froid et le noir.

J'enlève ma chemise de nuit, la chemise de nuit de sa mère. Je place la serviette pliée de l'autre côté de son lit, je m'allonge et je me recouvre en partie avec le drap.

C'est le pire.

Je voudrais qu'il accélère et qu'il n'essaye jamais, jamais, jamais de me donner du plaisir. Je l'implore. Cela n'arrivera jamais, je ne le permettrai pas, en aucun cas. Idiot. Imposteur. Vile créature. Il est sur moi, son visage visible à travers le mince drap de coton. Huong se réveille. Je me redresse brusquement, les muscles affaiblis de mon estomac se tendent, ma colonne vertébrale réagit à ses halètements, et il m'oblige doucement à me recoucher.

Elle tousse, mais c'est en réalité un aboiement, comme un petit chien malade. Elle lutte pour reprendre son souffle, elle tousse, et mes yeux ne sont que larmes, humides sur le drap. Lenn est encore lent. Je voudrais qu'il ait une attaque cardiaque, une veine qui se rompt, une obstruction artérielle dans son cerveau, un AVC, une hémorragie terrible. Mais il continue. Elle sanglote dans l'autre chambre, à six mètres de moi, seule. Il s'écarte, je me lève et je jette le drap à terre. Lenn est derrière moi, roulé en boule avec cette serviette, en position fœtale. Je prends Huong, je la tiens contre ma bouche, je la regarde, je lui caresse le cou. Elle respire, mais on dirait qu'elle est pleine de morve, il y a un problème avec ses voies respiratoires. Je lui frictionne le dos, ses yeux roulent dans leurs orbites. Oh non ! Non, s'il te plaît, Huong, non. Je fais le tour de la petite chambre du fond, j'ai envie de claquer la porte pour que nous soyons seules, mais c'est défendu. Je ne dois rien faire qui le fâcherait.

Je la porte dans le lit. Je nous recouvre toutes les deux de draps et de couvertures parce que l'air est froid et lourd dans cette pièce. Je prends le biberon que j'avais préparé. Il est tiède maintenant, à la température du sang dans mon corps. Je lui tends ce lait et elle l'évite. Je la prends contre ma poitrine, puis je lui offre le biberon et elle boit un peu, en toussant et en bavant contre ma peau.

Lenn apparaît à la porte.

— Va te laver en bas, je vais regarder la gamine un bon coup, pour voir si elle a besoin du docteur du village.

OK. C'est un progrès. Je ferai comme il dit s'il y a un espoir. Je lui confie Huong, je m'emmitoufle dans le drap de la petite chambre et la laisse, elle, enveloppée dans une couverture mangée par les mites. Je descends, je me lave, et je prie l'horizon pour qu'il l'emmène voir un médecin qualifié, qu'il lui achète un médicament pour bébé dans une pharmacie de la grande ville après le pont, ou dans le magasin où il a acheté les deux biberons et le lait en poudre.

Je remonte l'escalier.

Il est avec Huong dans la chambre principale, assis sur le bord du lit. Blottie dans ses bras, elle a l'air contente.

Il lève les yeux vers moi.

— Je trouve qu'elle a pas une tête à s'appeler Mary, la gamine, ça lui va pas trop. T'en penses quoi ? (Il lui touche le bout du nez.) Elle ressemble pas aux autres Mary que j'ai connues. J'ai l'impression qu'on lui a pas choisi le bon prénom.

Huong siffle, tousse, me regarde, les yeux mi-clos.

— On devrait plutôt l'appeler Janey, hein, t'en dis quoi ? C'est une petite Janey. Pour moi, y a pas à tortiller, c'est vraiment une Janey.

- 23 -

Cette nuit-là, je me réveille toutes les heures. Chaque fois que Huong bouge, tousse ou pleure, je me réveille en un clin d'œil ; sur le qui-vive, prête pour elle. Malgré les comprimés pour cheval. Je suis droguée, mais je *pense* que je suis sur le qui-vive. Du moins je l'espère. Et maintenant la lumière revient sur les champs, environ une heure avant le vrai lever du soleil, je dirais, et je suis totalement épuisée.

Elle n'est pas brûlante. Durant la nuit, elle est passée de la fièvre aux frissons glacés, les épaules tremblantes. Si elle avait des dents, elles auraient claqué. Mais à présent la fièvre semble dissipée, ou atténuée. Je regrette que nous n'ayons pas de thermomètre à la maison, un moyen grâce auquel je pourrais juger de sa santé. Je ne connais ni son poids, ni sa taille, ni son groupe sanguin. Je sens tout cela, j'en ai une connaissance intime, mais les chiffres seraient rassurants. Comme un passeport ou un certificat de naissance. Et je voudrais tant que mes parents puissent la voir. Que ma mère la berce dans ses bras, que mon père pose son doigt dans sa paume minuscule. Cela rendrait tout plus permanent, plus sûr.

Il se lève tôt pour aller nourrir les cochons et lorsqu'il revient nous sommes au rez-de-chaussée. Elle dort dans des couvertures sur le canapé, la respiration encore sifflante. L'humidité de cette région est-elle entrée dans sa poitrine ? Est-ce la tuberculose, un virus contre lequel on vaccine désormais les autres bébés ?

— Y reste même pas de quoi faire un bol entier, dit-il en secouant le paquet de céréales.

Je hausse les épaules. Fatiguée. Vaincue.

— Y a même pas ça. C'est plus que de la poussière. Je vais le descendre.

Il déverrouille la porte de la cave. Pas de cris, pas de grattements. Un vent glacé et acide monte et tournoie dans la pièce, Huong tousse sur le canapé et un filet de salive s'étire de ses lèvres à la housse en plastique. La cheminée rugit dans le mur. Il remonte tout de suite et referme la porte. Il a dû laisser le paquet de céréales sur l'échelle.

— Je suis habituée au prénom Mary. Je l'appelle Mary depuis des mois, c'est notre Mary.

S'il te plaît. S'il te plaît, ne l'appelle plus jamais par cet autre nom. Ce n'est pas elle. Ne prolonge pas cet abominable purgatoire. Il se termine avec moi.

Il secoue la tête.

— C'est Janey maintenant, faut t'y faire. Moi, je trouve qu'elle a une tête de Jane. C'est une Janey, la gamine, y a qu'à la regarder pour le savoir.

Je m'accroche à la barre d'acier de la cuisinière pour conserver mon calme. Je la serre entre mes paumes jusqu'à ce que mes articulations blanchissent. Huong n'a rien d'une Jane.

— J'irai peut-être au village tout à l'heure, à la supérette, ou au grand magasin après le pont. Faut faire gaffe quand on sort, d'après Frank. Janey a plus grand-chose à manger, non ?

— Il reste une boîte.

— Très bien.

Il sort et je pose Huong à terre. Elle est d'une pâleur indicible. Plus pâle que jamais. D'une blancheur de craie. Je dégrafe sa couche, mais quelque chose coince. Je manipule l'épingle de nourrice, celle de la mère de Lenn, puis une tache rouge apparaît sur la couche et j'ai son sang sur les doigts. Je la retourne délicatement et je vois la piqûre. J'ai fait ça ? J'ai agrafé sa couche *à travers* la peau ? Comment ? Quand ? Hier soir ? Elle n'a pas crié quand je l'ai piquée ? Je tamponne le sang avec le vieux tissu. Ça devait être juste avant le lever du soleil. La dernière fois que je l'ai changée. Ou avant ça, quand je me suis réveillée en pleine nuit et qu'il faisait encore très noir. Quel est mon degré de lucidité dans le noir, avec ces cachets dans mon organisme ? Combien de fois l'ai-je changée la nuit dernière ? J'ai blessé ma propre enfant malade et elle n'a pas eu l'énergie de crier.

Je l'approche de mon visage, je colle ma joue à la sienne et la trouve froide. Je glisse sur le dos pour m'approcher de la cuisinière, je ne peux pas m'y adosser parce qu'elle est trop chaude, mais je m'assieds tout près, appuyée au dossier du fauteuil de Lenn. Elle n'a pas crié ? Avec une épingle de nourrice dans la peau ?

Un grattement.

Je roule sur ma mauvaise jambe, ma cheville broyée, jusqu'à être allongée sur le plancher. Je tourne mon visage vers la chaleur.

Un nouveau grattement, juste en dessous de moi.

— Cynth ?

Elle se met à pleurer.

— Vous connaissez mon prénom.

Je pleure aussi, mes larmes tombent sur le bois sec que j'ai frotté hier.

— Je ne peux rien vous faire passer, il a bouché le trou.

— Je sais, dit-elle. Je ne veux rien. J'attends simplement. Ça ne sera plus très long.

— Non. (Huong se réchauffe dans mes bras, la respiration sifflante, le cœur battant très vite.) Vous devez rester avec moi.

— Je ne suis pas avec vous. Je ne suis avec personne. Je suis en dessous de vous tous.

— Il a rencontré Frank Trussock à la barrière à mi-chemin. (Ce n'est pas vrai, mais je l'ai rêvé, un avertissement de Frank, la police sur le point de faire une descente et de nous conduire en lieu sûr.) Des gens vont venir. Vous devez attendre encore un peu.

— Personne ne va venir, Jane.

Alors j'écarquille les yeux et je me tourne vers la lumière de la fenêtre. Le ton de sa voix a changé. Elle paraît calme. Comme si son esprit était en train de mourir, à cet instant précis.

— Cynth. Vous êtes là ?

— Oui.

Je déglutis.

— Partons toutes les trois. Partons d'ici.

— Je ne peux pas. Je n'en suis pas capable. Je suis trop faible.

— Mon bébé, dis-je, la tête tournée vers elle, les planches entre nos lèvres, mes larmes tombant sur les fibres et la poussière de bois. Elle est malade. Et il a des projets pour elle. Il est aux abois, je le sens. Il sait que vous êtes recherchée. Il est comme un rat acculé dans un recoin. Nous ne pouvons plus attendre. Cynth, je ne peux plus vous laisser à la cave. Nous n'avons pas le choix.

— Non. Partez. Je suis trop faible. Vous ne savez pas.

Je tourne mon visage et Huong me regarde avec une grande intensité, ses yeux sont maintenant larges et clairs. Il y a des oiseaux à la fenêtre, des oiseaux alignés sur un fil téléphonique dehors, une douzaine de corbeaux ou davantage. L'un d'eux s'envole. Ils s'envolent tous.

— La prochaine fois qu'il ira en ville. Toutes les trois. Vous et moi, nous pouvons nous soutenir l'une l'autre, et nous aurons besoin d'aller vite. Je connais le chemin. Nous pourrons partir ensemble.

— Laissez-moi ici, dit-elle.

— Vous ne comprenez pas. Je ne peux pas partir sans vous, je ne peux pas marcher. Et mon bébé ne peut pas partir sans moi. Si vous restez, nous restons toutes.

Le feu crépite et la cheminée rugit près du toit.

Huong et moi regardons le sol, dans l'expectative.

— J'essaierai, dit-elle.

Lenn revient manger son sandwich. Sors de cette ferme misérable, démon. Laisse-nous.

— Y avait une anguille morte dans le fossé près des cochons, je l'ai vue en revenant, raide comme un tuyau. Laisse-nous.

— Je vais la jeter dans les orties. C'est pas un serpent, juste une grosse anguille. Je la laisserai là. Et si y a quelqu'un qui arrive, tu montes et tu la boucles. J'ai demandé à Frank Trussock de surveiller, je suis pas con. Si tu m'emmerdes, je te mettrai une nuit ou deux avec les cochons, on verra si ça te plaît, les marais.

Je hoche la tête.

— Et Janey, comment elle va ? Tu t'occupes d'elle comme il faut ?

— Elle est malade, dis-je, le dos rigide. S'il te plaît, achète des médicaments. Du paracétamol pour bébés. Pour faire baisser la fièvre.

Il avance la lèvre inférieure, regarde Huong, puis prend son manteau et tire les clefs de sa Land Rover de la boîte à clefs près de la porte d'entrée.

— Prépare la tourte pour 17 heures. Me fais pas trop cuire les œufs, j'aime bien quand le jaune il coule. Va-t'en.

Je regarde s'éloigner sa Land Rover, les feux arrière s'estomper peu à peu, se transformer en des têtes d'épingle rouge sang comme celles que j'ai laissées sur la hanche de Huong ce matin.

Les verrous.

Je regarde celui du haut, puis je jette un coup d'œil par la porte d'entrée. Je touche le verrou, puis je retire ma main. Et s'il avait oublié quelque chose ? S'il revenait ? Huong est endormie dans mes bras, pâle, moite. Je tire sur le verrou. Je déglutis, puis je pousse très fort. La porte bouge dans son chambranle. Je me retourne, il n'est pas là. Les deux biberons sont pleins et chauds, prêts pour notre départ. J'ai un demi-cachet pour cheval en réserve pour lutter contre la douleur. Il ne revient pas, le chemin est désert. Je m'attaque au verrou du bas. Il est bloqué. Je me retourne. Toujours rien. Pas de danger. La voie est libre. Huong siffle dans mes bras, je déplace mon pied et la lanière de ma sandale taille 46, la lanière de sa sandale à lui, s'accroche au montant de la porte. Mon pied abîmé est entraîné dans le mauvais sens, mon visage se tord, déformé par la douleur.

Je me mords la langue, les dents pointues de devant appuient, et j'ai du sang dans la bouche. Quelque chose d'autre à sentir. Je tire le verrou du bas, la porte s'ouvre, l'air froid et humide me percute et percute Huong. Ça sent le vieux chou, en bas. La viande pourrie.

— Cynth ? Vous venez ? Il est parti.

Il n'y a rien. Personne.

— Cynth, s'il vous plaît. Dépêchez-vous, il est parti en ville, nous n'avons pas beaucoup de temps.

Rien. Personne.

Je ne peux pas descendre l'échelle raide qui mène au sous-sol. Je n'arriverais jamais à remonter.

Je crie :

— Cynth !

Quelque chose bouge. Je discerne une ombre à terre, dans la cave. Mais non, ce n'est pas une ombre, c'est elle. Qui rampe. Elle est noire de crasse, ses yeux sont rouges, à vif.

Je hurle :

— Venez ! (Huong est brûlante dans mes bras, la sueur de son crâne inonde ma manche.) Dépêchez-vous !

Elle se traîne jusqu'au barreau le plus bas et grimpe. Chaque pas l'accable un peu plus. Lorsqu'elle arrive en haut de l'échelle, je tente de l'aider à se mettre debout, tout en tenant Huong. Elle est voûtée comme un bossu, la tête collée à la poitrine. Elle porte son jodhpur, mais il n'est plus beige comme la dernière fois que je l'ai vue, il est marron maintenant. Marron foncé. Ses cheveux roux sont noirs de boue et emmêlés ; sa peau, à la fois transparente et crasseuse.

— Nous devons partir.

— Où est-il ? demande-t-elle d'une voix tremblante.

— En ville.

Elle fait le signe de croix.

— Mais il rentrera bientôt. Nous devons nous mettre en marche.

Elle sort dans la cour. Sa taille a diminué de moitié. Elle est aussi famélique qu'un oiseau, ses vêtements pendent sur ses os. Elle sent tellement fort que mes paupières se contractent. Et pourtant je lui dois tout.

— Il faut que je mange, dit-elle.

— Plus tard.

— Le lait.

J'ai deux biberons pleins dans la poche de mon tablier. Ils sont pour Huong, pour personne d'autre. Mais je lui en tends un à contrecœur, elle dévisse le couvercle, en boit la moitié puis vomit aussitôt.

— Non ! Pas si vite.

Elle sirote le biberon, puis revisse la tétine et nous partons vers la route. Il y a d'autres routes à l'horizon, à gauche et à droite, mais elles sont trop loin. Nous devons remonter le chemin et dépasser la barrière fermée.

Elle regarde ma cheville et passe mon bras autour de son cou. Nous boitillons ensemble, ma cheville droite tordue traînant à terre, Huong enveloppée dans toutes les couvertures, serrée sous mon bras.

— Dieu vous bénisse, dit Cynth. Vous m'avez sauvée.

Je ne réponds rien. Nous avançons à une vitesse raisonnable, je m'appuie sur elle, ça fonctionne assez bien. Elle est faible, je sens son épaule pointue s'enfoncer dans mon aisselle, mais elle ne se plaint pas.

L'air est d'un froid mordant.

— Ma maison est à une vingtaine de kilomètres, dit-elle en haletant, crachant à terre. Pendant tout ce temps, ma maison était tout près. (Elle regarde dans le lointain.) Je la vois presque.

— Qu'est-ce que c'est ?

Il y a des lumières devant, de minces têtes d'épingle blanches.

— C'est une voiture, peut-être des secours, dit Cynth. Des gens partis à ma recherche.

— C'est lui, dis-je en me retournant. Vite. Il faut y aller. Courons.

Nous boitillons plus vite, pas la peine de conserver de l'énergie. Nous courons. Nous revenons à la ferme, je la pousse à l'intérieur, je regarde derrière moi et il est déjà à la barrière fermée, à mi-chemin. Nous a-t-il vues ? De là-bas, a-t-il pu la voir avec moi ?

Je la pousse vers la porte de la cave.

— Non, implore-t-elle, les mains fixées au chambranle. Laissez-moi lui parler.

— Nous réessayerons demain.

— Non. Je ne peux pas retourner là-dedans.

Je regarde par la fenêtre, il est là, à cinq mètres. Je la pousse, mais elle est si faible qu'elle n'offre aucune résistance. Je ferme la porte, je pousse le verrou du haut, elle sanglote de l'autre côté, puis je pousse le verrou du bas et il entre dans la maison.

- 24 -

Peut-il sentir comme mon cœur bat vite, comme il cogne contre mes côtes ? Sait-il que nous avons quitté cet endroit ?

Je suis en retard pour son dîner, je ne prévoyais pas que j'aurais à le préparer. Une tourte au poulet. J'en bâcle une, un truc moche qui ressemble vaguement à une tourte, dans le moule de sa mère, je la jette dans le four, j'allume la cuisinière avec des branches de saule, j'ouvre les aérations pour que ce repas cuise plus vite.

Il entre et enlève son manteau. Il n'est pas descendu à la cave depuis que… Je ne peux même pas le dire dans ma tête. C'est trop désespérant, nous étions à deux doigts de réussir, mais le sort cruel ne l'a pas voulu : Cynth est à nouveau au sous-sol, Huong et moi encore ici, et je lui fais bouillir des pommes de terre dans la casserole de sa mère sur la plaque chauffante.

— Ça sent bon, dit-il en humant l'air. Je me lave les mains et j'arrive.

Il va dans la salle de bains.

Pas les bandes, ne visionne pas les bandes. Non. S'il te plaît, tout sauf ça.

— Je vais juste regarder les bandes.

Il s'assied et allume l'ordinateur. L'engin bourdonne et émet un bip. L'écran s'éclaire. Alors, ça y est ? Comment va-t-il nous tuer ? Dans quel ordre ?

Je prends Huong sur le canapé recouvert de plastique, elle a l'air terrorisée, comme si elle savait exactement ce qui va se passer. Elle fait la moue. Elle est bouillante, écarlate, ses yeux nerveux ne se concentrent pas sur mon visage, ils parcourent toute la pièce.

Avec le tisonnier ? Avec un couteau ? J'y ai déjà pensé cent fois. Mille fois. Je ne peux pas me battre contre lui ; il est trop fort, trop lourd. Ce serait aussi vain que de lutter contre un raz-de-marée ou une falaise. Mon image occupe tout l'écran de l'ordinateur. Avec Huong. Aux toilettes, au lit, préparant son thé dans son mug préféré. Je m'approche de l'évier de la cuisine. « Il y a une guêpe », dis-je. Il n'y a pas de guêpe. Je pousse la fenêtre mais je laisse le loquet du bas fermé, je pousse, puis je serre le poing et je donne un coup dans le bas de la vitre, comme si c'était le front de Lenn.

Le bruit du verre brisé fait sursauter Huong.

— Putain, c'est quoi ? dit-il en se levant. (Ma main est constellée d'éclats de verre, le sang ruisselle sur l'évier en émail blanc, l'évier que je récure tous les jours depuis sept ans.) Qu'est-ce que tu fous, connasse ?

Huong a de minuscules éclats de verre sur le visage. Des triangles. Certains équilatéraux, d'autres isocèles. Je me rappelle les figures géométriques apprises à l'école. Je contemple sa peau parfaite, ses yeux, et je me rappelle les angles intérieurs. Sur l'ordinateur, les bandes continuent à défiler et, quand il sort dans le jardin pour faire tomber le verre resté en place, les fragments accrochés au mastic, je me vois sur l'écran quitter la maison avec Cynth et Huong. Lenn frappe contre les bouts de verre avec sa main protégée par sa manche.

— Je ferais mieux de prendre mes outils dans la cabane pour clouer une planche à la place, pendant que tu nettoies par terre. Et va pas me saloper ma tourte.

Un sursis.

Il s'éloigne, je m'interpose entre l'ordinateur et lui. Dès qu'il a le dos tourné, je contemple la pièce vide et je l'entends ouvrir sa cabane à outils. Sur l'écran, je me vois pousser Cynth dans la cave et je le vois revenir. Je laisse les bandes défiler. Dans le four, la tourte sent comme si elle était presque prête.

Après le dîner, nous regardons la télévision avec la porte du poêle ouverte, un morceau de contreplaqué cloué par-dessus les huisseries de la fenêtre. La pièce a perdu quelques degrés de chaleur, le temps que Lenn fixe le panneau pour boucher le trou, et elle a du mal à les regagner. Je lui demande :

— Tu as renoncé à faire les courses ?

Il a la main sur ma tête. Il est totalement serein pendant cette comédie grotesque, cette parodie d'heureuse soirée en famille, moi par terre, lui dans son fauteuil, la télécommande en équilibre sur son accoudoir.

— Ouais, répond-il.

Je berce Huong pour l'endormir et je ne dis rien. Je sais qu'il m'a mise à l'épreuve par ce retour rapide, ces courses avortées, pour me tenir en alerte, sans intimité ni certitude, rien qui m'appartienne.

— J'irai peut-être demain, dit-il tandis que ses doigts glissent dans mes cheveux, sur mon crâne, comme cinq gros serpents qui se faufilent à travers les hautes herbes. Je rapporterai des cachets pour la petite Janey, et puis je rachèterai du lait en poudre, t'inquiète pas, ma grande.

Ses doigts partent sur le côté, comme pour arracher mes cheveux à leurs follicules, la peau de mon crâne s'étire pour rencontrer ses mains. C'est inconfortable. Je ne dis rien, je reste simplement assise en essayant de faire que ma fille reste calme pendant que cet homme, cet étranger, entortille mes cheveux au bout de ses doigts.

Il nourrit les cochons. Huong et moi montons nous coucher dans la petite chambre du fond, et je m'inquiète pour Cynth replongée dans l'obscurité glacée de la cave, à nouveau pliée en deux, cette liberté qui lui a été reprise alors qu'elle venait de la saisir.

Huong tousse et siffle. Elle passe une mauvaise nuit. Je la nourris, je la berce, je l'apaise, je lui raconte qu'un jour elle sera dans un cercle, un cercle de famille, d'amis et de voisins, et qu'elle ne toussera plus. Elle n'aura ni froid, ni peur, ni faim, elle n'aura pas besoin de veiller sur sa mère parce que j'irai très bien.

Le lendemain matin, il prend ses outils pour aller tailler d'autres rejets de saule.

C'est une journée ensoleillée : dans le ciel bleu, les traînées blanches des avions dessinent le jeu de morpion de Dieu. Je nourris Huong et je me nourris. Elle est encore brûlante. Encore moins réactive que d'habitude. Surveillée par la caméra fixée dans un coin, je fais chauffer du sucre avec un peu d'eau dans la casserole de la mère de Lenn, je verse le tout dans un biberon propre et je m'approche de Huong sur le canapé. Dos à la caméra, je frappe le sol, puis je prends mon enfant. Un grattement en dessous de moi. Un grattement faible. Je trouve la faille entre les planches, un écart large comme une feuille de papier, peut-être comme un morceau de carton, je fais semblant de nourrir Huong, la tétine tombe du biberon et l'eau chaude sucrée se répand sur le plancher. Une partie s'écoule à travers la fente. L'essentiel forme une flaque que je dois pousser avec la main.

— Maman est maladroite, dis-je, comme si je parlais à Huong. Maman n'est pas douée.

Le liquide arrive jusqu'à Cynth, je crois. Un biberon entier d'eau sucrée. Ça pourrait la rendre malade. Elle pourrait ne rien en absorber du tout. Aucun bruit ne vient de la cave, rien. Ni déglutition, ni succion, ni grattement. Tout le liquide sucré a disparu. Tout est passé à travers le sol.

— Dieu vous bénisse, dit-elle. Je suis prête, maintenant.

— Attendez.

Quand Lenn revient, je lui donne son sandwich au jambon en tranches et au fromage prédécoupé, et son sachet de chips salées.

— Je pars faire trois courses, mais si y a des embouteillages près du pont, je reviens tout de suite et j'irai demain.

Il me regarde.

— OK, dis-je.

Je ne dois pas insister, je ne dois pas.

J'ai deux biberons prêts, chauds. Les couvertures sont glissées sous le canapé. J'ai les restes de mes sandwichs, pas assez pour qu'il s'en rende compte, mais assez pour aider Cynth. Ils sont sucrés aussi. Elle aura besoin d'énergie si nous voulons marcher jusqu'à la route, et c'est le meilleur moyen auquel j'ai pu penser.

Il enfile son manteau.

Il met une de ses chaussures. Puis l'autre. Il noue les lacets.

— Comment ça s'appelle, le truc que t'as dit, pour la petite Jane ? Pour sa fièvre.

— Du paracétamol.

— On verra.

Il ouvre la boîte à clefs, prend les clefs de sa Land Rover, referme la boîte, lance un coup d'œil dans ma direction et sort.

Mon cœur bat fort, celui de Huong aussi. C'est comme si elle savait. Ou bien c'est sa maladie qui s'aggrave. Nous nous tenons devant la cuisinière. Son corps est trop mou. Elle est froide à présent et je voudrais qu'elle se réchauffe autant que possible avant que nous partions, qu'elle se remplisse. Lenn arrive à la barrière à mi-chemin. Mes oreilles sifflent à l'idée de ce que nous allons faire. Il démarre le moteur, de la fumée grise sort du pot d'échappement et se fige en nappes de brume près du sol. Il allume ses phares. Il rejoint la route.

Je boitille jusqu'à la porte de la cave aussi vite que je peux et je la déverrouille. Cynth attend, les yeux luisant dans les ténèbres.

— Merci, dit-elle en grimpant l'échelle.

— Tenez-la-moi une seconde, dis-je en lui confiant Huong.

J'ai l'impression de faire quelque chose de mal en lâchant ma fille. Huong crie et se débat. Je passe une main sous le canapé et j'attrape les couvertures, puis je glisse les deux biberons dans mon tablier.

Cynth a les joues un peu plus rouges et elle s'est frottée avec quelque chose, de l'eau ou de la salive ; elle paraît plus propre cette fois. Elle porte Huong jusqu'à la cuisinière, lui parle, frotte une allumette – la boîte est presque vide – et tente de l'apaiser avec la flamme, mais ma fille refuse de se calmer.

Je prends Huong et nous sortons dans l'air froid de novembre.

— Non, dit Cynth en désignant le chemin menant à la barrière fermée. Ça ne marchera pas.

- 25 -

Je tire sur la manche de Cynth.

— Nous devons y aller. Je ne sais pas combien de temps il sera absent, nous devons partir maintenant.

Elle se dégage et se dirige vers l'angle de la maison, le dos cassé. Crasseuse. Elle scrute l'horizon tandis que je la suis, berçant Huong dans mes bras.

— Nous devons partir…

Elle me coupe la parole, pointant le doigt dans la direction opposée au chemin et à la barrière.

— Il y a une route régionale de ce côté-là. Moins de circulation, mais nous y serons moins en danger.

Je sautille jusqu'à elle. Je regarde le néant qu'elle désigne. L'immensité. La distance ininterrompue. L'espoir est de l'autre côté : la nourriture, la supérette, le village et toutes les voitures que j'ai pu voir viennent de l'autre côté. J'ai rêvé de m'enfuir dans l'autre direction. C'est là qu'est la sortie.

— C'est trop loin. Cynth, cette route-là est beaucoup trop loin, les camions sont plus petits que sur la route principale, je n'y arriverai pas.

Elle se retourne vers la barrière fermée à mi-chemin et la cour. Elle regarde ma cheville.

— Si nous partons par là, il nous interceptera, dit-elle. Ou bien il nous trouvera sur le bord de la route en revenant. Nous devrions aller vers la porcherie. Elle est à peu près au milieu du trajet, nous pourrons y faire une pause. S'il revient des courses et que nous sommes déjà là-bas, cela nous laisse encore une chance. Il ne saura pas que nous sommes à cet endroit-là, il ne s'y attendra pas. Il remontera le chemin comme d'habitude, c'est là qu'il nous cherchera.

Elle frissonne tout en m'expliquant cela. Ses joues sont creuses, ses cheveux roux, ses cheveux emmêlés et graisseux luisent dans la lumière claire de l'hiver.

— Si nous arrivons jusque-là, jusqu'à la porcherie, et qu'il rentre, poursuit-elle, alors vous pourrez peut-être vous cacher, vous et le bébé, et je courrai en direction de la route, j'obtiendrai de l'aide, j'arrêterai une voiture. J'appellerai la police. Il pensera que nous sommes parties de l'autre côté. C'est notre meilleure chance.

Je regarde vers l'espoir, vers la route par laquelle je suis arrivée, puis je me tourne vers la plaine sans fin qu'elle contemple. C'est là que Cynth voit l'espoir. Moi, je vois les champs infinis qu'il a semés et cultivés, en pente vers la mer ; rien de bon de ce côté, la seule chose qui vient de là, c'est le vent et la pluie.

— Vous êtes sûre ?

Elle hoche la tête, passe son bras autour de moi pour me soutenir, et je peux soulager ma cheville tordue.

— Allons-y, dit-elle.

Nous marchons sur le gravier, en évitant de laisser des empreintes. Nous passons à côté de l'anguille morte, en putréfaction, son squelette semblable à un fossile préhistorique, nous passons devant le tas de cendres, dernière demeure de mes objets personnels, puis nous longeons le champ le plus proche. Il n'y a plus que des chaumes, vestiges du blé, et ils craquent sous les sandales taille 46. Nous marchons depuis dix minutes et mes pieds sont déjà gelés, mais cela atténue la douleur, cela m'insensibilise. À chaque pas, j'ai l'impression de marcher sur des pailles dressées, comme celles que nous utilisions au Viêtnam pour les boissons sucrées. L'épaule de Cynth pointe dans mon aisselle, nous titubons, nous essayons de garder le rythme, de continuer à avancer. Huong ne fait pas un bruit. Soit elle comprend ce que nous faisons, soit elle est encore plus malade que je ne le craignais.

Au bout du premier champ, nous traversons un petit fossé, nous franchissons une clôture et arrivons dans le champ suivant, plus grand. Labouré. Parmi les mottes de terre gelées et scintillantes, fixées dans le temps et l'espace, nous manquons tomber toutes les deux ou trois enjambées. Nous restons au bord du champ mais Lenn l'a labouré jusqu'au fossé.

Elle a les poignets couverts d'égratignures ou d'entailles.

Je regarde la ferme. Je ne l'ai jamais vue d'aussi loin. La salle de bains ajoutée ressemble à ma cheville : difforme, de travers, grossièrement rattachée sur le côté.

— Continuez à marcher, dit Cynth. Continuez. Vous vous débrouillez vraiment bien.

Mais c'est elle qui se débrouille bien. C'est un squelette plié en deux qui hante ces champs de novembre, les yeux rougis par la lumière, sa carcasse tordue si fragile comparée à la mienne.

Je lui donne un bonbon tiré de ma poche, un des trois que j'ai détachés des murs ce matin. Elle se jette dessus, j'entends la friandise cliqueter autour de ses dents jaunes, et j'ai l'impression que nous marchons plus vite pendant un moment.

Deux faisans, mâle et femelle, un couple, s'envolent d'une haie basse et se posent au milieu du champ. Du côté de la ferme, vers le trait de crayon dessiné par la fumée des branches de saule qui monte de la cuisinière. Les oiseaux vont dans la mauvaise direction.

Huong bouge dans mon manteau, le manteau de la mère de Lenn. Puis elle crie. Je m'arrête, Cynth s'arrête, je tente de réconforter mon enfant, de la bercer, de lui parler. Je lui dis que tout va bien et qu'elle doit rester forte. Mais elle gémit, puis se remet à aboyer. Sa respiration siffle. Je sors de ma poche le biberon, maintenant tiède, et je lui accorde une tétée d'une minute. Cynth a l'air anxieuse, elle scrute l'horizon, aux aguets, elle fixe le chemin et la barrière fermée. Je retire la tétine, Huong en réclame davantage. Je lui dis : « Plus tard, tu en auras plus », et elle crie d'autant plus. Je la serre contre ma poitrine, je la fais taire et nous repartons.

Je pose une question, plus à moi-même qu'à Cynth :

— C'est trop loin ?

— Non, nous sommes presque à mi-chemin de la porcherie. Le pire est derrière nous. Continuons à ce rythme.

Mon haleine forme des nuages dans l'air. Nous entrons dans un autre champ, des graines saupoudrées sur la terre. Dans les ornières creusées par les pneus du tracteur, les mauvaises herbes flétries créent une mosaïque de traces superficielles. Il y a une zone humide que nous essayons de contourner, mais mes sandales se couvrent de boue et tout à coup chaque pas devient une épreuve. J'ai beau racler ma sandale sur le sol, la boue s'accroche et mon pied valide pèse presque aussi lourd que l'estropié.

George, Lennie et une souris. Thanh, Cynth et un ange âgé de deux mois.

Il y a un monticule dans ce champ, qui s'élève peut-être à un mètre au-dessus du niveau général des terres, peut-être à deux mètres au-dessus du niveau de la mer. Arrivées au sommet, nous franchissons une haie et nous voyons la digue. Cynth ne dit rien, je ne dis rien, nous continuons à marcher. Mais nous en examinons toutes deux la longueur, à la recherche d'un endroit où la franchir, d'un pont ou d'un gué. Il n'y en a pas. Pas d'accessible, en tout cas. Les deux que j'aperçois sont à des kilomètres, peut-être à six kilomètres de chaque côté.

— Comment allons-nous…

— On va y arriver, dit-elle.

— Vous pouvez nager ?

— Et vous ? Ça ne doit pas être profond. On va traverser à pied.

Je me retourne. La ferme est désormais minuscule, une ligne pâle de fumée grise monte de la cheminée, verticalement pendant un certain temps, puis en diagonale, dans les nuages et vers l'immense ciel ouvert. Elle est trop loin pour reculer. Nous voilà arrivées, avec mes sandales alourdies par la boue et Huong furieuse contre ma poitrine, au point où nous sommes bloquées entre deux enfers.

— On peut s'arrêter cinq minutes ? Il faut que je la nourrisse. J'ai un sandwich pour vous.

Cynth halète. Je ne sais pas comment elle tient, comment elle trouve la force de faire ça après les mois qu'elle a passés pliée en deux à la cave. Ses coudes sont tranchants comme des rasoirs et je vois son crâne nu là où ses cheveux roux sont tombés ou ont été arrachés par touffes.

— Il faut atteindre la porcherie, dit-elle. Si nous nous arrêtons maintenant, nous n'y arriverons pas, on doit attendre d'être là-bas. Donnez-moi le sandwich. Essayez de la nourrir tout en marchant.

Je lui tends le sandwich au fromage prédécoupé et au jambon en tranches, je prends un bonbon pour moi et j'essaye de nourrir Huong. C'est un combat. À chaque pas que nous faisons, farce pathétique, course à trois jambes sans aucun autre concurrent, à la surface de quelque planète hostile, le biberon glisse de sa bouche et je manque de tomber. Elle a constamment le nez qui coule et elle respire mal. Ma mauvaise cheville est couverte de boue, les os s'y entrechoquent. Je n'ai plus de comprimés pour cheval. Aucun.

Je me prépare à affronter l'eau. La glace ? Comment traverse-t-on un fossé avec un bébé et une cheville tordue, broyée, en novembre, chaussée de sandales pour homme taille 46 ? Comment ?

Huong réussit à boire tout le biberon puis s'endort, bercée par nos interminables pas et faux pas qui la plongent dans une paisible somnolence, le sommeil de la liberté, de l'espoir, de la famille et de la joie. Des rêves.

Mais ce pourrait être un sommeil trop profond. Cela se pourrait. J'ai envie de la réveiller. De m'assurer qu'elle est en vie. Cynth a fini son sandwich et nous marchons désormais plus vite, nous nous rapprochons de la porcherie, la largeur du fossé semble augmenter. Un lièvre surgit d'une haie basse et file à travers ce champ en friche comme s'il pouvait courir trois fois plus vite s'il le souhaitait. De quoi avons-nous l'air ? Nous nous traînons toutes les trois, chacune aidant l'autre, à travers la boue, longeant ces immenses champs informes, ses champs à lui, et ce lièvre qui vient de décider de partir et qui est parti. De quoi avons-nous l'air ?

Cynth trébuche sur une motte de terre dure et m'entraîne dans sa chute. Je vois la porcherie basculer. Nos jambes s'emmêlent, j'atterris sur ma cheville droite et rien ne craque, mais l'articulation se plie sous moi comme de la gelée de porc. Quand je me redresse, les esquilles s'entrechoquent à l'intérieur de l'articulation, si tant est qu'on puisse l'appeler ainsi, la douleur augmente d'un seul coup et je rejette la tête en arrière. Plissant les yeux, grimaçant, je sens que Huong se réveille. La torture. Je ne peux pas continuer. Je suis brisée.

— Je suis désolée, dit Cynth. C'est ma faute, je suis désolée.

Je suis hors d'état de parler. Je me concentre pour ne pas perdre connaissance, je m'accroche pour rester consciente. Je serre les dents, les narines dilatées, je n'ai pas de larmes à offrir à ce nouveau tourment.

Un avion passe au-dessus de nous. Je lève les yeux et je le regarde traverser silencieusement un nuage pour ressortir à l'autre bout. Calme et régulier. Rempli de gens menant leur vie normale. Je dois me rappeler cela : il y a là-haut, dans cet avion, des gens qui vont d'un endroit à un autre, sans doute des centaines de gens, et je pourrais un jour être parmi eux.

Nous avançons tant bien que mal.

La porcherie se trouve encore à des kilomètres ; dans ce paysage trompeur, les champs plats sont une malédiction, un jeu cruel. Mais nous arrivons au bord du fossé. L'eau est immobile. Il est de taille moyenne, je dirais, cinq mètres de large, peut-être quatre.

Les nuages se reflètent dans l'eau stagnante du fossé, je contemple mes sandales humides et incrustées de boue, et je prie l'horizon pour qu'il nous accorde de traverser ce truc saines et sauves.

- 26 -

Cynth m'aide à descendre le talus.

De part et d'autre de l'eau d'un noir argenté, l'herbe est morte. Jaune comme la bile. Nous dégringolons jusqu'au bord de l'eau, moi sur le postérieur pour le dernier mètre. Je serre Huong si fort qu'elle hurle, je la porte à mon visage, l'eau à quelques centimètres de mes sandales boueuses, et je l'embrasse.

— Nous quittons cet endroit. Nous partons, mon amour, et je veillerai sur nous deux.

Cynth jette dans l'eau une tige de blé sèche pour évaluer la profondeur, mais elle n'est pas assez dure, elle flotte à la surface. Cynth observe l'eau.

— Pas profond, dit-elle. (Elle écarte ses cheveux crasseux de son visage, ses doigts laissent des traces dans la saleté près de ses oreilles. Elle se tourne vers moi.) Pas trop profond, je pense.

La digue est aussi droite que la bande magnétique au verso d'une carte de crédit. Et aussi brillante. On ne voit pas au-delà du pont, qui est désormais notre horizon, mais je sais qu'elle se prolonge sur bien des kilomètres, vers la mer.

— Si je tombe…

— Vous ne tomberez pas, dit Cynth.

Je plonge une main dans l'eau, la secoue, le reflet du ciel se brouille, se tord et coule vers le fond.

L'eau est glaciale. Si immobile qu'on dirait du métal liquide plutôt que de l'eau. Aucun insecte ne bourdonne à sa surface comme il y en a l'été. Aucun être vivant.

Nous y entrons.

Bras dessus, bras dessous, hésitantes, nous avançons dans l'eau glacée.

Le fond est proche, mais meuble. Trompeur. Je fais un pas et perds ma sandale taille 46, je tombe dans l'eau en me retournant, Huong tenue à bout de bras au-dessus de ma tête.

— Prenez-la, dis-je, à bout de souffle, en recrachant l'eau sale.

Cynth me relève et prend Huong qui hurle maintenant.

— Je ne la retrouve pas, elle a disparu.

— Votre sandale ?

— Elle a disparu.

Je tâche de reprendre ma respiration, je claque des dents.

Cynth me rend Huong et je reste là, mon pied estropié posé dans la vase, le poids qui repose dessus me fait souffrir le martyre, mes molaires s'écrasent les unes contre les autres.

Elle tâte le fond avec ses pieds, frissonnant comme une abominable créature des marais.

Elle secoue la tête.

Nous pataugeons ensemble, elle soutenant mon poids, moi serrant Huong au creux de mon bras, et nous avançons à travers ce fossé bas et puant, avec de l'eau presque jusqu'aux hanches.

Le froid est indicible.

— Continuez comme ça, dit Cynth. On avance bien.

Je la regarde et je me concentre pour ne pas perdre pied. Elle frissonne encore. Des mèches de ses cheveux gras se sont déplacées et révèlent d'autres zones dénudées sur son crâne. Pauvre Cynth. Ma chaussette est pleine de boue. Je sens l'humidité jusque sur ma poitrine. Glacée. Huong frissonne mais je la serre contre moi et je souffle sur sa nuque pour la réchauffer. Nous sortons enfin de l'eau et nous nous asseyons sur le talus. Je n'ai plus qu'une sandale, des herbes sont enroulées autour des chevilles de Cynth.

— Les anguilles, me dit-elle en reprenant son souffle. (Elle frémit, essore son pantalon.) Vous les avez senties ?

Je secoue la tête. Quel trou lamentable est cette plaine ? Pourquoi a-t-elle été un jour reconquise sur l'océan ?

Nous nous entraidons pour gravir la pente, plus raide de ce côté-ci, plus haute. Puis nous tournons les yeux vers la ferme, comme un soldat d'autrefois aurait risqué un regard hors de sa tranchée, de son trou. Rien. La fumée ne s'élève plus au-dessus de la cheminée, et la Land Rover n'est pas à la barrière à mi-chemin. Lenn n'est pas encore rentré.

— Encore une demi-heure et nous serons à la porcherie, dit Cynth. On pourra s'arrêter, vous pourrez la nourrir, rapidement, et après nous serons sur la route. On y arrive.

Elle fait le signe de croix.

Nous repartons, mais je ne peux m'empêcher de frissonner. J'oublie tout. Je suis fatiguée. Le vent plaque contre mes jambes mon tablier gelé et Huong est aussi lourde qu'une enfant de six ans. Cynth est guidée par une force invisible, une force qui la pousse, qui la tire, qui l'aide. Ou bien ce sont seulement les choses qu'elle a vues dans cette cave, le souvenir des pitoyables gentillesses que Lenn m'a accordées et auxquelles elle n'a jamais eu droit.

Le champ est rempli de cailloux. Je sens chaque pas sous la plante de mon pied déchaussé, comme un animal forcé d'avancer sur un terrain accidenté. Les éclats de silex, les mottes de terre durcie percent mon corps, mon unique pied valide, l'unique jambe dont je dépends pour me porter et pour porter ma fille loin de cette existence au milieu des marais.

Mais nous progressons. La porcherie grandit à l'horizon, et j'aperçois maintenant les camions sur la petite route dont parlait Cynth, les camions blancs au moins, et les tracteurs. Je n'ai pas encore vu de bus, mais en ce jour j'accepterais l'aide d'une bicyclette, d'un piéton.

Huong frissonne.

Elle frissonne contre ma poitrine et son visage devient bleu. A-t-elle été mouillée dans le fossé ? Ou bien est-ce à cause de sa lourde couche en tissu, le fluide contre sa peau parfaite qui gèle minute après minute ? Je souffle sur elle. Je voudrais faire passer dans sa peau, dans son sang, la chaleur qu'il y a en moi. Je voudrais que ce transfert soit rapide. Ma chaleur en elle. Quand nous franchissons la clôture suivante, je me penche pour attraper son biberon, son lait, et il est froid au toucher. Comment la protéger contre ce vent ?

Après être passées par-dessus la clôture, Cynth me tire en avant mais je la tire en arrière.

— Attendez. Elle est trop froide.

Cynth me regarde, puis regarde Huong, et je vois l'inquiétude dans ses yeux rougis. Elle vient vers moi, ouvre sa polaire et se colle à moi. Ensemble, comme les deux parties d'une coquille d'huître, nous protégeons Huong contre les vents des marais. Elle lui souffle sur le visage, je lui souffle sur la nuque, je lui frotte le dos, puis Cynth lui frictionne les jambes à l'intérieur de sa couverture. Je sens une chaleur nouvelle dont la source n'est rien d'autre que la volonté de deux femmes : deux étrangères, deux amies, unissant leur chaleur en une sorte de famille, au milieu des champs.

Huong est satisfaite. Elle est plus calme et Cynth paraît moins inquiète, nous repartons alors vers la porcherie, regardant par-dessus notre épaule tous les deux ou trois pas, en direction de la ferme et du chemin. La fumée de la cheminée est devenue presque invisible. Il n'est pas encore rentré. Mais il rentrera.

Mon pied valide est empêtré dans la boue et mon pied estropié semble inexistant.

Nous longeons un champ de colza. Dans les mois qui ont précédé la naissance de Huong, il était d'un jaune éclatant. Cynth commence à faiblir. C'est comme si elle avait offert à ma fille tout ce qu'il restait de chaleur en elle. Elle l'a sacrifiée sans réfléchir et maintenant cette chaleur est à Huong, et Cynth est trop froide pour avancer.

Nous avançons pourtant. Il y a des fragments de pierre et mon pied valide n'en peut plus, je m'arrête et je décide de retirer la sandale de mon pied estropié pour en chausser mon pied droit. Cynth m'aide. Elle détache la lanière et je me mords la main. Je mords profondément. Elle ôte la sandale, je me gratte le front avec les ongles, les sensations reviennent dans cette cheville, elles sont indésirables et elles reviennent. Cynth essaye de glisser dans la sandale mon pied valide, boule de boue noire et de semences de blé non écloses, mais elle n'y arrive pas. Tout ça pour rien. Elle remet la sandale sur mon pied difforme et resserre doucement la lanière. La douleur est telle que je perds la vue pendant un instant.

La porcherie est juste là. Des murs en parpaing, un toit en tôle ondulée, des sacs d'aliments pour cochons et des détritus traînent ici et là. Elle est moins grande que je prévoyais. C'est le premier bâtiment nouveau que je verrai depuis sept ans. Le premier que Huong verra. Je repense à la ferme, au poêle dans lequel chacun de mes objets personnels a été brûlé.

— On va entrer, dit Cynth. Vous la nourrirez rapidement, à l'abri du vent, et moi, je monterai la garde. Il faudra faire vite. Après, nous partirons vers la route. La porcherie sera entre la maison et nous, elle nous dissimulera.

Je hoche la tête. Nous nous remettons en marche. Ces champs sont trop vastes, trop inhumains, c'est une épreuve sans fin pour nous trois, une éternité infernale dans laquelle nous devons continuer à patauger.

Nous marchons sur de vieux sacs d'aliments pour cochons et nous atteignons le mur de la porcherie, l'épais mur en parpaing qui fait face à la ferme. Nous nous détachons l'une de l'autre et je m'appuie au bâtiment. Il n'y a pas de porte de ce côté-ci, pas d'entrée.

Je tiens Huong et je lui murmure : « Bientôt, mon amour. J'aurai à manger pour toi, bientôt. » Je songe à tiédir le biberon sous mon aisselle ou à le frotter entre mes mains pour réchauffer un peu le lait, mais je le lui donnerai probablement tel quel. Elle a faim, elle a besoin de ce réconfort, de ce paisible rituel loin du froid et du vent, avec un toit au-dessus de nous deux, moi qui la regarde téter, elle qui pose la main sur mon poignet.

Il y a un enclos rouillé sur le côté de la porcherie, un espace extérieur pour les cochons. Le bâtiment dégage une forte odeur animale. Nous contournons le mur, nous regardons à l'intérieur, et il n'y a pas de cochons.

Il n'y en a aucun.

- 27 -

Cynth s'adosse à une pile de palettes, ses bottes sont couvertes de boue, et des ruisseaux de sueur ont sculpté des chemins à travers la crasse de son visage, presque comme une gravure.

Je jette un coup d'œil en direction de la ferme.

Il n'est toujours pas rentré.

J'entre dans la porcherie, le biberon de Huong sous mon aisselle. Elle s'agite dans la couverture qui la retient contre mon corps, une autre est drapée autour d'elle et le tout est protégé à l'intérieur de mon manteau, le manteau de la mère de Lenn.

Ça pue le cochon, ici ; les excréments et le sang.

La première moitié du bâtiment se compose de box vides, séparés par des parois métalliques. De la paille à terre. Des auges en acier inoxydable, vides à part quelques fientes d'oiseaux noir et blanc, des mangeoires pour porcelets avec tétines pointant vers le bas, mais sans porcelets pour y téter.

Le biberon est en train de tiédir. Il n'atteint pas la température du corps, mais il n'est plus glacé.

Cynth s'avance au-delà de la cloison en parpaing et je jette à nouveau un coup d'œil vers la ferme.

Il n'est pas rentré. Pas encore.

— Jane, dit-elle.

Je me sens moins Jane que jamais, loin de la maison, loin de la petite chambre du fond, de la cuisinière, du meuble de télévision fermé à clef et des tissus de sa mère.

Je la rejoins. Le vent siffle à travers les interstices, là où les murs en parpaing rejoignent le toit en tôle ondulée.

— Nourrissez-la là-dedans si c'est ouvert. Vous serez plus à l'abri.

Nous nous dirigeons vers la caravane.

Elle est en ruine. Est-ce avec ce véhicule qu'il partait en vacances avec sa mère ? À Skegness ? Elle est encore là ? Des planches ont été clouées sur la plupart des fenêtres, et elle repose sur des parpaings.

— Mettez votre bébé à l'abri du froid. Et du vent. Je monterai la garde.

Je ne suis pas certaine de vouloir entrer dans cette caravane. Celle de Lenn et de sa mère. Je m'en approche, les rafales hurlent à travers le toit en tôle ondulée, de rares voitures passent au loin, à quelques heures de marche encore, et l'endroit ne me paraît pas sûr. Speedy 350, est-il écrit sur le côté. Et maintenant je vois clairement que la porte de la caravane est fermée. Une chaîne la retient au sol de béton.

— Il n'y a personne, dit Cynth. Allez-y, on repart dans cinq minutes.

— Entrez avec moi.

— Il faut que quelqu'un monte la garde. Je vous installe, puis je ressortirai vous attendre, d'accord ?

— Je crois que c'est fermé.

Nous nous approchons davantage.

Il y a un petit trou dans le coin inférieur droit de la porte, un triangle a été découpé. La chaîne reliée au sol en béton de cette porcherie sans porc passe à travers le trou.

Nous nous regardons et je hisse Huong contre mon cou.

Pas un bruit. Pas un mouvement. Il n'y a rien.

— Nourrissez-la. Aussi rapidement que vous pourrez. On doit repartir vite. Il va revenir.

Je tends la main vers la porte en fibre de verre et je baisse la poignée. Elle n'est pas fermée. Je suis accueillie par une bouffée d'air chaud et par une odeur de renfermé.

— Ohé ! fait Cynth. Il y a quelqu'un ?

Rien.

J'entre dans la caravane, qui bouge un peu sur ses parpaings. L'intérieur paraît abandonné. Déserté. À droite, un petit coin cuisine, un évier en plastique fendu, une fenêtre couverte de papier-bulle. Un catalogue Argos ouvert à côté du robinet. À la page 217. Les tondeuses électriques.

— Il n'y a personne, dit Cynth.

Elle allume la bouilloire, qui fonctionne. Nous nous regardons.

Je l'éteins.

— Il faut faire vite, dis-je. Tout va bien. Vous pouvez monter la garde. J'en ai pour cinq minutes. Trois si elle boit vite.

Dans la chambre, il y a deux lits séparés par un étroit passage, des chiffons, une pile de draps et de couvertures sales. J'ouvre la porte de la douche. Il y a des traces de moisissure mais elle est propre. Il y a du dentifrice. Une marque ancienne que je n'ai jamais vue.

— Viens, ma petite, dis-je en m'asseyant sur l'un des deux lits.

Je tire le biberon de sous mon bras. Je le porte à sa bouche et elle le prend comme si elle n'avait pas été nourrie depuis plusieurs jours. Elle tète, une main froide contre le biberon, l'autre sur ma poitrine, son repère, sa chaleur. Puis les couvertures de l'autre lit se mettent à bouger.

Je me lève, je recule, Huong perd le biberon, elle hurle et je sautille jusqu'à la porte. La chaîne qui part du sol en béton va jusqu'au lit. Le lit qui bouge.

Je dois me cacher. M'enfuir.

Je pars vers l'endroit où la caravane est fixée au sol.

— Salut.

Je m'arrête.

Je me retourne et une femme se tient sur le seuil de la caravane de Lenn. Je plisse les yeux, mais je connais déjà cette voix. Je manque de laisser tomber ma fille. Est-ce un rêve ? Est-ce une vision causée par les comprimés pour cheval ? Suis-je morte ?

— Tu es venue, dit-elle.

- 28 -

Je suis plus froide qu'auparavant, froide jusqu'aux os, et Huong se tait.

La femme est debout, les bras tendus, la chaîne fixée à sa cheville par une sorte d'horrible bracelet, des larmes roulent sur ses joues.

— Non, dis-je. Non, ça n'est pas possible. Pas toi.

— Tu es venue. Je savais que tu me trouverais.

Je me retourne, mais Cynth n'est pas là.

— Pourquoi es-tu ici ? (Je me tapote la tête.) Ça n'est pas possible.

Je m'avance vers elle. Elle descend de la caravane, baisse les yeux vers ma cheville, pousse un cri de surprise et couvre sa bouche avec ses mains.

— Thanh ?

— Kim-Ly.

Elle porte plusieurs épaisseurs de haillons et de couvertures, ses cheveux lui tombent jusqu'aux hanches, son corps n'est plus qu'un squelette.

Je tends la main.

Elle la prend, la pose contre sa joue creuse et je m'écroule. Mon front est plissé par une centaine de questions pressantes. Elle s'effondre sur moi, Huong entre nous deux. Nous fusionnons en une étreinte si intense que rien, absolument rien ne pourrait la briser. Ma paume s'enfonce dans sa joue, mon nez dans ses cheveux, sa main à l'arrière de mon crâne, son visage niché dans mon cou, près de sa petite-nièce.

— Tu es venue, répète-t-elle en sanglotant. Oh ! Dieu merci, tu es venue.

Je secoue la tête.

— Je suis ici depuis le début. (Je désigne le mur de la porcherie, dans la direction de la ferme.) Dans la maison là-bas. La maison de Leonard.

— Tu savais que j'étais ici ? Il t'avait enchaînée aussi ?

Elle baisse les yeux vers ma cheville blessée.

— Je n'en savais rien, Kim-Ly. Je ne l'ai jamais su. Ce salaud. Il m'a dit que tu avais été renvoyée il y a cinq ans, renvoyée de Manchester.

Ses larmes coulent, coulent, mais les miennes sont taries.

— Que t'a-t-il fait ? dis-je en regardant la caravane, la chaîne. Qu'a-t-il fait ?

— Il voulait que je reste ici. Il vient le soir sur son quad. Il disait que j'étais mieux ici qu'au Viêtnam. Je n'avais pas de loyer à payer, mais j'avais l'eau courante et l'électricité dans la caravane. J'ai eu une télé portable pendant trois ans, jusqu'à ce qu'elle tombe en panne. (Elle me regarde dans les yeux et je vois en elle ma mère, notre mère.) Il disait que tu travaillais dans une ferme, un élevage de poulets, loin de la côte. Il disait que tu gagnais bien ta vie, que tu remboursais ta dette. (La salive vole maintenant de sa bouche.) Ce n'était pas vrai ?

Je secoue la tête.

— J'étais ici. Et toi, tu étais là ?

Elle regarde Huong.

— C'est ton bébé ?

— Oui.

Kim-Ly sourit. Puis son sourire se fane.

— C'est sa fille à lui ?

— Non. Elle est à moi.

Elle hoche la tête et nos fronts se cognent, nous nous embrassons, nous nous accrochons l'une à l'autre et nous laissons le reste du monde tournoyer autour de nous.

— Aucun signe ! crie Cynth en venant jusqu'à la cloison. Oh ! doux Jésus, qui êtes-vous ?

Kim-Ly écarquille les yeux, dévisage Cynth, me dévisage, paniquée.

— C'est une amie, Kim-Ly, dis-je. Cynth est une amie. Elle m'aide.

— Vous vous connaissez ? demande Cynth qui s'avance vers nous.

Elle voit la chaîne fixée au sol, l'autre extrémité attachée à la cheville de Kim-Ly.

— C'est… (Mes larmes se mettent à couler. Je lui touche les cheveux.) C'est ma sœur. Ma petite sœur.

— C'est lui qui vous a fait ça ? demande Cynth en désignant la chaîne.

Kim-Ly hoche la tête.

— Nous devons partir, dit Cynth. Nous ne pouvons plus attendre. Il faut partir tout de suite. Il va revenir.

— Impossible, dis-je.

— Il rentrera bientôt, dit Cynth, les yeux en feu. Vous le savez bien. Regardez ce qu'il fait aux gens ! crie-t-elle. Regardez !

Elle pointe du doigt la cheville de Kim-Ly.

— Je vais d'abord nourrir Huong. Ensuite, nous partirons toutes ensemble.

Ma sœur me regarde, regarde Cynth, puis soulève la chaîne attachée à sa cheville.

— S'il vous plaît, nous dit-elle à toutes les deux, sa chaîne à la main. Emmenez-moi.

- 29 -

Cynth s'empare d'un parpaing et le jette sur la chaîne, à l'endroit où elle disparaît dans le sol en béton. Elle protège ses yeux des fragments qui volent jusqu'à son visage. Les épais maillons métalliques tintent à chaque impact, puis le parpaing se casse en deux.

— J'ai essayé ça, dit Kim-Ly. J'ai tout essayé.

— Je vais trouver une solution, dit Cynth.

Je la regarde sortir en courant et se tourner vers les champs plats, vers la ferme et sa cave. Elle m'adresse un regard qui signifie : il n'est pas encore rentré, mais il reviendra bientôt.

Kim-Ly, Huong et moi entrons dans la caravane. Cela sent le bacon grillé. Ma sœur regarde ma cheville.

— C'est lui ?

Je hoche la tête.

— Un monstre, dit-elle. Un démon.

— Je dois la nourrir maintenant.

Mais Huong refuse le biberon. Elle est agitée, intriguée par ce décor nouveau, ses yeux brillants concentrés sur sa tante.

— Elle te ressemble, dit Kim-Ly.

— Elle te ressemble, dis-je.

Ma sœur me donne deux petites couvertures dans lesquelles j'enveloppe Huong, dont je ne vois plus que les joues, les yeux et un peu des cheveux.

On entend des coups à l'extérieur et, par la fenêtre en plexiglas, nous voyons Cynth marteler désespérément la chaîne à coups de bêche, percuter les lourds maillons métalliques à plusieurs reprises, comme un mineur creusant le charbon sous la terre. Sa force est immense. J'ignore d'où vient cette force et comment elle réussit à continuer. Il y a des étincelles. Mais elle n'obtient aucun résultat ; elle jette la bêche et court chercher autre chose.

— Comment vont nos parents ? Ils vont bien ?

— Je ne sais pas. Kim-Ly, je suis ici depuis des années. Tout près. Là-bas.

Elle secoue la tête.

— J'ai reçu tes lettres.

Elle lève des yeux pleins d'un espoir absurde et désespéré.

— C'est vrai ?

— De Manchester, de l'onglerie.

Elle acquiesce.

— Je croyais que c'était un mauvais moment à passer. Mais ensuite, il m'a amenée ici. Dans cette caravane. Lui et ses cachets.

— Des cachets pour chevaux ?

Elle fronce les sourcils.

— De gros comprimés, difficiles à avaler ?

Elle désigne les trois cachets et demi, sur la table pliante en formica, entre les deux lits.

— Il m'en faut un par jour, maintenant, dit-elle. Il m'en apporte deux quand je suis sage. Il n'oublie pas. Je dors beaucoup, ces temps-ci, quatorze heures par jour ou davantage. (Elle me regarde.) Ces cachets me tuent, j'imagine. Mon corps ne fonctionne plus très bien, Thanh.

Je plisse les yeux et je secoue la tête. Puis je rouvre les yeux, je regarde sa cheville enchaînée et je dis :

— Nous allons t'emmener à l'hôpital.

— J'ai passé les premiers mois à crier comme ça. (Elle place les mains de part et d'autre de sa bouche.) Pour attirer les voitures, les camionnettes et les camions sur la route. Je les voyais mais ils ne me voyaient pas et ne m'entendaient pas. Trop loin. J'ai perdu la voix à force de crier. Et lui a perdu patience. Je n'avais droit aux objets – du dentifrice, une couverture, une savonnette – que si je me taisais. Mais je peux vivre sans ces choses-là, ça fait des années que je vis sans. (Elle désigne les comprimés pour cheval.) Ça, en revanche, je ne peux pas m'en passer. Je ne peux plus. Ils me tiennent davantage que lui.

Je repense aux cris des cochons. Les couinements affamés et désespérés, portés par l'air humide de la mer. C'était Kim-Ly ? Est-ce ma sœur que j'entendais, ces nuits-là ?

Dehors, Cynth continue à s'acharner sur la chaîne.

— Il y a eu des cochons ici, à une époque ?

Kim-Ly frissonne et son visage grimace.

— Jamais ?

— Si. Il y avait plein de cochons.

Dieu soit loué. C'était les cochons qui criaient. Ce n'était que les cochons.

— Il les a vendus ?

Elle me regarde et son visage se crispe en un nœud serré. Elle secoue la tête.

— Il avait une femme, tu vois.

— Jane ?

— Jane.

— Quel rapport avec les cochons ?

— Jane est morte, Thanh.

— Je sais.

Kim-Ly secoue la tête.

— Elle est morte. Je ne sais pas comment. Peut-être qu'il l'a tuée, peut-être qu'elle s'est tuée, je n'en sais rien.

J'acquiesce, tout en berçant Huong au creux de mon bras.

— Un soir, peu après mon arrivée, un soir où je criais pour alerter les voitures, il m'a raconté qu'il l'avait laissée avec les cochons.

Je reste bouche bée.

— Tu veux dire que…

Elle fait signe que oui.

— Le lendemain, il m'a dit que ce n'était qu'une plaisanterie. Pour me faire peur. Thanh, je ne sais pas ce qui est vrai dans tout ça. Il pourrait l'avoir donnée à manger aux cochons.

Je me sens près de m'évanouir. J'inspire profondément pour reprendre des forces. Ce n'est pas le moment de perdre connaissance, surtout pas.

— Le temps a passé… dit Kim-Ly en secouant la tête, les larmes aux yeux. Je n'avais rien d'autre à manger et il m'a dit que c'était un mensonge idiot. Juste une plaisanterie. Il m'a dit que les cochons mangeaient les restes, c'est tout.

Je lui tends la main, elle la prend et elle tremble.

— Je refusais de manger la viande qu'il m'apportait. (Elle déglutit et, d'un signe de tête, désigne la cuisine à l'autre bout de la caravane, le four électrique et la plaque chauffante.) Au cas où ç'aurait été vrai. Mais j'avais tellement faim, Thanh. J'en serais morte. J'étais trop faible, je perdais mes cheveux. Au premier cochon, je me suis dit qu'il n'avait mangé que des restes végétaux. C'est tout. Rien d'autre.

— C'est vrai. C'est vrai, Kim-Ly.

— Mais je n'en serai jamais certaine.

Je me mords la lèvre et je regarde mon enfant.

— J'en suis certaine. (Je mens, mais c'est pour ma sœur, pour lui offrir un peu d'apaisement, quelque chose de solide à quoi s'accrocher.) Il m'a raconté ce qui était arrivé à Jane, sa première femme. Les cochons ici ne mangeaient que des épluchures. Rien d'autre.

Elle ferme les yeux, soulagée, et me presse la main.

— Rien ne marche, dit Cynth, haletante, interrompant cette horreur, sa tête crasseuse dans l'entrebâillement de la porte en fibre de verre. Je peux vous parler ?

Je confie mon enfant à ma sœur et je rejoins Cynth à l'extérieur de la caravane, l'épaisse chaîne encore intacte entre ses mains noircies.

— Nous n'arriverons jamais à briser cette chaîne, dit Cynth entre deux halètements. Jane, nous devons nous enfuir. Votre sœur ne peut pas nous accompagner tout de suite, elle ne peut pas partir d'ici, mais nous, nous pouvons. Nous devons. Courons jusqu'à la route, avec la porcherie entre la ferme et nous, et nous trouverons de l'aide. La police. Ou un fermier. Nous reviendrons et nous l'aiderons aussitôt, je le promets.

Je regarde la route.

— Je ne peux pas abandonner ma sœur.

— Nous reviendrons la chercher tout à l'heure.

— Vous ne comprenez pas, Cynth. Elle est ici toute seule depuis des années. Seule. Ma petite sœur à moi. (Les larmes menacent, sous mes paupières.) Je ne la quitterai plus jamais. Jamais. Nous devons rester ensemble.

Cynth lève les bras au ciel.

— Nous allons mourir, dit-elle, le menton tremblant.

— La pince coupante.

— Quoi ?

Je la regarde en souriant, et ce sourire se métamorphose en grimace parce que je sens chaque centimètre parcouru dans ma cheville, dans mes hanches, dans mon dos.

— La pince coupante, dans la cabane à outils, près de la maison. On y retourne, on la rapporte ici, on libère Kim-Ly. Nous partons d'ici ensemble. Toutes les quatre.

Cynth secoue la tête.

— Vous n'arriverez jamais à retourner là-bas. Et moi non plus. Maintenant, il doit être revenu de la ville ; il doit attendre son dîner, Jane. Vous le savez bien.

— Nous devons essayer.

— Je vais aller chercher de l'aide. C'est beaucoup mieux. Je vais courir toute seule jusqu'à la route, j'appellerai à l'aide, et je reviendrai aussitôt.

Je contemple la route où il n'y a pas de voiture. Pas de camion, pas de moto, pas de tracteur, pas de bus, rien.

Je secoue la tête.

— Je ne peux pas retourner dans cette cave, dit-elle, la panique brute dans les yeux, les épaules comme sur le point de se détacher. Je ne peux pas y redescendre. Pas là-bas.

— Je vais laisser Huong avec ma sœur.

Je hoche la tête pour moi-même, puis j'entends mes propres mots, je suis abasourdie, mais en même temps pas surprise du tout. Je n'ai jamais été séparée de Huong par plus de trois mètres. Pourtant, l'idée de la confier aux soins de Kim-Ly me remplit d'espoir, pas de terreur. Je lui laisserai le biberon. Je lui montrerai comment Huong aime être bercée.

— Nous devons aller chercher la pince coupante, Cynth. Nous devons partir maintenant.

Je fonce dans la caravane. Huong et ma sœur se dévisagent. J'entends des murmures mais je ne sais pas de laquelle des deux ils viennent. Elles semblent calmes.

— Il y a des outils à la ferme, une pince coupante, lui dis-je. Cynth et moi, nous repartons la chercher et nous reviendrons tout de suite. Je dois te laisser Huong. Ça ira plus vite sans elle.

Elle approuve et serre ma fille dans ses bras.

— Merci, dit-elle.

Je me retourne, et Cynth a déjà filé.

Non.

— Cynth ! S'il vous plaît, Cynthia. Revenez !

Je boitille vers les enclos à cochons, elle n'est nulle part.

— J'ai besoin de votre aide !

Le vent siffle. Il a un goût salé.

— Je n’y arriverai pas toute seule. (Ma voix se dérobe, le bruit se prend dans ma gorge.) J’ai besoin de votre aide.

Elle surgit de derrière le mur.

— Je sais. Je sais que vous avez besoin de moi. La voie est libre. Allons-y ensemble. Vite.

Je repars vers la caravane, je prends Huong, je l’embrasse et je hume son odeur. Je murmure dans sa minuscule oreille parfaite :

— Cette femme est ton autre mère. Je t’ai dit que je serais ta tante, ta famille et tes amis. Je me trompais. Voici ta famille. (Je frotte mon nez contre sa joue ronde.) Mon amour.

Puis je la rends à ma sœur, sans oser la regarder une dernière fois, parce que sinon je serai incapable de partir.

J’embrasse Kim-Ly sur le front et elle dit :

— Vas-y.

- 30 -

Je suis aspirée en arrière.

Je suis entraînée vers l'ouest, vers cette misérable ferme où je pars chercher une pince coupante, mais aussi vers l'est, vers ma sœur perdue et mon enfant. Et vers la route. Écartelée. Il commence à faire noir, le soleil rase le sol, et je vois des phares briller sur cette route lointaine.

Nous marchons plus vite. Kim-Ly nous a donné un demi-comprimé pour cheval à toutes les deux, les rectangulaires, et cela aide. Nous savons quelle distance il faut couvrir pour atteindre cette pince coupante, et c'est rassurant, nous savons combien de vies sont en jeu, combien d'années perdues, combien de possibilités. Nous l'avons déjà fait une fois et nous pourrons le refaire. Nous savons que nous avons toutes un véritable avenir, presque à portée de main, et cela nous aide aussi. Cela nous galvanise.

Il y a de l'humidité dans l'air. Je crois à tout instant entendre Huong m'appeler, mais c'est le vent des marais qui me joue ce tour cruel. Cynth entoure ma taille de son bras squelettique. Nous trouvons un rythme, sans dire un mot, rien qu'elle et moi, trois pieds valides à nous deux ; deux chaussures et une sandale.

— C'est lui ? demande-t-elle.

Nous accélérons, l'os de son épaule me perce l'aisselle, il y a des lumières sur l'autre route, la route principale, celle que j'ai vue il y a sept ans en arrivant ici.

— Ce n'est pas lui, dis-je.

Les voitures passent, elles ne tournent pas. Elles ne signalent aucune intention de s'engager dans son chemin, le chemin de Lenn. Il est encore au magasin. Il n'est pas encore rentré.

— Le pont est peut-être relevé, dit Cynth. Mon Dieu, je l'espère bien.

J'ai vu ce pont il y a des années, aux actualités locales, assise par terre, les doigts de Lenn explorant mon cuir chevelu. Bien avant Huong. Avant qu'il brûle mon passeport, mes vêtements, et la photographie de ma famille élargie. Le pont pivote pour laisser les gros bateaux remonter le fleuve. Les voitures doivent s'arrêter. C'est peut-être ce qu'il attend.

Nous franchissons une clôture en quelques secondes et nous courons vers le fossé.

— Traversons-le ensemble, dit Cynth. Comme nous marchons. Ensemble.

George et Lennie.

Nous plongeons directement dans l'eau noire et métallique. Il n'y a rien dedans : ni anguilles, ni rats, ni créature prête à me voler ma sandale. L'eau est plus boueuse que la première fois, et même si nous traversons à un autre endroit j'espère récupérer ma sandale taille 46 dans cette vase noire et puante.

Quand nous remontons le talus pour regagner la plaine qui s'étend dans toutes les directions, nous ruisselons, nous inondons la terre et fabriquons notre propre boue sous nos pieds. Je ne cesse de glisser, et c'est Cynth qui m'empêche de tomber. Elle a la taille d'un faon mais la force d'un percheron.

— Continuez, dit-elle. C'est par là.

Il fait froid, un froid glacial, l'air refroidit de minute en minute, le soleil sombre dans la terre, s'effondrant parmi les clochers qui ne m'ont jamais aidée une seule fois, parmi les arbres que je n'ai jamais touchés.

Il n'est pas là. Il est encore là-bas, au magasin, ou dans sa Land Rover. Nous allons prendre la pince coupante, repartir en courant, libérer Kim-Ly et atteindre la route régionale.

Cela fait des semaines que mes seins ne produisent plus de lait, mais ils sont douloureux comme à cette époque, ils réclament Huong. Je la réclame. Je regarde la porcherie et je n'ai pas peur pour mon enfant, elle est en sûreté avec Kim-Ly, néanmoins mon corps la réclame. C'est un genre de douleur contre lequel les comprimés pour cheval ne peuvent rien. Je suis cent fois, mille fois plus loin de mon bébé que je l'ai jamais été. Que je le serai jamais.

Nous arrivons dans le champ de blé d'hiver et Cynth ralentit. J'essaye de garder le rythme mais je la porte à moitié maintenant, je soutiens son poids.

— On y est presque. Vous serez bientôt de retour dans votre maison, Cynth. Avec la fenêtre triangulaire. Vous pourrez bientôt vous reposer. Venez.

Elle essaye mais il n'y a plus assez de vie en elle. Ses genoux se dérobent, elle trébuche.

Elle ne dit rien.

— Je n'y arriverai pas toute seule. Nous dépendons l'une de l'autre, Cynth. Un dernier effort, venez.

— Je ne pourrai plus repartir, dit-elle.

— Mais si. Nous prenons la pince coupante et vous repartirez, nous repartirons ensemble.

— J'irai avec vous jusqu'à la maison, Jane.

Ces tristes mots de défaite flottent et s'attardent dans l'air humide des marais. Ils attendent que les vents les emportent vers la mer. *J'irai avec vous jusqu'à la maison.*

Il n'y a pas de fumée de feu de bois. Pas de lumière. Je regarde par-dessus mon épaule et la porcherie est maintenant dans le lointain. Toute petite. Elles sont là-bas toutes les deux, dans cette caravane, celle de Lenn et de sa mère, elles sont toutes les deux à l'intérieur, sans rien à manger pour elle, sans lait pour bébé. J'en prendrai un peu dans la maison, il ne me faudra qu'une minute, trente secondes.

Un dernier champ.

Le sol noir fertile reconquis sur les mers il y a bien longtemps.

La terre labourée en sillons. Ils sont deux fois plus hauts et deux fois plus faciles à enjamber qu'à l'aller. Pas de givre encore, mais ça vient. Il descend du ciel gris comme un drap de soie froid.

— Il n'arrive pas encore, dit Cynth. Allez chercher votre pince coupante.

Je ne dis rien. *Allez*, pas *Allons*. Pour moi, c'est encore *Allons*. C'est toujours *Allons*.

Nous continuons en boitillant, l'orge de la saison dernière écrasée sous nos pieds. Ma chaussette, la chaussette de sa mère, commence à se trouer. J'aurai un pied nu quand nous repartirons.

— Entrez, prenez une boîte de lait en poudre et un paquet de biscuits. Ils sont près de l'évier. J'irai chercher la pince coupante dans la cabane. (Je suis à bout de souffle, mes poumons comprimés dans ma poitrine.) Une minute, et on repart directement les retrouver.

Elle ne dit rien. Ses cheveux roux, jadis si brillants et frisés, si beaux, sont maintenant noirs dans le crépuscule. Comme des rubans de sang séché. Elle continue à avancer, toute l'énergie qu'elle a la fait avancer. Elle y est presque.

Le bord du champ.

Nous passons à travers la haie d'aubépines et je touche le mur de la maison. Nous nous séparons. Elle entre et je longe le mur pour me guider jusqu'à la cabane à outils. La maison semble morte ce soir, ni habitants, ni lumières, ni chaleur, ni feu. Ni jambon, ni œufs, ni frites.

J'arrive à la cabane, j'ouvre la porte et j'attrape la pince, mon estomac se noue. Je brandis la pince et, à tenir ce terrible outil, j'ai un sursaut d'énergie. C'est cette pince qui m'a emprisonnée ici, mais à présent elle va libérer ma sœur. Nous serons quittes.

— Partons, dit Cynth, sur le seuil de la cabane, les poches remplies de chaque côté de ses jambes.

Il y a des lumières derrière elle.

Elle se tord pour regarder par-dessus son épaule et je vois les phares.

— Non, dit-elle. Courez.

Je sors de la cabane, la pince à la main, je ferme la porte et nous contournons le bâtiment en courant.

Mais je sais déjà que ça ne marchera pas. Pas lui contre nous. Il nous trouvera en quelques minutes, puis il les trouvera. Quatre vies finies, quoi qu'il arrive.

— Entrez, dis-je.

Elle me regarde comme si j'étais lui.

— Entrez. Faites-moi confiance. Ce n'est pas encore le moment de repartir.

Elle secoue la tête. Sa voix est aussi faible que celle d'un enfant.

— Je n'y arriverai pas, Jane.

— Ce ne sera pas long, faites-moi confiance.

Ses yeux se fixent sur moi, se tournent vers les phares, puis reviennent sur moi. Les phares s'éteignent. Il s'est garé près de la barrière à mi-chemin.

— Vous savez quoi faire ? Vous viendrez me chercher ?

Je hoche la tête.

Nous entrons dans la maison et j'ai envie de vomir. Me voilà de retour dans sa ferme. Il fait froid. Les caméras clignotent quand j'avance. Je déverrouille la porte de la cave et Cynth me regarde comme si elle avait capitulé, comme s'il ne lui restait plus rien. Elle entre, descend, jette un regard en arrière et ne dit rien. Je verrouille la porte.

Puis je me déshabille près du meuble de télévision fermé, la boue macule le plancher, et je lance mes vêtements humides sous le canapé recouvert de plastique, ainsi que la pince coupante.

Comment suis-je capable de faire cela ?

Je dois réfléchir, ne pas faire d'erreur, rien. Je dois protéger ma famille, ces trois êtres. Tous les trois.

J'ouvre les robinets de la baignoire, je repars en courant chercher une nouvelle boîte d'allumettes sous l'évier, j'allume un feu dans la cuisinière et j'ouvre les aérations, je souffle dans le poêle, le remplis en frémissant des meilleures branches de saule que je peux trouver. J'essuie le sol avec du papier, je jette dans le feu le papier marron, boueux, puis je nettoie encore un peu, j'évacue la terre, les graines et l'eau du fossé, je brûle le papier, je fais disparaître les traces.

J'entends la porte s'ouvrir quand j'entre dans le bain glacé.

Les pas de Lenn.

Je tremble dans l'eau glaciale.

Le bruit des sacs de courses dans la cuisine.

— Putain, qu'il fait froid ici !

Je l'entends ouvrir le poêle puis le refermer.

Des pas.

Lenn, sur le seuil de la salle de bains.

— On mange quand ?

Il est là et je suis là, de retour, la porte ouverte, j'essaie de ne pas frissonner dans cette eau froide, j'essaie d'empêcher mes dents de claquer.

— Dans une demi-heure.

— Y a intérêt. Et faudra t'occuper du feu. Elle est où, Janey ?

— Elle fait la sieste.

— D'accord. Je vais aller nourrir les cochons avant qu'on mange.

- 31 -

Je me lève dans la baignoire et je laisse l'eau ruisseler sur mon corps.

Il regarde.

Sur le seuil, il m'observe comme il le fait chaque jour depuis sept ans.

— À table dans un quart d'heure ? (J'ai la chair de poule.) Mon bain est froid, je sors.

— Un quart d'heure ?

Je hoche la tête, j'attrape une serviette mince et mangée par les mites, une serviette de sa mère, et je m'enveloppe dedans. L'eau est brune, mais tout va bien. C'est moi qu'il regarde. Qu'il dévisage. Soupçonne-t-il quelque chose ? Ses yeux bleu-gris sont indéchiffrables, ils l'ont toujours été. Ils sont morts dans sa tête.

— J'irai nourrir les cochons après. Fais gaffe aux œufs, qu'ils soient coulants, et pas trop cuits en dessous.

— Oui.

Il s'installe devant l'ordinateur dans la pièce principale et l'allume.

Pas d'erreur, pas une seule.

Je boitille jusqu'à l'escalier, mon corps réclame Huong. Pourquoi n'est-elle pas avec moi ? Mon âme se sent vide. Creuse. Puis je dis :

— Il y a un faisan mort près de la haie d'aubépines.

Il me regarde.

— Mort mort ?

Je hoche la tête.

Il renifle, se lève et sort. Il jette les bêtes mortes dans les orties près de la fosse septique ; il n'aime pas qu'il y en ait dans son jardin.

Je monte les marches une par une, ma cheville d'un tiers plus enflée que d'habitude. L'eau froide du bain a fait coaguler le sang des entailles sur la plante de mon autre pied. J'arrive en haut de l'escalier, à la petite chambre du fond. Il y a là une lumière fantomatique. Un silence. J'ai déjà dit adieu à cet endroit pourri et je ne devrais pas y être revenue. Je forme une sorte de carré avec les oreillers sur le petit lit, et je froisse les draps en dessous. Je m'approche du placard à provisions, le côté droit est vide, le côté gauche contient les affaires de sa mère. Je prends quelques tissus. Les tissus de sa mère. Que j'ai utilisés et que Huong a utilisés, mais qui sont et resteront les tissus de sa mère. Je les roule pour qu'ils prennent la forme d'un bébé et je les glisse sous les draps, au milieu des oreillers.

Lorsqu'il revient, le poêle est brûlant et la pièce se réchauffe. Mais elle est encore humide. Et Cynth est à la cave. Silencieuse. Elle attend. À quoi pense-t-elle, là-dessous ? Nous n'avons pas eu le temps d'évoquer cette possibilité. Enfin, nous aurions eu le temps, mais nous ne l'avons pas fait. J'ai déjà décidé que nous partirions lorsqu'il serait endormi. C'est le nouveau plan. Cynth devinera ce que je pense. Elle parviendra comme moi à cette conclusion parce que c'est tout ce que nous pouvons faire. Tant qu'il pense que Huong dort à l'étage, dans cette chambre du fond, ça pourrait fonctionner. Ça pourrait.

Je place ses frites dans la tourtière de sa mère et je les introduis dans le four, puis je commence à faire frire son jambon et ses œufs. À chaque mouvement, chaque geste essayé et éprouvé des centaines de fois pour lui préparer parfaitement son repas, je suis aspirée par mon passé. Mon enfant est là-bas, dans la porcherie, à l'horizon. Avec ma sœur. Et je suis de retour ici, dans cette prison sans murs, cet enclos à cochons qu'il a imaginé au milieu des marais.

— Le faisan, c'est réglé, dit Lenn en rentrant. C'était un mâle, il a l'air d'avoir eu la frousse de sa vie. C'est ça qui l'a tué.

Des bulles crèvent le blanc des œufs, je les fais éclater une par une, et je remets du saule dans le feu.

— Elle dort, la petite Janey ?

— Elle se remet seulement de son infection. Je veux qu'elle se repose.

— Dans la chambre du fond, t'as dit ?

Je confirme, mais mon corps a envie de s'enfuir. Je m'arc-boute contre la barre de fer de cette cuisinière, la vieille cuisinière de sa mère, et j'ai envie de prendre mes jambes à mon cou.

Il marche jusqu'au bas de l'escalier et lève les yeux.

Le temps ralentit.

Il monte.

Pas de panique. Garde les idées claires.

J'ai un couteau à découper sur le plan de travail et le tisonnier près du poêle, mais je sais que les deux sont inutiles contre lui. Ma cheville me lance. Je tends l'oreille. Le plancher de l'étage grince tandis qu'il se déplace. Il est sur le palier. Maintenant, il est dans sa chambre, la chambre de devant. Il redescend.

— Pourquoi y a plus de biscuits ? T'as tout fini ? Un paquet entier.

Je me tourne face à lui.

Ma cheville brûle contre la cuisinière et ma nuque transpire, les gouttes de sueur roulent entre mes omoplates.

— Je les ai jetés dans l'évier. Ils étaient moisis. Je suis désolée, Lenn.

Il me regarde comme s'il se demandait comment remédier à ça, ou bien il se demande si je mens.

— Les cachets que j'ai achetés en ville, tu crois qu'on devrait les donner maintenant à la petite Janey, ou plus tard ?

— Le paracétamol ? Plus tard. Laisse-la dormir.

Il regarde la poêle.

— Me fous pas mes œufs en l'air, sinon y a plus rien à manger dans la baraque.

Je retire la poêle de la plaque chauffante, je compose son assiette, puis la mienne. J'ai tellement faim que je pourrais manger les deux, mais je dois paraître normale, comme si je ne m'étais pas évadée, comme si je ne savais pas que ma sœur est ici, vivante, cachée, enchaînée ; comme si je ne savais pas quelles horreurs il a peut-être infligées à sa première épouse.

— C'est bien, dit-il.

Il plonge son couteau dans un jaune d'œuf comme un scientifique procédant à une expérience. La surface cède. J'observe la peau du jaune qui se fend sous la pression, puis éclate, et le riche liquide qui se répand sur son jambon et ses frites.

— C'est bien.

Nous mangeons.

Cynth est en dessous de moi, épuisée, affamée, dans le noir. Nous nous devons tout l'une à l'autre. George et Lennie.

— T'es allée dans la cabane à outils aujourd'hui ? demande-t-il.

Je tousse, la peau grasse d'une frite s'est bloquée dans ma gorge.

— Bois de la citronnade, Jane.

J'avale la citronnade et j'ai les yeux qui pleurent.

— Fallait que je vérifie…

J'ai une voix bizarre à cause de la peau de frite.

— C'est passé par le mauvais trou, c'est tout, dit Lenn. Ta frite, elle est passée par le mauvais trou. Bois ta citronnade.

— Il fallait que je vérifie si on avait assez de peinture. Je veux repeindre le plafond de la salle de bains.

Il hoche la tête, place un morceau de jambon rose dans sa bouche, mastique, le tout en m'observant.

— Et ?

— Et quoi, Lenn ?

— Faut que j'en rachète un pot ou pas ? C'est pas donné, tu sais, cette peinture-là. Un petit peu de moisi sur un mur, ça a jamais fait de mal à personne. Janey, elle est forte comme son père, elle aura des poumons de sanglier.

— Ça ira. Il reste un peu de peinture dans le pot.

Mon Dieu, Huong ! Vas-tu bien ? Je sais que tu es en sécurité avec Kim-Ly, mais que ressens-tu en ce moment, à quoi penses-tu ? Je ne t'ai pas abandonnée. Je ne t'ai pas trahie. Je suis encore ta famille, tes voisins, tes professeurs et tes amis. Je le serai toujours.

— Dans la grande ville, y a encore des gens qui la cherchent. Y a des affiches avec sa photo.

Je garde le silence. Je ne veux rien déclencher.

— C'est moche, Jane.

Il jette un coup d'œil vers le plancher et je regarde par la fenêtre, en direction de ma fille et de ma sœur.

— T'as l'impression de savoir un truc. Mais des fois, tu sais rien du tout.

Je regarde le poêle. Le tisonnier.

— Tu crois que tout va bien, parce que c'est comme ça a toujours été, mais en vrai tu sais pas ce qui se passe, hein ?

Je baisse les yeux sur mon assiette vide, mon pouls accélère, les taches de jaune sèchent sur l'assiette de sa mère.

— Surtout quand ça a l'air parfait, quand ça a l'air de marcher vraiment bien, sans problème, et puis tout d'un coup ça change, tu comprends ?

Un grattement depuis la cave.

Je le regarde. Il a le visage aussi inexpressif qu'un mur.

— Ils vendent plus d'Arctic Roll au magasin. Pas seulement dans le grand magasin après le pont, mais à la supérette du village non plus. J'ai essayé trois boutiques d'affilée. La supérette dit qu'ils n'en reçoivent plus, le grand magasin après le pont pense qu'ils en auront la semaine prochaine, l'épicerie de l'autre village, elle croit que c'est l'usine qui a fait faillite. Ça fait trente ans que j'en mange comme dessert, et puis tout d'un coup ça s'arrête, tu vois ?

Je nettoie son assiette et la mienne.

— T'es sûre qu'elle va bien, Janey ? Je l'entends pas.

— Elle est fatiguée, mais je pense que sa fièvre est passée. Je vais aller la voir.

— Ouais. Moi, je vais nourrir les cochons.

Il vide dans le seau les restes de son assiette seulement, le gras du jambon et les pelures, puis il va dans la salle de bains et ferme la porte. Je grimpe en m'accrochant à la rampe et je jette un coup d'œil dans la chambre du fond, où le faux bébé dort dans le lit une place, puis je redescends près de la cuisinière.

Je ne peux pas le laisser aller à la porcherie.

Je prends le tisonnier et j'attise le feu jusqu'à ce que les pointes deviennent rouges, mais je le repose ensuite.

Il tire la chasse d'eau.

Il revient en s'essuyant les mains sur sa salopette.

— Alors ?

— Quoi ?

— Janey, elle va bien ou non ?

— Oh, très bien. Elle va bientôt se réveiller.

— Il fait pas chaud dans la maison, aujourd'hui. Quand je suis revenu des courses, il faisait moins froid dehors que dedans.

Je ramasse quelques branches de saule, mes mains tremblent, j'alimente le feu et j'ouvre les aérations.

— Tu me prends pour un con ?

Je secoue la tête.

— Non, non, bien sûr que non.

— Le feu, ça fait des heures qu'il est éteint, Jane. Il a gelé dans ma maison.

— Je vais l'entretenir, je promets, je ne le laisserai plus s'éteindre.

— Il te reste plus rien à brûler, pas vrai ?

Je suis si fatiguée de tout cela. Fatiguée dans mes os et dans ma tête.

— Non, dis-je. Rien.

— C'est pour ça ?

— C'est pour ça que j'ai laissé le feu s'éteindre ?

— C'est pour ça que t'as pas fait ton boulot aujourd'hui ?

— Oui. Je suis désolée. J'ai dormi avec Huong là-haut parce qu'elle était malade. Je suis désolée, Lenn.

Il hoche la tête et prend le seau de déchets. Puis il le repose, déglutit et dit :

— C'est pour ça que t'as ouvert la porte de la cave ?

— Quoi ?

Je recule contre la cuisinière.

— Les verrous, ils ont été poussés, t'as ouvert la porte.

Le feu me brûle l'arrière des jambes.

— Non. Je n'oserais pas.

Il baisse les yeux sur le seau de déchets, puis les relève vers moi, et enfin vers le plafond.

— C'est calme, là-haut, non ?

Je sens quelque chose. La cuisinière.

— Je vous ai vues toutes les deux en rentrant. Toutes les deux dans mes phares, sortant de la porcherie.

Non. Je secoue la tête mais mes genoux se dérobent, ils ne me soutiennent plus. Ma fille. Ma sœur. Mon amie.

— Non, Lenn, dis-je, et je baisse la voix. Elle est encore là-dessous.

Je désigne le sol et je fronce les sourcils. De la fumée monte des minces fentes entre les planches, de fins panaches gris poussés par les courants d'air de la porte.

Il lâche le seau et court jusqu'à la porte de la cave.

- 32 -

Il tire le verrou du haut. Sans rien dire.

Je suis juste derrière lui.

De la fumée grise monte de sous la porte.

Il tire le verrou du bas et la porte s'ouvre.

Une fumée épaisse.

Il tousse, s'avance, et j'aperçois quelque chose de rouge. Les cheveux de Cynth. Elle est roulée en boule en haut de l'échelle, aux pieds de Lenn, son écharpe autour de la bouche.

Lenn agite un bras pour chasser la fumée.

Je me penche en arrière.

Je m'élance et je pousse ce mur qu'est son dos, il trébuche dans la fumée gris ardoise, Cynth se lève et fait un bond, nous le poussons dans la cave et nous hurlons.

Il est tombé.

En bas de l'échelle.

Disparu dans la fumée. Il est en bas et nous sommes en haut.

J'attire Cynth vers moi, je claque la porte de la cave, tends la main pour fermer le verrou du haut pendant que Cynth en fait autant près du sol. Mais elle est trop lente, à bout de souffle et trop lente. Elle crache quelque chose. Le bas de la porte semble vouloir sortir de ses gonds. Le chambranle bouge, les planches craquent. Il martèle la porte à coups de poing. Nous appuyons de tout notre poids contre le bas de la porte, mon pied valide prend appui sur le mur. Il pousse vers nous, nous poussons dans l'autre sens. La fumée noire monte de sous la porte. Il se remet à la marteler du poing, Cynth hurle, raidit le bras et parvient à fermer le verrou.

Plus de bruit.

Il ne dit rien.

Il frappe à nouveau, il tente à nouveau de faire sauter la porte malgré les gros verrous de fer noir, mais il n'y arrive pas. Pas sous cet angle. Pas sans élan. Pas du haut d'une échelle. Il est en bas et nous sommes en haut.

— J'ai fait brûler ma polaire, explique Cynth. Avec vos allumettes.

Elle me montre la boîte.

— Votre polaire ?

Elle acquiesce.

La fumée continue à s'insinuer dans la pièce principale à travers les fentes du plancher, sous la table de l'ordinateur, elle serpente autour des pieds des deux chaises en pin et de la table en pin, elle jaillit de sous son fauteuil, de sous le canapé recouvert de plastique.

Le sol se soulève et tremble lorsqu'il se démène pour le faire craquer, pour faire irruption au rez-de-chaussée.

Je m'accroupis et je tire la pince coupante de sous le canapé.

La poussière et la fumée se mélangent dans l'air.

— Aidez-moi à monter, dis-je. Aidez-moi.

Cynth secoue la tête.

— Nous devons partir. Votre bébé, votre sœur.

— Aidez-moi à monter.

Elle m'aide.

La maison devient chaude, plus chaude qu'en août, quand le fossé s'assèche et que l'herbe jaunit.

De nouveaux chocs sous la maison. Il donne des coups d'épaule dans la porte et dans le plancher. Son corps en guise de bélier.

J'ouvre le placard à linge dans sa chambre, j'en sors le mince drap de coton et sa petite serviette. Nous redescendons l'escalier, la cuisinière est toute rouge. J'ouvre la porte du poêle, les flammes jaillissent dans la pièce et je lance à l'intérieur le drap et la serviette, puis je referme. Le poêle, le poêle de sa mère les dévore.

Ses objets à lui brûlent.

J'emporte deux choses : la pince coupante et une boîte de lait en poudre, une boîte qu'il a achetée pour Huong cet après-midi, dans la ville après le pont.

— Il n'y a que la polaire qui brûle à la cave ?

La fumée monte à travers le plancher comme jadis montaient les prières et les murmures de Cynth.

— Pas grand-chose d'autre en bas, répond-elle.

Mais son visage raconte une autre histoire. Son visage raconte qu'elle l'a achevé.

Nous sortons dans la nuit froide et claire.

Nous tournons d'un même pas vers la gauche, face aux éoliennes à l'horizon. Nous dépassons d'un même pas le mur de la maison, le tas de cendres qui est aussi la dernière demeure de mes dix-sept objets personnels perdus. Cynth m'aide quand nous longeons la haie d'aubépines et les restes de l'anguille. La pince coupante est agréable à tenir. Le lait en poudre fait une bosse dans mon tablier, le tablier de sa mère.

Il y a de la fumée de feu de bois dans l'air.

Nous nous retournons, mon amie et moi, la chaleur dans notre dos, et nous partons vers la porcherie, vers ma sœur et mon enfant.

Épilogue

Je ne fête pas l'anniversaire de sa mort. Je fête l'anniversaire de ma vie. De notre vie. À toutes les quatre.

Je récure l'évier et c'est une joie. Pas de caméra pour épier mes moindres mouvements. Pas de surveillance.

Les mots de Steinbeck se mêlent à l'odeur de l'eau de Javel. J'écoute un livre audio sur mon téléphone. Mon propre téléphone. Le contrat est à mon nom. Mon vrai nom. J'ai encore la boîte et tout l'emballage. Je les garde dans une armoire à l'étage. D'un côté, il y a mes affaires. Mes trésors. L'exemplaire de *Des souris et des hommes* que m'ont offert à Noël Cynth et son nouveau compagnon. Ma carte nationale d'assurance maladie, enveloppée dans du papier de soie jaune. La lettre qui m'autorise à rester. À côté de mes affaires, il y a celles de Huong. Je veille comme un rottweiler sur chaque objet précieux. Son certificat de naissance où je figure comme sa mère et qui montre au monde son vrai nom. Son prénom. Un cadeau radical que je lui ai transmis à la ferme.

Je rince l'évier et je m'accorde un instant pour regarder par la fenêtre. Pas de champs ni de marais. Juste une petite ville que les gens d'ici veulent fuir mais que j'aimerai toujours. De jeunes couples en difficultés, des bars, des enfants qui rient, des salons de thé, le genre de parc où les gens bavardent pendant que leurs enfants trouvent un terrain d'entente près des balançoires. Des personnes âgées qui rentrent chez elles à leur rythme après avoir fait leurs courses. Des vies qui se côtoient et sont libres de prendre forme.

Frank Trussock passera plus de dix ans en prison.

Les avocats et la police m'ont dit que je n'étais pas obligée de comparaître au tribunal. Ils ont dit que je pouvais fournir une déposition écrite, ou apparaître sur un écran tout en étant ailleurs. Mais j'ai insisté. Je voulais être dans ce tribunal devant un vrai juge et devant Frank Trussock. L'affronter. Face à face. J'ai témoigné de mon mieux sur ce dont Lenn et lui faisaient partie. J'ai répondu aux questions de l'avocat et j'ai gardé mon sang-froid. Kim-Ly a fait de même. À la fin de cette journée au tribunal, j'ai dormi quinze heures d'affilée.

Quand ils ont fait une descente dans la ferme de Frank Trussock, ils ont trouvé trois femmes retenues contre leur gré. Six autres lorsqu'ils sont allés chez ses complices. Ils ont trouvé une plantation de cannabis près de King's Lynn, dans un bâtiment muré qui servait autrefois de boutique de paris. Mais les employés avaient fui avant l'arrivée de la police. Parfois, je trouve honteux qu'ils aient pris la fuite. J'aurais pu les aider, peut-être. Les guider pour tous les entretiens et la paperasserie. Les aider à trouver un foyer sûr.

J'entends du bruit et boitille jusqu'à la pièce voisine. J'ai déjà subi une opération, mais les trois principales interventions restent à venir. On m'a prescrit des médicaments pour surmonter la douleur. De vrais cachets pour humains.

Huong me regarde de ses beaux yeux marron et elle éclate de rire. Elle traîne derrière elle une sorte de train, une ribambelle de jouets et de vêtements attachés ensemble comme un serpent. Le serpent a fait tomber la télécommande de la table basse.

— Coucou, maman.

Mon visage arbore un sourire si large et si profond qu'il me tire la peau.

Elle me sourit en retour.

Huong sait dire « maman » en vietnamien et en anglais. Son accent anglais est déjà meilleur que le mien. C'est une petite merveille.

Elle se lève et s'approche de moi, tout en continuant à traîner les épées en plastique, les ours en peluche et les biberons scotchés ensemble.

Elle s'arrête devant moi, dressant ses bras parfaits et doux.

Je me baisse et je la prends.

Son poids est un miracle. Une bénédiction. Un don de Dieu. Elle est en bonne santé malgré tous les comprimés pour cheval, et quelque part au fond de moi je sens qu'elle a dépassé le point critique. Les médecins me l'ont confirmé. Ce n'est plus un bébé vulnérable. C'est une petite fille solide, désormais. Résistante. Capable d'affronter tout ce qui l'attend. C'est une combattante, née dans le pire endroit qu'on puisse imaginer, et elle a réussi à s'épanouir.

Je tends les lèvres et les siennes s'avancent. Comme le plus délicat des baisers sur un miroir.

Elle a un nom et un numéro d'identité. Elle est dans le système, elle a été vaccinée, il y a une personne des services sociaux qui vient la voir. Régulièrement. Ça me plaît. D'autres mères dans ma situation, des gens à qui j'ai affaire par le biais de mon travail, n'aiment pas que l'État se mêle de leurs affaires. Pour moi, c'est un degré de protection supplémentaire pour ma Huong. Elle m'a, moi. Elle a l'État. Entre les deux, elle a ma sœur et sa marraine, Cynth, et elle a sa grand-mère à Biên Hòa, qui a appris toute seule à utiliser Skype afin de pouvoir parler à sa petite-fille bien-aimée et pleurer de joie en la voyant.

Mais Huong ne rencontrera jamais son grand-père.

Il est mort l'année de notre évasion. Arrêt cardiaque. Une partie de mon esprit se demande si la perte de ses filles pendant tant d'années a détruit son cœur. L'autre partie de mon esprit sait que c'est le cas.

Je donne à Huong un morceau de concombre. Avec ses jolies nouvelles dents, elle peut dévorer un bout de concombre comme un castor dévorerait une bûche.

J'ai encore des frissons.

Ce pourrait être des attaques de panique ou de TSPT. C'est peut-être simplement mes os qui se souviennent. Mais quand je me promène dans cette petite ville, j'ai parfois des frissons. Nous sommes à environ une heure de la ferme de Lenn, mais les gens ont le même accent. Si j'entends un homme s'exclamer « Dis pas de conneries » ou bien « Qu'est-ce que tu racontes, Karen », je me pétrifie. Mon sang se fige dans mes veines et je dois m'obliger à inspirer profondément et à continuer à vivre. Un jour, j'ai failli m'évanouir de frayeur en découvrant du cabillaud en sauce persillée au rayon surgelés du petit magasin au coin de la rue. J'ai tenu le poisson raide et froid et il m'a renvoyée là-bas. Dans cette petite ferme. La chambre du fond. La barrière fermée à mi-chemin et l'anguille dans les orties. Le sol humide et bosselé de la salle de bains.

Nous avons été sauvées par un fermier.

Un gentil barbu au volant d'un pick-up qui revenait d'une réunion sur la transformation de la betterave à sucre. C'est Cynth qui l'a fait s'arrêter. Les bras écartés, le corps dressé au milieu de la route obscure. Je tenais Huong contre ma poitrine. Elle était si froide ce soir-là. Si minuscule. Kim-Ly traînait encore derrière elle une longueur de chaîne fixée à sa cheville. Je me rappelle le son des maillons qui raclaient l'asphalte. Cynth a supplié le fermier dans son camion. Il paraissait horrifié. Le blanc de ses yeux ce soir-là. Il nous a aidées à monter dans son pick-up et a mis le chauffage au maximum. Ce fermier nous a donné sa barre chocolatée et sa bouteille de Coca. Il nous a conduites au commissariat le plus proche. Il a même attendu à l'extérieur pour être sûr que tout allait bien.

Nous n'allions pas bien. Mais cela viendrait.

Ce qui me sauve, ce sont les gens. Des inconnus. Des vieilles dames. Des vendeuses. De jeunes amoureux, les laitiers qui font leur tournée, les laveurs de carreaux avec une échelle fixée sur le toit de leur camionnette. Des individus indifférents les uns aux autres et qui pourtant, à leur manière, tous ensemble, servent d'assurance. Un réseau invisible. Rien de trop grave ne peut se produire dans les rues d'une petite ville comme celle-ci parce qu'il y a des gens partout. Si quelque chose d'affreux arrive, ça ne pourra pas durer longtemps.

Les crimes sont plus difficiles à cacher dans un endroit comme celui-ci. Quelqu'un finira par intervenir ou par appeler la police. Des horreurs peuvent avoir lieu, mais les gens veillent les uns sur les autres même s'ils ne s'en rendent pas compte.

Huong prend la télécommande et allume la télévision. Quand il faut choisir ce que nous regardons, chacune d'entre nous a son mot à dire. Kim-Ly est obsédée par les concours de cuisine et je ne lui dis pas que je le suis aussi, mais c'est vrai. Le simple fait de choisir l'émission. De prendre cette décision. Quelque chose qui nous plaît à toutes. Ce simple geste qui nous réunit.

Je préfère les documentaires et les actualités. Jamais le billard ou *Fous du foot*, que j'évite soigneusement. La musique du générique provoque en moi une réaction viscérale. Même avec ma sœur et ma fille dans la pièce, la porte d'entrée fermée à clef, sans un seul ennemi dans le monde libre, cette musique me ramène à l'époque où j'étais assise par terre, à côté du poêle, tandis qu'il passait ses mains dans mes cheveux.

La porte s'ouvre.

— Serpent ! dit Huong.

Kim-Ly me regarde, sourit, pose son sac à main et ses clefs, puis s'allonge par terre avec sa nièce, tirant sur le train de jouets.

— Une demi-heure, dis-je. Tu as passé une bonne journée ?

— Pas mauvaise. Il pourrait y avoir un poste de gérante adjointe qui se libère l'an prochain.

— Tu auras encore le temps malgré tes études ?

— Bien sûr.

Elle a encore une cicatrice à la cheville. Une marque. Il n'y a pas de nœud tordu d'os et de cartilage, mais elle porte les marques de son trauma autant que moi.

Huong monte le volume du téléviseur et Kim-Ly le baisse. Je mets à Huong sa robe de fête, ses chaussures vernies et son étoile de shérif dorée. Kim-Ly prend une douche, puis enfile un pull que je lui ai acheté pour Noël et une jupe qu'elle a trouvée dans la boutique de charité de la grand-rue. Ses beaux cheveux courts ont les pointes mouillées. On entend de la variété en fond sonore et l'appartement est plein d'un bonheur simple.

Sur la table basse, Huong prend une photographie de Cynth à cheval, avec un gros cœur violet de l'autre côté.

Nous apportons la nourriture et les boissons, Kim-Ly laisse tomber un verre. Nous nettoyons.

Je vérifie le bouillon *phở*.

On sonne à la porte.

Huong pousse des cris de joie et Kim-Ly va ouvrir.

Des cheveux roux. Des taches de rousseur. Un jodhpur. Un cri de joie lorsqu'elle prend Huong dans ses bras et la soulève pour mieux la regarder.

Mon téléphone fait entendre le bip-bip familier d'un appel sur Skype et Huong pousse à nouveau des cris de joie.

Mon monde dans cet appartement.

Ma famille.

Si vous soupçonnez qu'une personne a besoin d'aide parce qu'elle est victime de trafic d'êtres humains, d'exploitation, ou à cause de son statut de migrant, les organisations suivantes pourraient se révéler utiles :

- La Cimade
https://www.lacimade.org
- Fondation de France
www.fondationdefrance.org
- World Relief
www.worldrelief.org

Remerciements

Mes plus sincères remerciements :

À ma mère.

À mes amis et à ma famille.

À mon agent, Kate Burke, et à toute l'équipe de chez Blake Friedman.

À mon agent pour les droits cinéma, James Carroll, et à toute l'équipe de Northbank.

À mon éditrice pour la Grande-Bretagne, Jo Dickinson, et à toute l'équipe de chez Hodder.

À mon éditrice pour les États-Unis, Emily Bestler, et à toute l'équipe de chez Emily Bestler/Atria/Simon & Schuster.

À Hayley Webster, Bethany Rutter et Liz Barnsley qui ont lu mon premier jet.

À tous les bibliothécaires, libraires, maisons d'édition, blogueurs, critiques, organisateurs de festivals et traducteurs.

À Thanhmai Bui-Van, pour ses paroles pleines de sagesse et de générosité.

À Maxine Mei-Fung Chung, pour ses mots aimables et encourageants.

À ma femme et à mon fils. Je vous aime.

Composition et mise en pages
FACOMPO, Lisieux

#lisez! engagé
Pour plus d'information :
www.lisez.com
Imprimé sur du papier issu de forêts gérées durablement.

Achevé d'imprimer en France
par Normandie Roto Impression s.a.s.
61250 Lonrai
N° d'impression : 2303806

POCKET – 92, avenue de France, 75013 Paris

S32966/03